花部英雄
Hanabe Hideo

西行はどのように作られたのか

伝承から探る大衆文化

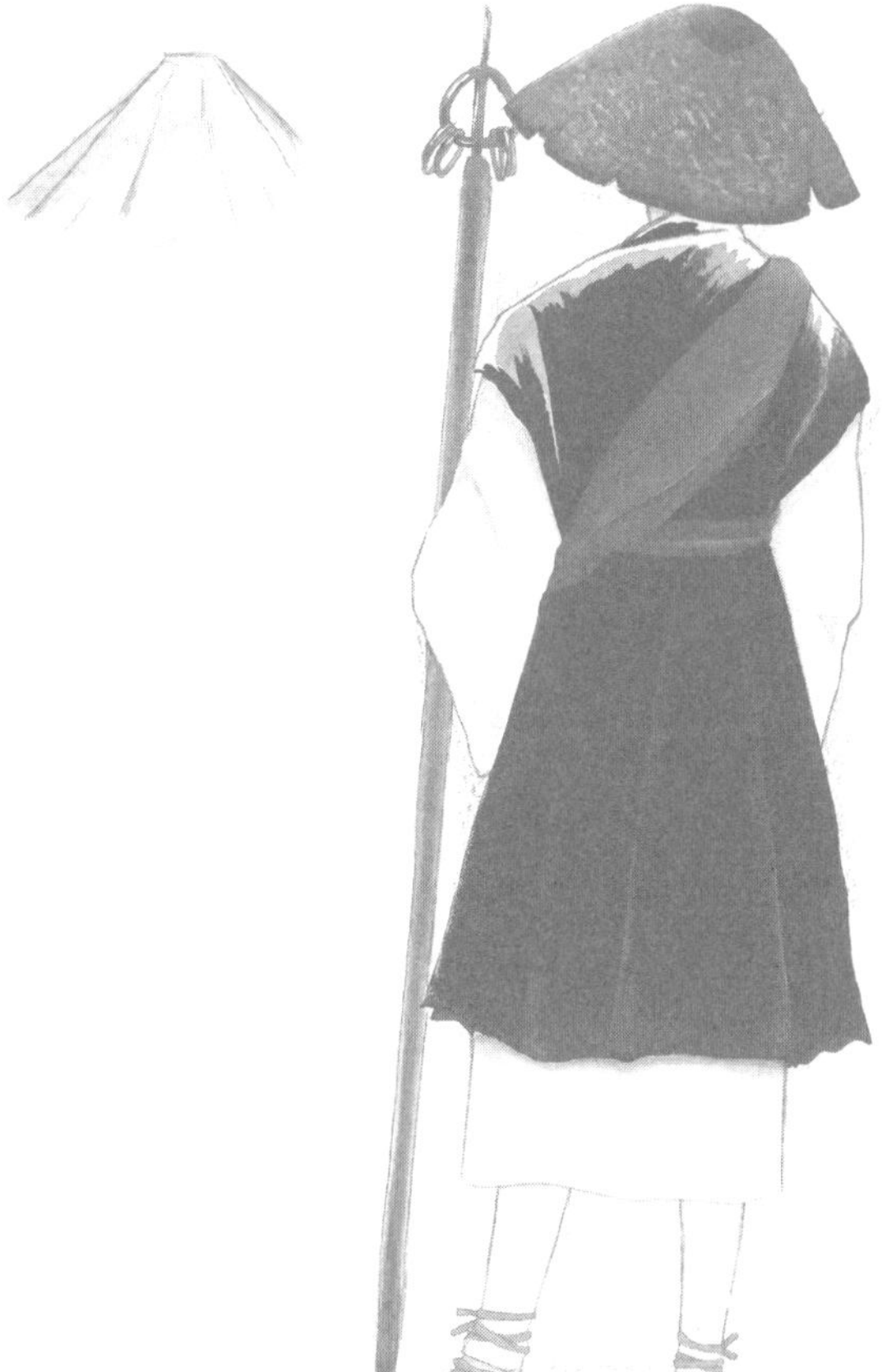

笠間書院

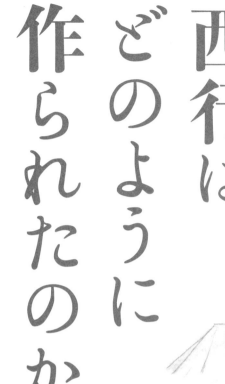

西行はどのように作られたのか——伝承から探る大衆文化

目次

II　昔話・歌謡の西行 ……93

はしがき

西行伝承へのアプローチ

中世の歌人である西行を知らない人はほとんどいないだろうが、それをコピーしたような「伝承の西行」がいると言われると怪訝《けげん》な顔をする人も多いだろう。本書が対象とする西行は、そうした伝承の西行である。コピーと言ったが、本当は似ていて非なる者である。『平家物語』で、源頼政《みなもとのよりまさ》が射落とした鵺《ぬえ》は頭が猿、胴が狸、尾が蛇、手足が虎、声がトラツグミに似ていたが、全身を見ると得体の知れない動物であった。そのことから、正体のわからない人を鵺というが、伝承の西行もそういうヌエ的存在といえるかもしれない。

本書の中では「遊行聖西行」や「旅僧の西行」「俗聖《ぞくひじり》西行」「職人サイギョウ」などと、さまざまな呼称や風貌を持って登場するが、もちろんそれらを最大公約数的に合成しても、けっして歴史的西行に近づくことはない。確かに民間伝承の西行の淵源は、実在の歌人西行に始まるものであるが、そこから大きく逸脱し、それぞれ独自の存在様式を示している。いったい何が西行を変えてしまったのか、変化の原動力に何が関わったのか、本書のテーマはここにある。

ところで、実在から大きく変貌した西行を、わたしたちは「成れの果て」とは受けとらない。それを積極的に評価する理由を持っているからである。したがって、西行伝承を直線的に実在の西行に結びつけることはしない。西行伝承が西行を崇敬する場合でも、あるいは嘲笑する場合でも、そこに「再創造」というフィルターを通した「伝承の真実」を見いだし補正を加えていくからである。

西行伝承模式図

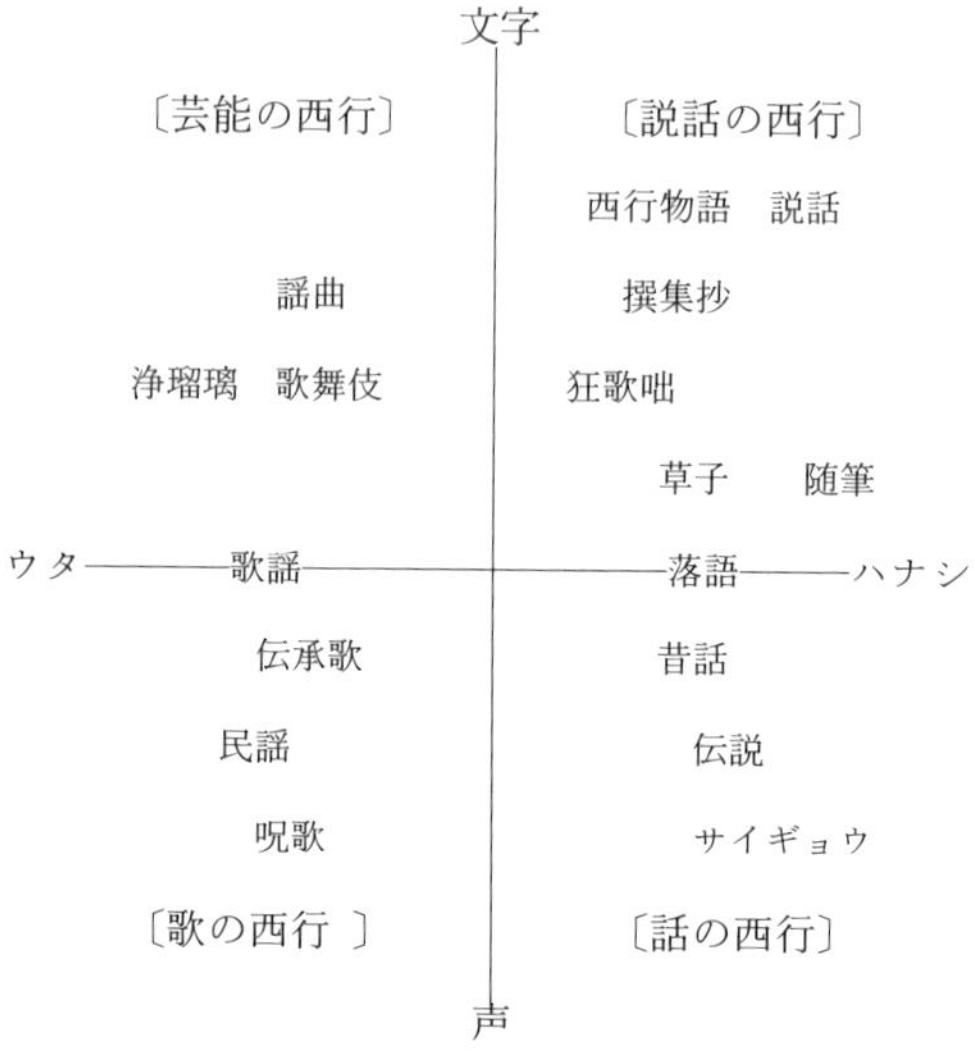

本書は以上のスタンスで、さまざまな風貌を持つ伝承の西行を、さまざまなジャンルからそれぞれの媒体を通じて浮かび上がらせ、誰が、なぜに、どのようにしてそうした「西行」を形象してきたのかを考えていこうとする。結論を先にいえば、それらは日本の大衆社会が形成してきた西行であり、それを大衆文化の問題として追究していくことを視野においている。

西行伝承の諸相

民間伝承の西行は、実在の西行に淵源すると述べたが、実の西行は没後まもなく、辞世歌とされる「願はくは」*の歌を筆頭に、伝説的人物として後の時代の中で遇されていくことになる。そうした記録に残る西行を始め、現在も口承で伝えられる西行をも含めて、西行伝承の歴史的展開の全体像のスケッチを試みたのが上の「西行伝承模式図」である。それを参考にしながら、西行伝承の全体像を眺めておきたい。

さて、この図は「文字／声」による表現を縦軸に、横軸に「ウタ／ハナシ」の叙述形態を示して、これによって作品の時系列およびジャンルとの相関を、空間的に位置づけることを意図した。四分割された第一象限《しょうげん》を「説話の西行」、第二を「芸能の西行」、第三を「話の西行」、第四を「歌の西行」と名づけ、それぞれにおもな表現ジャンルや作品等を配した。おおまかながら西行伝承全体の傾向を読みとることができよう。

本書は、声による西行伝承を中心に取り上げるので、文字で記録されてきた「説話の西行」や「芸能の西行」は、声の伝承への影響や継続性といった面からの補助的な手段にとどめている。そうした近代以前の文字の西行伝承は、「西行知識」として口承の西行伝承のコンテクストに嵌《は》められている。その関連から言うと、「説話の西行」の中の「狂歌咄」の西行は、多く昔話に流れ込んでいるし、また、「芸能の西行」の「歌謡」も、木遣《きや》り唄や作業唄といった民謡へと連続している。

文字の記録が声へと続く一方で、この表には出てこないが、西行にちなんだ庵や木像、土人形、絵図など有形の西行事跡をめぐる伝説も多い。また、「話の西行」における「サイギョウ」は民俗語彙で、近世から近代に掛けて旅職人等の呼称として用いられた。もちろん諸国を巡る西行にちなんだ命名であるが、さまざまな職種にまたがり、他にも巡礼、乞食僧なども含まれている。

「歌の西行」にある「伝承歌」は、『山家集』や『聞書集』などにない歌を一括し伝承歌として扱っているが、伝説では西行の歌と主張しているものである。なお、西行がこの地に旅して詠んだとされる歌を歌碑に刻んでいる例は全国に多いが[**]、西行の歌に明るい文化人や近代の研究者のお墨付《すみつき》はあるとしても、広い意味で言えばこれも西行伝承に含めるべきであろう。

西行伝承の出自と形成

さて、多岐にわたる西行伝承であるが、これらが何に基づき、どのように形成されたものであろうか。記録文献から口承への降下については、その一部を先述した。狂歌の西行咄から昔話への流れは、江戸初期の出版文化の事情が

＊願はくは花のしたにて春死なむその如月の望月のころ。如月の望月は二月一五日。西行は文治六年（一一九〇）の二月一六日に亡くなる。十年以上前に読んだとされるこの歌が、自らの死を予告していたとして、身近にいた歌人たちは驚いた。
＊＊岡田隆『歌碑が語る西行』（三弥井書店、二〇〇〇）に詳しい。

関わっており、それについては本書の「「西行昔話」と西行咄」（九五ページ）の章で触れた。また、歌謡から民謡への流れは、歌の担い手に木遣り職人やサイギョウと呼ばれる職人層の関与が想定される。そうした担い手と西行伝承との関連を確認するために、次に「西行伝承関係表」を作成したので、それを参考にしていきたい。

西行伝承関係表

	西行のタイプ	伝承内容	担い手／享受者
1	旅人	昔話、歌謡、民謡、サイギョウ	一般大衆、旅職人
2	歌人	伝承歌、伝説	文化人、歌（俳句）愛好者
3	修行僧	社寺、庵、木像、遺物	寺社、宗教者、信者

この表は大雑把な把握のためであり、おおかたの傾向を示すにすぎない。「主人公のタイプ」は、話題の表面に出てくる西行の属性を示したものであり、また、「担い手／享受者」も、相対的な見通しを示したものである。これによって、話題の主人公と伝承内容、そして関係の深い担い手や享受者層との関連をおおまかにとらえることを目的にしている。

表の内容について説明を加えるなら、主人公が「旅人」である西行は、主として昔話や歌謡、職人サイギョウなどに登場し、一般の享受者や職人などと等身大の卑近な人物として描かれ、愚かな振る舞い等が多く話題になる。「歌人」としての西行の場合は、旅の地における詠歌が中心となり、西行を崇敬する文化人や愛好者等の関与がうかがえる。また、「修行僧」の場合には、歴史的西行の延長上における伝説として位置づけられ、修験などの宗教者が伝説の担い手として積極的に関わっている形跡が見られる。このように伝承の内容が、西行の属性を規定し、その背景に関係者の関与や影響を読み取ることができる。

以上のことから、西行伝承は多様なジャンルや階層からなり、また、さまざまな時代相等がここに吹き寄せられて全体を構成していることがわかる。特定の時代の固定した層による特殊な内容を保持しているものとは大きく異なり、いわば時代を超えた多彩な文化の反映ととらえることができる。こうした特性を「大衆文化」と評価し、その視点から西行伝承の一面を究明していく必要がある。

大衆文化としての西行伝承

次に、西行伝承における「大衆文化」の側面を具体的に示していきたい。先に示した「西行伝承関係表」の1は大衆性をより顕在化させた西行伝承である。「西行法師と女」と題した例話を参考に上げてみる。

　西行法師という歌の先生が諸国漫遊しょうた。そうして夏暑いのに巡業しょうて、熱田の宮へ行つて、拝殿で休んで、

　これほど涼しいのに　熱田の宮とは　これいかに

と言うて歌ぁ詠んだ。そうしたら、そこの子どもが、

　西行西行というても　東の宮へ　なぜ来たか

と言うて、歌を子どもが詠み返《かや》あて、そこで西行法師が歌ぁ詠み負けて、そして次ぃ行ったといぅ。
　そうして次ぃ行きょうたところが、山ぁ越しょうたら、大便に降りとうなって、そうして草ぁ踏みつけて大便をした。そうしたら、それが萩の木だった。そうして足ぅ離すと、ぴいんと跳ねて、うんこがひどう散ったいぅ。その時、西行が歌の先生じゃけえ、歌ぁ詠んだ。

　幾度《いくたび》の　旅はしたけれど　萩の跳ねぐそ　これが初めて

いうて歌ぁ詠んだ。そうしょうたら、こんどぁ、また便所へ降りたい思ようたら、大きな亀がおった。そりょう踏

まえつけて、うんこをして立てって見たら、それが、いごいごいごいご言《は》え出た。
　幾度の　旅はしたげれど　生きぐそひったは　これが初めて
いうてまた西行が歌ぁ詠んだら、亀が詠み返えたと。
　若い者　道端で昼寝すな　駄賃とらずの　重荷負い
いうて亀が歌ぁ詠み返えたいうて。その西行のような偉え人でも、歌ぁ詠み返されたといぅ話がある。
　また次ぃ行きょぅたら、娘さんが井戸端で甑《こしき》ぅ洗ようた。そうして西行が通ての時、すぐそのこしきぅ尻の方へ。
そうして西行が
　幾度の　旅はしたけれど　へへにこしきは　これ初めて
いうて詠んだら、娘が
　へへにこしきは　豆うむし　杵《きね》があるなら　つけや西行
というて娘が詠んだといぅ話がある。
　それもひとむかし。
（「西行法師と女」『備後の昔話』日本放送出版協会、一九七七）

　我が西行は、東に向かって行く先々で歌を詠む。始めは、熱田宮で子どもとの歌問答となり負ける。次に、萩に大便したのが跳ね返るので自嘲の歌。続いても大便で、こんどは「駄賃とらずの重荷」を受けた亀が歌を返して追い詰められる。動植物にも見放された挙句に、娘との艶歌の応酬でも弄《なぶ》られるなど、歌才西行は必敗者の役割を担って徹底して嘲笑される。
　なぜに西行が笑われるのか。そもそも西行の俳諧歌に狂歌咄の要素が胚胎《はいたい》しており、それが民間の西行戯笑歌《ぎしょうか》にもつながるとする見方もあるが、*ここではその解釈は採らない。なぜならこれは西行の問題ではないからである。アドラー心理学でいう「課題の分離」**に照らせば、笑われる西行の問題ではなく、笑う側の他者の問題であり、「誰の課題」であるかをはっきりさせることで解決する。それでは、この「西行法師と女」における他者とは誰か、言うまでもなく、この話を興じて楽しむ「大衆」である。大衆は、現実世界では権威に抑圧《よくあつ》されている存在であり、そこで話の世界で権威に打ち勝つ疑似体験をすることで、心的抑圧を解放させる。歌の世界の権威である西行が、無名の弱者に負ける必然はここにある。笑話における「狡知譚《こうちたん》」の話群は、権威者を知恵で打ち負かすという構造で、トリックスター***的存在が権威者を裸にすることで大衆は喝采を送るのである。

哲学者の鶴見俊輔は、芸術を専門の芸術家によって作られ、専門的な享受者に受け入れられる「純粋芸術」と、専門的芸術家と企業家との合作により作られ、大衆に愛される「大衆芸術」、そして、非専門的な芸術家によって作られ、それらの人々の中で享受される「限界芸術」とに分けて示した。限界芸術とはなじみの薄い言葉であるが、「芸術と生活との境界にあたる作品」（「限界芸術論」『鶴見俊輔集』6、筑摩書房、一九九一）である。生活における美的経験が高まって、人の心を日常的世界の外に連れてゆき休息と安寧《あんねい》を与えてくれるのが限界芸術である。この定義にしたがえば、昔話や伝説は限界芸術そのものであり、また、セミプロのような人のかかわる伝承歌や説話、演劇の西行などは、大衆芸術に相当しよう。それらの西行伝承を総合して、ここでは「大衆文化」と位置づける。

その鶴見は「大衆文化論」（『鶴見俊輔集』6に収載）の中で、いろはカルタを分析し、そこに内包されている「庶民的倫理」の中に権力者に対するシニシズム（冷笑主義）があることを指摘している。先に挙げた「西行法師と女」には、そうしたシニシズムの心意がよく表わされている。西行伝承の根やそこから茂った幹、枝葉から、大衆文化の性

*伊藤博之「西行俳諧歌と民間伝承」（『論纂　説話と説話文学』一九七九）

**アドラーはフロイトに学び、そこから離れて「個人心理学」を打ち立てた。「課題の分離」とは、その課題が誰のものかを明確にし問題に対処することの必要を説いた。

***民話や神話に登場するいたずら者。知恵を持ち文化英雄である反面、愚かで狡猾、秩序の破壊者でもある。

質をさぐり評価していくことが本書の課題でもある。

伝説的な西行伝承

西行伝承における一方の極を「大衆文化の西行」とすれば、もう一方の極は「伝説的な西行」といえる。前者が昔話や民謡に多く登場し、史実から遠く離れているのに対し、後者は伝承歌や伝説などによく見られ、史実の西行に近づけて理解されることが多い。両者は磁石の正極と負極のような対照的な関係にある。

西行がここに旅し在住した折の歌や遺品などを伝えているが、西行が生きていた時代から事実として残されているはずはないから、これも西行伝承の枠の中にあるものである。ただ、こうした「伝説的な西行」には、それを受容し担う側の意向や環境が強く反映されている。芭蕉を始めとする文人や愛好者が伝承歌の形成に関わり、また、幕藩体制下の藩の文化政策が伝説形成を後押ししてきた。文学や文化への憧憬が西行を待望し、伝説を招来する。一方で、滞在した庵や関係社寺、また、西行に仮託される事跡には、修行僧や遊行聖等の宗教者の関与もある。

このように西行伝承は多岐にわたる内容をもっている。これを声の伝承の区分でいえば、昔話や伝説、歌や民謡、民俗などの分野にまたがっている。それぞれの分野は固有の伝承形態をもち、特有の内容を保有している。個人の伝承でこうした複数の伝承形態にまたがるものとしては、西行以外には見当たらない。また、伝承の西行の属性も、高度な歌とかかわるものからサブカルチャーやキャラクター化したものまで多様な相貌を見せている。こうした多彩な西行伝承の形成には、時代や文学ジャンルを超えて愛好されてきた、いわば通文化的背景を想定してみるべきである。本書の研究の意義と目的は、そうした通文化的背景を明らかにすることでもある。

次に、本書の内容を簡単に説明しておこう。

序論の「「聖西行」の系譜」は、西行伝承の基調を「聖西行」という概念でとらえ、その通時的な姿を追った。歴史的西行から口承の現在まで、また、時代やメディア、担い手等によってさまざま変貌して見せる西行伝承を、包括的に把握するテクニカルタームとして「聖西行」を用い、その輪郭と特徴の概要を述べたものである。

Iの「地域・伝説の西行」は、伝説の形で残されている西行伝承を取り上げ、伝説の意義を地域の歴史や文化、生活環境等から追究した。福島県猪苗代町《いなわしろまち》小平潟《こびらがた》の「西行戻り橋」伝説は、かつてこの場所が交通の要衝の地で、また、天満宮信仰と結びついたマージナルな空間であることが伝説形成に関わっている。熊本県の阿蘇郡小国町《おぐに》の片田《かただ》観音堂にまつわる西行伝承歌は、ここに逗留した遊行僧の関与をうかがわせる。福井県あわら市の吉崎御坊《よしざきごぼう》近くにある「汐越の松」を、芭蕉は『奥の細道』で西行が詠んだと記したが、蓮如作とする説とともに怪しい。地誌編纂の過程で吸い寄せられた伝承歌のようである。それぞれの伝説が、地域の文化・生活環境や歴史的文脈の中で形成されていく過程を、伝承研究の視点から明らかにした。

IIの「昔話・歌謡の西行」は、昔話や歌謡、民謡における西行伝承を、ジャンルの展開の問題として論じたものである。「西行昔話」は、西行狂歌咄から移行したものが多い。狂歌咄が江戸の小咄に続かず、昔話に流れ込んだのは、中世の名残を漂わせる西行咄が、昔話のもつ田園的色彩に適合していった結果と解釈される。また、西行昔話の中の歌問答は、「西行と女」との和歌の贈答形式に依拠しているが、それを大きく換骨奪胎《かんこつだったい》させ、大衆の嗜好に合うように変成している。これには民間の歌の掛け合いの習俗が影響している。昔話や民謡の西行は、よくも悪くも大衆の生活、娯楽と密着して享受、継承されてきたことを示している。

IIIの「旅と漂泊の西行」は、西行伝承における渡世や修行漂泊の旅が、日本人の旅の類型に基づくものであることを述べた。「西行の旅」の形成と意味づけには、「聖西行」の旅が深く関わっている。その「聖西行」の旅が、「西行伝説の旅」への架け橋になっている。芭蕉の旅は、西行の旅を規範にしながらも、実質は『撰集抄』等に登場する「捨世聖」に近い漂泊性の色合いを帯びている。その芭蕉が西行伝承歌を西行詠として評価するのは、芭蕉の西行認識の問題なのか、あるいは時代の評価なのか、今後の課題となる。西行伝承に見られる職人の技術修得の旅や巡礼サイギョウなどの旅は、西行が民間伝承として定着していく過程において形成されたもので、西行が大衆文化に与えた影響の一つといえる。

Ⅳの「信仰・民俗の西行」は、西行伝承が民間信仰や民俗に深く浸透している姿を浮き彫りにする。西行泡子塚《あわこづか》は、子どもの魂を行方をめぐる信仰をベースにするが、それに喫茶や茶屋などの時代文化が無理なく取り込まれている。西行と親鸞は宗教的にも文化的にも共通性は薄いが、伝承文化の享受という面において通底するものがあり、両者が混同される理由はここにある。江戸の旅行記に記された「西行庵」の記事は、西行が文化としてのステータスを獲得し、寺の経営等にも積極的に活用されていた事実を明らかにする。西行伝承における「宗教者西行」の側面を提起している事例といえる。

終論の「西行伝承文学史」は、西行研究に続く伝承研究がどのように展開してきたかを整理しまとめた。それを通して、伝承研究の方法や意図、その独自性をプレゼンしたものでもある。西行伝承の研究が広く認知されることを強く期待している。

本書は、各論文を伝説、昔話・歌謡、旅、信仰・民俗という四つの柱に収めたが、これは西行のキーワードとなる歌、旅、僧に対応させたものである。そして、伝承の基調にある「聖西行」を序論に、研究史を終論において、その全体像を構想した。なお、民間の西行の基にある民俗語彙のサイギョウについては、拙著『西行伝承の世界』（岩田書院、一九九六）に詳述した。また、そこではサイギョウとかかわる伝説や民謡、および説話伝承の西行についても論じたので、併せて参考にしていただけるようお願いしたい。

序論　「聖西行」の系譜

はじめに

西行伝承は、西行詠とされる伝承歌や問答歌、西行の事跡にもとづく庵や木像、地域の伝説や昔話など多岐にわたっている。伝承研究は、そうした広範な西行伝承がどのように展開しているのか、個別の例や複合した事例等を収集し提示していく必要がある。西行伝承は民俗世界から自然発生的に誕生したものではないので、その根底にあるものと、そこからどのような契機と経緯を経て形成されてきたかの過程を明らかにしていかなければならない。

小島孝之によると、西行説話は生成過程と享受の形態から三つの段階に整理されるという（小島孝之『中世説話集の形成』若草書房、一九九九）。第一段階は、西行の身近にあった人の事実見聞にもとづくエピソード談として語り継がれてきたもので、『井蛙抄』や『古今著聞集』などに載る説話がそれに相当する。第二段階は、このような断片的な内容を一定の方法で繋ぎ合わせ人物伝に仕立てた『西行物語』がそれである。そして第三段階は、その『西行物語』から派生または演繹的に新たに紡ぎだされた『撰集抄』や各地の西行伝説などであるという。これは話の発生と展開、享受の過程を、通時的な発展段階としてとらえる見方を示したものといえる。

この発展段階の発想は物事を直線的に整理把握する上では明快であるが、事はそう単純とは思えない。書物が現実に影響を与え、また、書物は現実の反映を受けて書かれる。つまり読者や享受者がその内容を規定し、あるいはさらに変えていく場合もある。書物と読者は一面的、一方通行的にあるのではない。したがって双方向あるいは相互補完的にとらえていく必要がある。そこで小島の発展段階的整理に加え、ここではジャンル間の移行の問題として再構成することで、より立体的な把握に近づけるのではないかと考える。

そこで具体的には、まず『西行物語』『撰集抄』に描かれた西行像を分析し、その底流にある「聖《ひじり》」の実態と活動の反映としてとらえる。そこに示された「聖西行」を、民間の西行伝承の原像として認識する。いわば歴史的現実の「聖」を、虚構である作品の西行と対峙させ、それを享受・創造体としての民間の西行伝承との関連において把握しようとするものである。文学と歴史と民間伝承という三つのジャンルを通底する概念として、ここでは「聖西行」を用意し、それぞれのジャンルを移行する「聖西行」が、それぞれの風景の中でどのような相貌を見せているのか、その実態を追ってみようというねらいである。

一　『西行物語』『撰集抄』の旅

いわゆる『西行物語』は広本・略本・中間系の総称とされるが、ここではテキスト間の差はさておいて、内容を主に問題にしていきたい。『西行物語』によると西行は京都の双林寺《そうりんじ》で亡くなっていることから、同書の成立に双林寺に屯《たむろ》する「念仏聖」のかかわりが指摘されてきた（坂口博規「「西行物語」考」『駒沢国文』第十三号、一九七六。福田晃『軍記物語と民間伝承』岩崎美術社、一九七六）。また、前述した小島孝之は、『西行物語』が往生伝のスタイルに沿って記述され、また『新古今和歌集』収載の西行歌にもとづいての西行の旅が構成されていることから、「廻国を生涯とした時衆の活動の投影」あるいは「公家の知識人による創作の旅」とすることも考えられるが決めがたいとする。そして

双林寺にある石塔。左が頓阿の碑銘があり、右二つのどちらかが西行の墓とも伝えられる。

『西行物語』の享受者の観点から考えてみる必要を説いている。

聖の表現活動を「隠者文学」の視点から中国の隠者、隠逸との影響からとらえる見方があるが、ただ日本の隠者の場合、たとえば陶淵明《とうえんめい》のような反体制的存在、あるいはそうした立場から逆に政治にかかわっていく隠者も乏しいとされる。大隅和雄は聖を民俗宗教にもとづき、また浄土信仰の系統にあるとした。そして聖の文学の記録者は聖自身ではなく「貴族社会の知識人」*であり、その影響のもとにとらえる必要を説く。まさしく『西行物語』は、そうした和歌を基盤とした貴族社会の追壊の色合いを強く引いている。

歌人西行が、作品では自分の係累等について避けて触れなかったのに対し、『西行物語』では家族が流露している。いたいけな我が子を縁から蹴落として出家する強烈なイメージが、後段で再び妻や娘を登場させる仕掛けになっているのかもしれない。物語の終盤になって、成長した娘と再会し、出家へと導く展開は、西行に「調和的人間像」を求める作者あるいは読者の願いでもあろうか。『西行物語』は西行に「家族愛」を求めるとともに、出家前の華やかなりし頃の追壊を基調に構想されている。

＊『シンポジウム日本文学6　中世の隠者文学』（学生社、一九七六）の「隠者」のシンポジウムでの大隅和雄の発言。

高野山の天野にある西行親子の墓とされる石塔

出家後の西行は、歌枕を訪ねて各地を旅するが、それは駿河の在中《ざいちゅう》将《じょう》や清見潟《きよみがた》、武蔵野の郁芳門院《いうほうもんいん》、白河の能因《のういん》、白峰《しらみね》の新院《しんいん》など、都とゆかりのある人々と邂逅《かいこう》する形の旅である。白河を過ぎて「都にて月をあはれと思ひしは」と詠み、陸奥の「方山陰《かたやまかげ》」の年の瀬に「都ならねども、年の暮れには、われもわれもとその急ぎをする」と感慨にふけり、美濃では「ほととぎす都へ行かば言伝てむ」と詠み、善通寺《ぜんつうじ》で「さてしもあるべきならねば、都の方へと思ひ立ちける」などと、歌枕探訪の西行の旅は、行く先々を都とともに歩き、そして都へ戻るための旅であったとさえ思われる。『西行物語』が西行の歌をもとに実西行の生涯になぞらえる意図で構成されていることを差し引いたとしても、この「都」への執着は特異である。いうなら都人の観念、感性に彩られている旅といってよいだろう。廣末保が連歌師紹巴《じょうは》の「旅の本意と申すは、たといゐ中（田舎）かたはらに仕《つかまつり》候《そうろう》連歌成《なり》とも、心を都人になし候て仕候」の言葉を引き、「連歌における「旅」の観念は、「都」の観念に媒介されてはじめてなりたつ」（廣末保『芭蕉』『廣末保著作集』第四巻、影書房、一九九九）と指摘したが、『西行物語』の旅も連歌師の旅の観念と軌を一にしているといえよう。

これに対して『撰集抄』の旅は、ひたすら都を遠く離れた「海の辺、深山のすまひ」で修行に励む遁世僧を西行が訪ねていく旅である。この旅の違いは何に起因するものであろうか。『撰集抄』の序および跋文《ばつぶん》によると、「四十余年」

の著者が寿永二年の一月に「讃州善通寺の方丈の庵」で本書の執筆を終えたとある。『撰集抄』は語り手の西行が、都を離れて各地を放浪しながらの見聞をもとに構想されている。『撰集抄』は江戸時代に『西行記』『西行撰集抄』といった書名で刊行されてきた。近代に入って西行仮託書であることが明らかになり、それまでが誤った受容史として否定的にとらえられそうであるが、西尾光一のいう「西行的な人間と虚像たる西行に愛好され関心を持たれた人間」（西尾光一『撰集抄』「解説」岩波文庫、一九七〇）を描いたものとして、読者にそうした西行像を提供してきた『撰集抄』を、ここでは積極的に評価していきたい。そのことが民間の西行伝承に深くかかわっていると思われるからである。

その『撰集抄』が力を込めて語るのは、道心堅固な乞食僧や隠徳《いんとく》と佯狂《ようきょう》の聖、隠遁の閑居で自然死を迎える遁世僧など、語り手西行が理想と仰ぐ人物であり、そうした理想像を描くところに『撰集抄』の特質がある。こうした理想像の背景にある遁世思想を、「自己の存在価値を相対化してしまう現世の秩序や価値観を拒否しようとした所に成立した」（伊藤博之「撰集抄における遁世思想」『隠者の文学　妄念と覚醒』笠間書院、一九七五）と社会的背景から解く伊藤博之の説明は説得力がある。冷淡で仮借《かしゃく》ない批判の現実秩序から逸脱する人々はいつの時代にもあるのであろう。中世の聖たちは山林に、精神の自由と安寧《あんねい》を求めて蟄居《ちっきょ》したのである。『撰集抄』はそうした聖たちの動向を取材し、紹介することに大きな意義を認めていたにちがいない。語り手西行は、遊行回国する聖の修行形態を実践しているのである。「陰逸清浄《いんいつせいじょう》の漂泊僧として渇仰《かつぎょう》された西行を、聖階級の一種の代表的偶像的人物として、西行の流浪遍歴に託しつつ、諸国の山河に遊歴錬行する幾多の有名無名の聖達の浄行を記す事を大きな目的とした」（今野達「撰集抄の成立について」『今野達説話文学論集』勉誠出版、二〇〇八）とする今野達の説明は首肯できる。ひたすら都へと収斂《しゅうれん》する『西行物語』の歌枕の旅と、聖の内奥にせまる『撰集抄』の旅は、いわば和歌と宗教の違いといえる。そのことは『撰集抄』の作者のみならず、それを支持し、受け入れる読者層の問題でもある。読者の求める「聖の系譜」を、西行像の形成の問題とリンクさせて追究していく必要がある。

二　聖の発生と展開

聖は古代の「日知り」に由来するとされるが、平安時代に輩出する聖たちの多くは、「聖道門《しょうどうもん》教団を離脱した浄土門の僧徒」（井上薫「ひじり考—平安時代浄土教の発展—」『ヒストリア』一号、一九五一）であったと井上薫は指摘する。かれらは寺領庄園の増大に伴う教団の世俗化や僧兵の抗争などから離れて、「新しく期待される浄土易行《いぎょう》門の福寿を追求し」ていこうとする。

『今昔物語集』の巻14第44話「山の僧、播磨の明石に宿りて、貴き僧に値《あ》へる語」は、陽信《ようしん》という顕密《けんみつ》両方にすぐれた僧が、能力が上とも思えない貴族の子弟である後輩に追い越されていくのに矛盾を感じて、比叡山を下り、播磨の明石へ行き宿る。そこで、疫病を阻止するという「法師陰陽師」に遭う。「横惑《おうわく》の奴」と思った陽信は、その行動を懐疑的に眺めていると、無事に祭を終え、郷の病人たちも良くなり、僧は備前の方へ去って行ってしまった。陽信はその僧の行方を追ったがついに捜すことができなかったという。「実に止事《やんごと》無かりける聖人の、人を利益せんが為に来て、両界の法を行ひて大疫《たいえき》を止《とめ》ける也」と、『今昔物語集』の作者は語る。こうした説話を民衆相手の説教に用いたものであろう。

このような聖僧が胎動してくる社会・宗教的背景について、井上光貞は「律令的農村の解体」や「既成教団の腐敗、国家の僧侶及び民衆に対する統制力の弛緩《しかん》」によって生じたものであるとし、次のように指摘する。

要するに、聖の宗教活動は古代国家の解体・民衆的世界の向上を背景とし、古来の民間布教者がしだいに活動の自由を得、あたらしい民衆との結合様式を作りだすことによってしだいに活気を呈してきたものである。そして古代貴族と既成教団とはもはやその活動をおさえきれないばかりか、価値的にも、聖的世界はしだいにたかめられてくるのであって、ここに、鎌倉仏教成立の宗教社会史的前提をみることが可能になってくると思われるのである。（井上光貞『日本浄土教成立史の研究』山川出版社、一九五六）

僧尼《そうに》の許可を国が出す「度縁《どえん》制」に基づかない私度僧や、顕密教団の寺院から離脱した遁世僧たちは、「岩谷」や「柴の庵におはす」簡素清貧の僧として、しだいに巷間《こうかん》に認知されていくことになる。次の『梁塵秘抄』の聖を詠んだ歌は、そうした時代を映したものといえる。

聖の住所は何処何処ぞ、大峯葛城《おおみねかつらぎ》、石《いし》の鎚《つち》、箕面《みのお》よ勝尾《かつお》よ、播磨《はりま》の書写《しょしゃ》の山、南は熊野の那智新宮《なちしんぐう》（二九八）

我等が修行に行でし時、珠洲《すず》の岬をかい回り、打ち廻り、振り棄てて、単身越路《こしじ》の旅に出でて、足打ちせしこそあはれなりしか（三〇〇）

我等が修行せし様は、忍辱袈裟《にんにくけさ》をば肩に掛け、又笈《おい》を負ひ、衣は何時となく潮垂れて、四国の邊地《へち》をぞ常に踏む（三〇一）

大峯や葛城、書写山、石鎚山、熊野などの山岳や、それ以外にも高野山や叡山《えいざん》などの山里に別所を構成し隠遁した聖は、山伏、修験を思わせる。また、廻国遊行する修行の苦しさや悲哀が率直に伝わってくる。もちろん、こうした山や辺土《へんど》などの人里離れたところばかりではなく、市中の聖として庶民と直に交わり、葬送や作善《さぜん》、あるいは念仏弘通《ぐつう》に務めたりする者も多かった。

五来重は、かれら聖たちが原始宗教者につらなるものとして、「隠遁性・苦行性・遊行性・呪術性・世俗性・集団性・

勧進性・唱導性」の性格を規定し、「入道後の西行は隠遁性・回国性・勧進性・世俗性など、まさしく典型的な初期高野聖」（五来重『高野聖』角川書店、二〇一一）であるとした。しかし、この「西行高野聖」説には異論も多くあり、目崎徳衛は歴史学の立場から厳しく史料精査し否定した。五来が根拠としてあげた一つの「元興寺《がんごうじ》極楽坊の勧進」について、西行が元興寺の万陀羅堂《まんだらどう》の修理や柿経《こけらきょう》の勧進に名を連ねたのは史実に乏しく、「当時すでに流布していた西行伝説の所産」（目崎徳衛『西行の思想史的研究』吉川弘文館、一九七八）であると指摘した。ところで、この指摘は西行伝承の研究の立場からは大変に興味深い。

西行は「上人円位」「円位ひじり」などと記録にあるように、宗教的身分でいう「聖」である。西行から五〇年遅れて誕生する鴨長明の『発心集』の中に、西行の娘が「わが親こそ、聖になりてあり」（第六「西行が女子、出家の事」）と言わせる記述からわかるように、西行は社会通念上の聖であると認識されていたことを示している。その西行が、中世の奈良の浄土信仰の中心となっていた元興寺に屯《たむろ》する勧進聖たちの間で、西行が勧進聖であると見なされていたことは、後世の「聖西行」の萌芽を確認するものである。

ところで、勧進聖、廻国聖の活動が、地域の信仰を活性させる効果をもたらしたであろうことは容易に想像される。竹田聴洲は、「廻国遊行という生態の一般化は、戦国の動乱に指標づけられるように、社会がはげしく流動していた中世においてこそ可能でありまた必要でもあった」と述べ、そうした時代の聖の動向が寺院化の動きをうながしたと指摘した。

> 中世には到るところ村々に各種の仏菩薩の堂庵が散在したことは当時の絵巻物や荘園図絵などによっても明らかであるが、そのあるものは遊行のヒジリたちが落としていった信仰の種子の発芽したものである。それら仏・菩薩に種々のものがあるのは来遊漂泊の旅僧らの信仰系統を反映するとともに、それら堂庵は久しきにわたって

その後に去来を重ねた聖たちの泊処・足がかりとなり、その間いつしか彼らが背負った信仰所縁の宗教的名士に開創の功が仮託されて行った。そして最終的にはその堂庵に来泊しこれを拠点として定着した来遊僧によって、その堂庵は彼の奉ずる宗旨の線にそって宗教寺院に転化させられたのであって、それが偶々《たまたま》浄土宗系の僧侶であったとき浄土宗寺院になったというにすぎない。（竹田聴洲『民俗佛教と祖先信仰』東大出版会、一九七一）

村々の堂庵に止宿《ししゅく》する遊行聖等の廻国が地域の仏教信仰を活性させ、やがて寺院化へと進める大きな力になったという。しかし、それだけでは、中世から近世にかけて多くの寺院が設立する理由の一面でしかない。その背景には、織豊《しょくほう》時代における土地制度の問題がある。

信長の比叡山焼き打ちや一向一揆制圧は、土地支配による荘園領主化し、かつ大きな政治勢力となった仏教教団の解体に向けた争いでもあった。信長後の秀吉は、こうした勢力との融和を図りながら、刀狩りや検地を行うなどして、荘園領主の土地支配から小名《しょうみょう》や土豪、小農《しょうのう》などの直接支配に基づく封建制度を確立していく。こうした政治の動きが宗教政策へも影響を及ぼし、中世にはなかった寺檀《じだん》制度をうながし、近世のいわゆる「葬式仏教」を浸透させていった（岩田重則「「葬式仏教」の形成」『新アジア仏教史13日本Ⅲ　民衆仏教の定着』佼成出版社、二〇一〇）という。

この点を聖の視点からとらえる伊藤唯真は、浄土宗教団はそれまでの「村落仏堂、寺庵を基盤として展開した教化者教団」が「法的に規制された巨大な制度化教団へと移行」していくことになったという。遊行僧などが「領主、土豪・有力武士、農民らの援助によって新たに浄土宗寺院を造立したり、宗教色の定かでない在地の仏堂・寺庵や荒廃衰退した他宗寺院を浄土宗寺院化している」（伊藤唯真『聖仏教史の研究下』『伊藤唯真著作集』第二巻、法藏館、一九九五）ことが、寺伝の書き上げなどから見えてくると述べている。こうした寺院化の動きには、江戸幕府の国民全員にそれぞれ一つの檀那寺を求める「寺請《てらうけ》制度」が拍車をかけていったといえる。続いて、江戸の聖の動向を見ていきたい。

三　近世の聖の展開

戦争のない安定した社会になってくると、仏教寺院は寺院化以前の堂庵と本山末寺《まつじ》のヒエラルキー的関係を結び、各宗派とも制度的には安定した教団へと変貌していく。幕府は幕藩体制の基礎が固まると宗教政策の統制を強め、聖のような自由身分を排除し、人心掌握するために宗門帳を義務づけ、また宗教者の徘徊規制のために関所札のチェックを厳しくするなど統制を強めていく。時代の変化によって、聖に対する見方も変わってくる。ところで、伊藤は近江周辺の近世の史料から「聖」が消えていくことを、次のように指摘する。

時代がさがり、近世に入ると「聖」の語が見当たらなくなるのは、中世の「神主・聖・オトナ」の体制に変化が生じたからであるとみなければならない。神主・聖と並記された体制から聖が消失するのは、聖の機能が分化して、他のものにその地位がとってかわられるからである。私見によれば、社頭聖の機能の一端は近世に入って社守り（一年神主）、村禰宜、頭屋に移行したのである。また社頭聖の中には社家に転身するものもあった。（伊藤唯真『聖仏教史の研究　下』『伊藤唯真著作集』第二巻、法蔵館、一九九五）

近世に入り「聖」の語が消えていくというのは、その存在の意味するものが、時代の中で機能しなくなったということなのであろうか。とはいえ、近世に入って聖が完全に消えていくわけではない。中世の聖の伝統を引き継ぐものに浄土宗系の「捨生聖《しゃせいひじり》」がいる。捨世とは遁世と同じく、俗化した教団を批判してその庇護は避けるが、教団は離脱せずに活動するところが中世の遁世僧とは異なる。宗派内部での出世を拒否して称名念仏に専念する立場の者に称念《しょうねん》や以八《いはち》、弾誓《たんぜい》、徳本《とくもと》などの名僧がいる。かれらの中には「済度弘通のために諸国行脚」し癩病者の救済などの社会奉仕にも従事する者もいた。伊藤は「聖文学ともいい得られる『撰集抄』や『発心集』などに出てくる籠居《ろうきょ》遁世の西方願生聖《さいほうがんしょうひじり》が、近世「捨世」僧の一つの理想であった」*と述べているのは注目すべきである。『撰集抄』が後世の遁世僧に影響を与えていたことは十分考えられるからである。

この体制内過激派ともいえる捨世派は、世間的な立身出世にすぎなくなっている寺僧界の僧侶養成機関（壇林制度）批判であり、名聞利養《みょうもんりよう》への執着を断ち民衆布教のための専修念仏に徹する姿勢は、中世の遁世僧に近い。しかし、幕藩権力の保護と統制のもとに置かれた教団には限界があり、こうした捨世派への批判も強い。その中で中期の学僧、貞極《ていごく》の説く、「若し真実に往生を願はゞ、病身を申立て城下の在家広き家の後に小庵を補理《おぎな》ひ、善く心得たる俗士に守護せられ、目出度《めでたく》往生仕る事」こそが、近世浄土教における理想的僧侶像ではないかと指摘する長谷川匡俊の見解は納得できる。「富家の一隅に閑居する人で、形こそ閑静とはいえないが、心はいたって静寂である」（長谷川匡俊「近世浄土宗における理想的僧侶像」『近世仏教の諸問題』雄山閣、一九七九）のが現実的な穏当な処世かもしれない。

実はこの「在家の後の小庵」で念仏ならぬ俳諧の道を志したのが芭蕉である。芭蕉が糊口《ここう》を凌《しの》ぐための宗匠をやめ、市中から深川に移った草庵こそが、貞極のいう閑居生活の場であった。最初は俳諧の仲間、杉風《さんぷう》の敷地内、大火後は森田惣左衛門の屋敷内に草庵を構えた。芭蕉は捨世僧に近い境遇に身を置き、その後の「旅の境涯」を生きたのである。芭蕉は西行を敬愛していたが、その西行像には『撰集抄』を始めとした西行伝承もかかわっている。それについては本書の「芭蕉における旅と西行伝承」（一六三ページ）の章を参考にして欲しい。

江戸から近代にかけての聖の動向を追った柳田國男の「毛坊主考」「俗聖沿革史」は、俗聖《ぞくひじり》の包括的な研究である。

*伊藤唯真『聖仏教史の研究　下』『伊藤唯真著作集』第二巻、法藏館、一九九五」

近世の記録類等を博捜し、それに近代の民俗事例を加味しながら、広い地域にわたる実例を中心に取り上げる。葬送にかかわる毛坊主《けぼうず》を始め、鉦打《かねうち》・鉢叩《はちたた》きや茶筅《ちゃせん》売り、ササラ遊芸人、願人《がんにん》などの賤しい雑役への従事者や被差別民の実態を取り上げ、また、それが民俗や念仏供養、儀礼等に展開している例を示す。柳田の民俗学的な方法は、聖の歴史的展開と同時に、現実の下層生活民への視点を忘れない。聖はもともと仏教とは無関係で、「ヒジリが仏法を利用して毛坊主になつたので、仏法の普及が新たに此の如き階級を作つたのでは無い」（柳田國男「毛坊主考」『定本柳田國集』第九巻、筑摩書房、一九六九年）という言葉にその主張がよく表われている。

　柳田が触れることがなかった遊行聖やその宗教的意義について、近年、西海賢二は民俗学、歴史学の立場から追究している。教団から離れ宗派色の薄れた民間宗教者のうち、苦行しながら民衆に接し、加持祈祷や仏像彫刻、接待所運営等に積極的にかかわった木食観正《もくじきかんしょう》をはじめ、徳本上人、唯念《ゆいねん》上人などの足跡を、民俗社会の中から丹念に資料を発掘し論じている。さらには漂泊性の強いこうした宗教者がもつカリスマ性が、民間の講組織の育成等に深くかかわっている点などを指摘する（西海賢二『近世遊行聖の研究』三一書房、一九八四、『近世遊行聖と木食観正』吉川弘文館、一九九五）。なお、西海は江戸から近代の地域文書等に「西行」が記載されていることを示唆しているが、その実態的研究が俟《ま》たれる。

四　民間の「聖西行」の諸相

　聖の動向を近代に求めていくと、偶然ということではなく「西行」に逢着する。民間の西行が聖に重なる部分があるからで、そうした西行をここでは追ってみる。ただし、西行は正確には「サイギョウ」と表記すべきで、いわゆる民俗語彙の西行である。

この例を早くに報告したのは永井義憲で、千葉県館山市の西行寺にある「西行寺縁起」に記されていた。それによると、西行の妻「呉葉の前《くれはまえ》」が夫を訪ねてここまでやってきて亡くなり、そこに建立したのが西行寺であるという。そして、この縁起の作成に紙職人が関与し、そのため紙職人をここでは「サイギョウ」と呼んでいるという内容である（永井義憲「西行伝説の変容と伝播―安房・船形『西行寺縁起』とサイギョウ―」『大妻国文』15号、一九八四）。現在、寺には彩色された西行の木彫り像も残されている。西行寺の縁起作成に尽力した紙職人をサイギョウと呼ぶのは、歌舞伎の狂言回しの役柄が、主人公を名のったようであるが、しかし、紙職人に限らず職人サイギョウの事例は各地にある。

また、用例は近世にまで遡り、職人の徒弟制度の中で形成された語彙と思われる。『体系日本史叢書9 社会史Ⅱ』によると、弟子入りした職人が一人前になるための総仕上げに、旅に出てさらに腕を磨き、人間修養を積むことを「西行」と呼んでいたという。本郷にあった御用建具師の安立屋倉吉の「西行」の様子を、次のように記している。

前掲の安立屋の場合でみると、江戸から京都までの間を街道筋の建具屋へいって、仁義を述べ、一仕事か二仕事、一つの仕事場に一ヶ月か二ヶ月おいてもらってつぎの宿まで行って働き、京都までいき、また戻りを中仙道に変え、江戸に向い、江戸に戻ってくれば〝一流の兄い株〟になれたという。初代の安立屋倉吉は二十五歳で親方の娘を内儀として、本郷春木町一丁目の借家で一人前の細工師となりまもなく数十人の職人を使い、江戸城改築時代には、一〇〇人以上の職人を切り回したという。（中村吉治編『体系日本史叢書9 社会史Ⅱ』山川出版社、昭和四十年）

倉吉は「西行」を終えて、親方の娘と結婚して後を継いだということからすると、「西行」は技術修得、人格陶冶《とうや》の手段の意味で用いられている。もちろん、西行と命名するからには、当然ながら史実の西行が歌の修業で諸国を旅したことを踏まえてのことであろう。

しかし、これは近代において特殊な事例でないことは、一般の国語辞書にも記載されていたことからうかがえる。たとえば、大正五年に富山房から出た『大日本国語辞典』の「さいぎょう（西行）」の項目に「（西行法師の天下を遍歴せしよりいふ）諸所を遍歴する人の称」とある。「さいぎょう」の項目は、現在の『日本国語大辞典』『大辞林』にまで引き継がれている。余談を言えば、三浦しをんの小説『舟を編む』でも、この意味の「さいぎょう」が話題に出てくる。

筆者もこのサイギョウ*を巡礼者、乞食等を含め、また民俗事例にまで広げて追跡した（花部英雄『西行伝承の世界』『岩田書院、一九九六）。そのうち聖とかかわりの深い巡礼者、乞食のサイギョウについて言えば、栃木県芳賀郡では遍路・巡礼をサイギョウブチと言い、群馬県水上町《みなかみ》藤原《ふじわら》では物乞いをサイギョウという。また直接の聞書きでは、埼玉県比《ひ》企《き》郡都幾川《ときかわ》村では僧衣姿で物乞いにくるのを、「巡礼サイギョウが来た」と言い、長野県下伊那《しもいな》郡南信濃《みなみしなの》村辺りでも、僧衣姿で念仏を唱えるサイギョウ法師が乞食に歩いて来たといい、六十六部のような遊行僧を指して呼んでいたようである。

こうした事実は、かつての民俗社会にサイギョウが広く浸透していたことを物語っているが、驚いたことに、平成の世においてもサイギョウは実在していた。平成九年に兵庫県の有馬温泉で「西行」を名のる旅僧の話を聞いたことがある。温泉街から離れた山手に「西行鼓ヶ滝」の伝説で知られる滝を見に行った時のことである。滝のそばに「滝見茶屋」があり、店にいた藤井栄美子さんに伝説のことを尋ねたら、西行さんなら五、六年前にここに来たと言い、証拠にといって手帳に書いた切れはしのメモを見せてくれた。

西行が詠んだ「名も高き鼓ヶ滝を望むれば岸辺に咲けるたんぽぽの花」の歌を、住吉、玉津島、竹生島《ちくぶじま》の神が添削し、「音に聞く鼓ヶ滝を打ち見れば川辺に咲けるたんぽぽの花」と直したとある。記述は伝説をなぞったものであることは一目で了解できたが、問題はその人物である。僧衣姿の老爺二人がしばらく滝を眺めていたが、帰りがけにこんな歌を作ったと言って置いていったという。酔狂としか言いようがないが、僧形で名勝地を「聖西行」のように旅していたことは事実のようである。自らを西行と名のり、劇中劇を演じつつ、かつ語り手の役割を果たしていたといえる。

他にも、「聖西行」の痕跡と思われる屋敷跡などがある。奈良の吉野にある西行堂は、西行がここに住み「とくとくと落つる」の歌を残したとあるが、西行を名のる人が住んだ可能性も考えられる。大津市大江《おおえ》に「西行屋敷」があったと『近江国輿地志略《よちしりゃく》』巻之四十に出ている。聞書きでいえば、長野県東御《とうみ》市滋野《しげの》赤岩《あかいわ》にある西行屋敷跡について、所有者の高橋保さんから直接伺った。保さんが子どもの頃に、父から西行がここに住んで、善光寺などを訪ねたりしていたということを聞いていたという。その屋敷跡は今は畑になっているが、後年に保さんが興味本位で一部掘ってみたら、生活道具のようなものが出てきたという。屋敷跡は高台にあり、眼下を千曲川が流れる風光明媚な場所である。対岸の小諸市大久保の布引山《ぬのびきざん》釈尊寺《しゃくそんじ》には、西行が登ったという伝説がある。

岩手県野田村玉川《たまがわ》の西行堂は高台にあり、現在、堂はないがその周囲は公園となっていて、町が管理している。ここに住んでいた西行が土地の漁師の娘と歌を交わしたという伝説がある。これは伝説だから事実ではないが、ただ長野県東御市の例が、時間が経つとこうした伝説にならないとはいえない。ところで、この公園から眺める風景もすばらしい。眼下の玉川漁港の向こうに、太平洋が果てしなく広がっている。

＊なお、職人サイギョウについては、初田亨『職人たちの西洋建築』（講談社、一九九七）にも詳細な記述がある。

おわりに

西行伝承は民俗から自発的に生まれることはなく、何らかの媒介が必要である。本稿では『西行物語』『撰集抄』に描かれた「聖西行」像を、歴史的実体である「聖」の反映として、その動向を通時的にたどってきた。『西行物語』『撰集抄』の西行は、西行の生涯を下敷きに、遁世僧やその周りにいる貴族、また、教団を離れた聖僧たちが、その人物像の形成に関与していた。そのようにして仮構された「聖西行」が、中世や近世の社会を横断しながら、民間伝承を刺激し成立させていったと思われる。具体的には聖の系譜を引く下級の宗教者や職人などがかかわって民間の西行伝承を定着させていったといえる。個々の西行伝承は地域やジャンルに応じて、また、かかわる主体の関与の仕方や影響のもとに独自に構成されているはずである。本書の以下の内容では、それぞれの西行伝承の事例について綿密な分析と解釈をもとに、その実態を明らかにし意義づけていくことになろう。

I

地域・伝説の西行

猪苗代の西行戻り橋

はじめに

福島県耶麻《やま》郡猪苗代《いなわしろ》町小平潟《こびらがた》の「西行戻り橋」の伝説は、小平潟天満宮とかかわって伝承されている。現在の天満宮は、猪苗代湖の湖畔の白砂青松の森閑とした地に建っているが、この地に鎮座することになったのは天和二年（一六八二）で、これは会津藩主の保科正之《ほしなまさゆき》の遺命によるもので、没後十年に完成する。

保科正之は徳川家光の異母弟で、高遠《たかとお》藩、山形藩を経て寛永二〇年（一六四三）に会津藩主となる。家光没後、若い家綱将軍の補佐役として幕政に参画するなど多忙であったが、領地の殖産興業や新田開発に手腕を発揮するほか、自ら朱子学や神道を学ぶなどして、文治政策にも力を注いだ。その一環として地誌編纂や寺社統制を行い、そうした施策の延長上に天満宮の移転もあっただろうと考えられる。

移転前の天満宮は、小平潟集落の東はずれにあり、その傍にはここに生まれたとされる連歌師の猪苗代兼載《いなわしろけんさい》ゆかりの「軒の梅」もある。西行戻り橋は、その天満宮跡地の近くにあったとされるが、現在その場所は、平成一四年の新田造成の工事により、橋も小川もすべて舗装道路に化してしまった。社殿のない跡地に西行が訪ねてきて問答歌を交わすという伝説が生まれるはずはないから、「西行戻り橋」の伝説は、遷宮以前からのものと考えるのが理に叶っている。本稿では、この前提に立って考察を加えていくことにする。

ところで、この地の西行戻りの伝説は、天満宮近くに架かった橋のそばで、問答相手の子どもの歌に恐れをなして、西行は橋を渡らずに引き返していく。その問答歌の相手が、この地の連歌師兼載の子どもの時分という設定になっている。西行から二五〇年も遅れて誕生する兼載との問答譚に、どのような事情あるいは背景があるものなのだろうか。史実を超えたところに伝承の真実を求める民間文芸の特質を探っていきたい。いわば、小平潟の「西行戻り橋」伝説が包摂している真実を、小平潟天満宮を中心とした地域の歴史や文化、地理的環境を含めた包括的な視点から追究していこうとするものである。

一 「西行戻り橋」の伝承

小平潟は三〇軒ほどの集落で、通りの両脇の家々には屋号名を書いた標識が設置されている。江戸時代に天満宮参拝客が宿泊や休憩所等に利用した際に使われたとされる屋号を再現し、時代の面影を残そうとしたものだという。また、江戸の文化年間に描かれたとされる「小平潟周辺十五景図*」という絵図があり、その絵をプリントしたものに簡単な解説を加えた案内板が、各要所

小平潟集落の一部。各家の前に屋号の標識が立つ。

に立っている。天満宮を中心とした文化的環境の名残を示し地域の誇りとすることで、その地域性を各地に発信しようとしている。その活動の中心的な役割を果たしている一人の佐藤善司さんから、「西行戻り橋」の話を聞くことができた。佐藤さんは小平潟の郷土史や民俗等にも明るいが、この話は年寄りから聞いたという。

旅の僧がなぞ問答ではないんですが、謡いや俳諧、句会とかの問答で、戻り橋のたもとで遊んでいる子どもの一人に、土の上に杖でもって旅の坊さまが、文字を書いたんですよ、一本の一を、

「この字を何と読むか」って、子どもに尋ねたら、

「土の上に一だから王と読む。そして、星落ちれば玉となす」。要するに、玉になるよっていうようなことを言ったので、その旅の坊さんは、〈こんな小っちゃな子どもが、これだけのことを話すんだから、この村ではそういったことを問答しても負ける〉ってなことで、そこから戻って、帰ったってというのが始まりなんですよ。

他の言い伝えとして、「一つ二つ三つと草の実を　いちご食えとはおかし坊さん」っていうような、言われ方もあるが、わたしらはこういうふうに爺さん婆さんからは、そういうような形で聞いてきた。

子どもの歌は、土の上に一で「王」、王に星（、）が落ちて（付いて）「玉」になるという。謎々《なぞなぞ》の一様式である「字《じ》謎《なぞ》**」の趣向であるが、他に例を知らない。続く、いちごの歌については、次のような話もある。

＊「小平潟周辺十五景図」小平潟周辺の景色を描いた一五枚の絵画。絵に「釈浄雲」という雅号がある。龍川善信《りゅうかわよしのぶ》作で、文化九年に作成されたとされる。（戸田純子『連歌師　猪苗代兼載』による）

＊＊漢字を用いて作った謎。たとえば、室町時代の『宣胤卿記《のぶたねきょうき》』の日記に、「梅の木を水に立てかへよ」とあり、答えは「海」となる。

坊さん（西行）は、小平潟に立派な坊さん（兼載）がいると聞き、小平潟と隣の集落との境で遊んでいる子どもたちに声をかけた。すると子どもが歌で返してきたので、子どもがこれでは兼載には敵《かな》わないだろうと思い引き返したので、地名が戻り橋となった。子どもが返した歌は、「名を知らぬ草の実をくいと言うは不思議坊さん」。

他にも、文献資料に「いちごに足らぬ草の実をいちご食えとはおかし坊さん」「一つ二つの草の実をいちご食えとはおかし坊さん」などとあった。*

語ってくれた佐藤幸子さんは小平潟に住んでいて、おばさんから聞いたという。いちごに、イチゴと一合を掛けた歌であるが、島根県邑智《おおち》郡美郷《みさと》町大和《だいわ》の類話では、西行が子どもの時に、親からイチゴ食えと言われた際に、「いちごう（一合）に足ろう足らずの草の実をいちご（苺）食えとは親の無理かな」『島根県美濃《みの》郡匹見《ひきみ》町昔話集』（島根大学昔話研究会編、一九七六）と詠んだという。「一羽でも鶏」といった類の「無理問答」と呼ばれる言葉遊びを歌に転用し、笑いにした話である。

「小平潟周辺十五景図」にある「戻り橋」の看板。西行はここにあった橋から引き返したという。

また、小平潟に生まれた戸田純子さんは、大学で連歌を学び、『連歌師　猪苗代兼載』を著わし、故郷の先人の偉業を世に示した。その本の中にも、西行伝説に触れた部分がある。

地元の言伝えによると、昔西行法師が兼載に会いに小平潟を訪れた時、途中のこの橋にいた子どもに、「私は西行と言う者だが、この辺りに兼載という有名な方がおられると聞いて来たのだが、どこにいるのか教えてくれますか」と頼むと一人の子どもが、「西行と言いながら東に来るとは変な坊さん」と答えた。それを聞いた西行は、こんな小さな子どもにもこれだけの返答が出来るのだから兼載に会ってても私はとてもかなわないと言って、西行法師は戻って行ったので、「西行法師の戻り橋」と言われるようになったそうだ。実は兼載その人であったと言う。（戸田順子『連歌師　猪苗代兼載』歴史春秋社、二〇一〇）

「西行は西に行くと書くが、東に来るとはこれ如何《いか》に」と、矛盾を突いた無理問答である。民間説話にはよく出てくるエピソードである。地元で成長する過程で聞き知ったものか確認できないが、同書には、さらに西行の話が続く。

もう一つ、兼載が五歳の頃のこととし小平潟に伝わる話がある。

兼載の名は当時上方まで聞こえていたようである。西行が兼載を尋ねるために小平潟の隣村・松橋まで来た。その辺りに子どもたちが遊んでいた。西行は子どもに兼載は居るかと尋ねたら、ここには居らぬと答えた。そこで、西行は子どもらに、いちごを採って食べて遊べよと言った。すると一人の子どもがすぐに「一つ二つの草の

＊子どもがイチゴと一合を掛け合わせた歌であるが、シチュエーションが不明である。

実を一合食へとはおかし坊さん」と答えた。西行はこれを聞いて、兼載にはとても敵わないと言ってここより戻ったと言うことである。実はこの歌を詠んだ子どもは兼載自身であったと言う。

先述した「いちご問答」である。さて、現在の伝承をたどる中で、西行戻り橋をめぐる三パターンの歌を確認することができた。どれが標準、正統であるかを問うことにたいして意味はないが、それにしても、西行伝承が輻輳《ふくそう》していることは興味深い。

次に、口承を離れて、記録資料を見ていきたい。昭和五四年に刊行された『猪苗代町史』の民俗編の巻に「西行法師の戻り橋」の伝説が出てくるが、これは昭和四八年に出版された山口弥一郎監修『会津の傳説』（山口弥一郎監修『会津の傳説』会津民俗研究会、一九七三）からそのまま転載したものである。ここでは、『会津の傳説』から引用する。

> 昔、西行法師が、諸国行脚の途次、ここ会津の小平潟に、兼載という有名な歌詠みの人のいることを聞き、ぜひ逢って歌比べをしたいとて尋ねて来た。松橋の村を過ぎ小平潟へ行く途中の小さい川に差しかかったところ、橋のところで子どもたちが三、四人「いちご」（野苺）を食べて遊んでいた。西行法師は「いちご」はうまいかと話しかけたところ、一人の子どもが、
>
> 今をだに口にも足らぬ草の実を
> えちご（越後）食うとはおかしそうさん
>
> と歌で返事した。これを聞き、さらに西行は、
>
> 天竺の天霧姫が通い来て
> すすき尾花は誰が子なるらん

と問い詠ったところ、
天竺の雪霧姫が通い来て
と詠み返した。
すすき尾花は天子なるらん
と詠み返した。これを聞いた西行は、このような子どもでさえかく歌を詠むところでは、師の兼載は恐らく前代未聞の歌詠みに違いない。会ってもかなわないだろうと、そこから戻った。
その橋を西行の戻り橋という。今は区画整理によって位置が変更した。
（話者　渡部正光）

ある法師が歌比べをしようと橋のところへ来たら、そこで三、四人子どもが遊んでいるのを見て法師は、百姓の子どもたちだと思って軽蔑し、土の上に「一」を書き、これを何と読むかと尋ねたところ、一人の子ども、
土の上一は王なりほしあらば
玉と読まん何と坊さん
と答えたので、法師は子供でさえこう詠むのでは、師の兼載にはとてもかなわないと戻ったという。この子どもが兼載であった。
（話者　山田友弥）

ここでも三種類の歌が登場する。これまで見てきた「土の上」「いちご食え」は、歌が短歌形式に字数が整えられている。なお、新たに「天竺の」の問答歌が加わっている。この問答歌は、第二句「天霧姫」が、次の歌では「雪霧姫」に、第五句「誰が子」が「天子」に変わっている。問答歌のごく一部を変えるだけで、内容の違いを際立たせる手法を「鸚鵡返し《おうむがえ》」と呼んで、和歌の世界の技法として行われてきた。しかし、なぜここにこの問答歌が登場するのか、また歌の背景となる説明もないので、歌意もわかりにくい。唐突の印象をまぬがれない。

この問答歌と趣向を同じくするものが、菅江真澄の「はしわのわかば　続」（『菅江真澄全集』第十二巻、未来社、一九八一）に出ている。西行が松島の大白峯天童庵《おおしらみねてんどうあん》を訪れた時に、天から降りてきたという宮千代《みやちよ》の話を聞く。松島で修行していた見仏《けんぶつ》上人に仕えていた宮千代が、上人の死とともに姿を消したとされる。その塚の前で、「月にそふかつらおのこのかよひちに薄《すすき》はらむはたか子なるらん」と読むと、童が現れて「雨もふり霞もかゝり霧もふるすゝきはらむはたか子なるらん」と読んだという。童は山王の化身であったと記す。月の光を宿す薄は誰の子か、と詠む西行の歌に感応して出現した童が、薄は雨露の宿し子であると応えて消え去る。

真澄のこの記述は、仙台藩医の相原友直《あいはらともなお》の『松島巡覧記』によったとされる（小堀光夫『菅江真澄と西行伝承』岩田書院、二〇〇七。相原友直『松島巡覧記』安永七年。『仙台叢書』二巻）が、それによるとこの話は「是俗間《ぞくかん》に傳ふる所」のものであると述べているので、民間に伝えられていたものであろう。「童子は宮千代なり。西行此童子にはづかしめられて。背反《もど》れりと云」とあるから、西行戻りの伝説である。この伝承が、どのような経緯で『会津の傳説』に取り込まれたのであろうか。

しかも、なぜにこの問答歌が脈絡もなく突然に表われるのかも理解しにくい。常識的に言えば、西行をめぐる問答歌に詳しい者が、その知識を誇示するために挿入したと考えることができる。仮にそうだとすれば、これは穿《うが》った見方かもしれないが、この地の西行戻り橋の伝説に、この種の歌の知識を持った人の関与があったことを示唆するものであろう。それは『会津の傳説』の編者や資料の提供者というより、それ以前のレベルにおいて考える必要があるかもしれない。「西行戻り橋」の伝説は、鄙の地の素朴な位相にあるというより、天満宮関係者や参拝客など、歌の知識に明るい人たちの関与を予想させる、そうした動静を伝えるものであるかもしれない。ただ、これは推測の域を出るものではないが、後にまた話題にする。

二　小平潟の兼載伝説

小平潟の「西行戻り橋」の伝説の大きな特徴は、西行と問答を交わす相手がこの地に生まれたとされる兼載となっていることである。いったい西行と兼載との関係はどのようになっているのかが、次の課題となる。その問題に入る前に、兼載とはいったいどのような人物なのか、伝説の方からまず見ておきたい。

御天神様の御神体を背負い申してきた神官が、須磨の浦から杖にしてきた梅の木をさしたところ、そのまま根つき、大きな木になったのが、幹に実のなる「幹の梅」である。

小平潟の「お加和里御前《かわりごぜん》」が幹に二ついっしょになっていた幹の梅の生の実を食べてはらみ、生んだのが兼載といわれている。

お加和里御前が、生梅の実を食べてはらんだというので、小平潟の人は今でも幹の梅ばかりでなく、外の木の梅でも生の実は食べない。

兼載は御天神の生まれ変わりといわれ、幼児から神童の誉れ高く、兼載がいまだ背にあるころ母が畑に黍、粟を作っておるところ、あるとき、黍がだれかに盗まれたので母がぐちをいうと背中で、

なれかしと思う黍をば盗まれて

あわれ今年も粟で暮さん

と詠んだ。

たまたま幼い兼載が草刈る鎌を持って行くのに会った人が、どこへ行くと問うたところ、

冬ほきて夏枯れ草を刈りに行く

と答えた。

　註　ほきる＝茂る

（話者　山田友弥・渡部正光・半沢キヨ）

神童・兼載の偉才ぶりは、母が梅を食べて孕んだことにより、地元では梅を食べてはならないといった食物禁忌となり、兼載を神格化する。この伝説は天満宮の由来を説く『小平潟天神宮縁起』にもとづいており、「兼載は御天神の生まれ変わりといわれ」ていると述べるが、そのことは後述するとして、ここでは子どもの兼載の歌に注目したい。最初の歌は、黍《きび》を盗まれた切なさを、「なれかしと思ぅ黍をば盗まれてあはれ今年も粟で暮らさん」と、優しく慰める当意即妙の歌である。続く「冬ほきて夏枯れ草を刈りに行く」は、謎言葉に麦を夏枯れ草と言ぅが、それをめぐる小話である。これは全国的には、西行が通りすがりの子どもに声を掛けた時に返される歌で、西行から兼載への移行の道筋が読み取れそうである。同じ話が、兼載の研究書である『兼載のいろ香』（柏木香久著、一九三四）にも出ている。

兼載の幼名は梅と呼び梅子ともいぅ。「小平潟天神略縁起」兼載三歳の頃、母の背に負われて畑へ行く人に「梅どこさ行く」と問われて「冬は青々としていて夏枯れる草を刈りに行く」と答えたと。三歳で季感をわきまえたほどである。

またこの村にこのような伝承がある。梅が遊んでいた所に一人の旅僧が通りかかり、お前に甘い苺をやろうかと僅かばかりの苺を与えた。梅は旅僧に、「一つ二つの草の実を一合食えとはおかし坊さん」と哥に返したという。

昭和九年の出版である。幼い兼載の才能を称揚する立場から、いちご問答も引き合いに出されている。これが「小平潟天神略縁起」から引いたとあるから天神と兼載とがセットで顕彰されてきたことがわかる。大正八年の『福島県耶麻郡誌』（『福島県耶麻郡誌』耶麻郡役所編纂、一九一九。復刻版は歴史春秋社、一九七八）にも、

小平潟濱　月輪村に在り猪苗代湖の東北畔《みずぎわ》なる数十町の沙汀白沙《さていはくさ》極めて清く満原咸《ことごと》く青松密立し中に天満宮の社あり湖波湛然として遠近の峰巒《ほうらん》之に浮動し蒼翠《そうすい》社頭に掩映《えんえい》して清風常に絶えす松籟《しょうらい》琴声を放ち水色澄徹《ちょうてつ》遊魚数ふへし附近一帯松露霊芝《しょうろれいし》生す

猪苗代兼載

みとせへてをり〳〵見ける布引をけふたちそめていつかきて見ん

とある。風光明媚《めいび》な地と天満宮、そしてここに誕生した猪苗代兼載とその歌を合わせて紹介する。ここでも名所地の小平潟を信仰と文化との三つ揃《ぞろ》いで、観光の宣伝とする姿勢がうかがわれる。ところで、兼載の「みとせへて」の歌は、『小平潟天神宮縁起』にも紹介され、また、書かれた年代がはっきりしないが『二本松藩捜古』という書物にも出ている。会津では兼載の歌と信じられてきたようだが、この歌は長野県の上田市辺りでは西行の歌として伝承されている。小干潟の兼載伝説は、西行と深くかかわっているのであるが、そうした交流がどこからくるのかが次の課題となってくるが、それを追究する前に、兼載の誕生に触れた『小平潟天神宮縁起』*を話題にしていきたい。

＊『小平潟天神宮縁起』（寛延二年五月、島影文石筆）。原本は福島県立博物館が所蔵する。『福島県立博物館紀要』第一六号（二〇〇二）に、川延安直氏の翻刻がある。

三　『小平潟天神宮縁起』と天神信仰

『小平潟天神宮縁起』や兼載の伝記等が記録されていく背景には、会津藩における保科正之の文治政策による地誌編纂や寺社統制の事業が深くかかわっている。徳川三代による幕藩体制の基盤が整い始めた時期、由比正雪《ゆいしょうせつ》らによる幕府倒幕未遂（慶安《けいあん》事件）が起こり、幕府は文治政策へと舵を取っていくが、その中心にいたのが将軍補佐役の保科正之であった。会津藩を治める保科は、自ら進んで自藩の風土記編纂を命じ、寛文六年（一六六六）に『会津風土記』を完成させる。同時に藩内の寺社整理を進め、『会津寺社縁起』（寛文六年）、『会津神社志』（寛文一二年）が作成される。この事業を通して新たに歴史が創成されていくことになる。ここに問題とする兼載の伝記もこうした機運の中で生まれてくる。

澤井恵子「会津藩政下で創出された猪苗代兼載伝記」（『武蔵大学人文学会雑誌』第四十巻第二号、二〇一〇）は、この問題を鋭く追究した論文である。澤井によると、兼載の記録は乏しく、生前の記録とされる『耕閑軒記《こうかんけんき》』（一五一八以前成立）に、出自は関東の出身で父は式部少輔《しきぶしょうほ》盛実と記される。これがその後も引かれるが、近世の会津の地誌（会津風土記）には、兼載は兼栽と表記され、小平潟生まれで天神社の申し子、会津若松の黒川自在院《くろかわじざいいん》で剃髪し、和歌に優れ、京に出て宗祇に学び、連歌の宗匠となったとされる。澤井は、この記事の典拠に「自在院縁起」（寛文五年）や「小平潟天満宮縁起」（現存しないが、当時あったであろうと推測される）があったという。編纂事業のための提出用として俄かに作成されたのであろう、それらの資料によって兼載伝記が創作されていった可能性があるとする。

なお、『会津風土記』から六年後の『会津旧事雑考』に、兼栽の名前の由来が、会津若松の住吉社の松を詠じた歌（君が代の久しかるべきためしにや兼てぞや栽し住吉乃松）からの命名と記される。その名の由来に住吉社がかかわったとされるなど、伝記が地域事情を盛り込んで増幅していく過程が見えてくる。さらに、寛延《かんえん》二年（一七四九）『小平潟天神宮縁起』によると、天満宮に百夜《ももよ》通うと、夢に梅をもらい食《しょく》して一児を授かり「梅」と名づけたとある。

さらに、澤井は猪苗代の姓に対する疑念を取り上げる。兼載の姓の猪苗代が初出するのは、寛政四年（一七九二）の『伊達世臣家譜』であるという。同書は伊達家および家臣の系譜をまとめたもので、伊達藩の連歌師の猪苗代家は、「式部少輔盛実」の子「法橋耕閑軒兼載」に連なるものだと記される。そしてこの猪苗代一族の一人である猪苗代盛国は、伊達政宗が葦名《あしな》義弘を滅ぼした時に、案内者として協力し、家臣に引き立てられたとされる。つまり、猪苗代兼載は、江戸の後期に初めて伊達家の文書に登場することになるのである。こうした経緯からすれば、小平潟の兼栽が連歌の宗匠であった耕閑軒兼載であるとする説明はグレーゾーンのものといえよう。

ところで、ここでは兼載を文学史に正統づけることが趣旨ではない。文学的な事実は重いとしても、当面する問題点は、西行と関わるところの伝承の兼載である。その兼載の伝説のもとになるのは『小平潟天神宮縁起』である。縁起は識語《しきご》によると、寛延二年（一七四九）に会津藩士の島影文石《しまかげぶんせき》が記したもので、内容は大きく四段に分けることができる。第一段は、菅原道真が大宰府に左遷されるいきさつと、無念の死から京都北野に神として祭られる経緯。第二段は、天神の分霊が小平潟に祭られることになる由来。第三段は、天満宮の申し子である兼載の伝記およびその歌。第四段は、天満宮の造営の歩みと、保科正之による顕彰や奉納品などに触れる。

縁起でまず問題となるのは、道真を北野に祭ったいきさつの記事である。縁起によると「天暦《てんりゃく》元年、右近の馬場に菅丞相の廟《びょう》を立てらる。北野の御社、是なり。同九年三月、北野の神託にて右近の馬場に一夜に数千本の松を生しけるといへり」と述べる。天神信仰を伝える主な文献である『北野天神縁起』（『寺社縁起』岩波書店、一九七五）「建久本」によると、天慶《てんぎょう》五年（九四二）に多治比《たじひ》あやこに託宣があり北野に祭るが、その後天慶九年に、近江国比良の宮の神良種《かみのよしたね》の子に再び託宣があり、良種がその由の報告を兼ねて北野で相議すると、一夜に数十本の松が生えたという。その後の天徳《てんとく》三年（九五九）に殿舎が完成したという。これに比べると小平潟の縁起は、人物名や託宣の事実を欠いた略述で、はたして『北野天神縁起』によったものかどうか疑問である。そのことは年号の違いが明確に示しているのではないだろうか。『小平潟天神宮縁起』が直接に『北野天神縁起』にもとづいたものではなく、系統の異なるものに拠ったと考えるのが妥当といえよう。それでは、いったい何に基づいたのかということになるが、実はそのことは、次の小平潟天満宮の由来の記述の部分とも関係する。

小平潟天満宮の由来は、北野に道真の霊を勧請《かんじょう》することと関わっており、天暦元年に筑紫から道真の神霊を迎えるために神像を彫刻したが、サイズが小さかったので新たに作成し納めた。その際、最初に作成した神像を須磨の人が譲られて自宅に安置しておいた。その神像が歌を詠んだというので、旅僧が懇請《こんせい》して貰い受け、須磨から風光明媚な小平潟の浜まで運んできた。休憩後に出発しようとすると重くて動かなくなったので、ここに祭ることにしたという。神の鎮座パターンの説話的表現*といえる。

ところで、この縁起の本文中に朱書きの訂正が数ヵ所施されている。初めの「旅の僧」の脇に「近江国比良之神社神主神良種云人」とある。他にも三ヶ所、「彼僧」の部分に「良種」と書き入れがある。また、もう一ヶ所、兼載の母を「孀婢」と記したところに「孀女」とある。この部分は、差別的表現であるとして是正したものであろう。それで

小平潟平満宮前の猪苗代湖の砂浜と、遠く仰ぎ見る磐梯山

は旅僧を神良種《かみのよしたね》と朱を入れた意図は、どこにあるのだろうか。『小平潟天神宮縁起』の翻刻と解説を書いた川延安直は、これについて次のように述べている。

いつこの朱書が加えられたのか明らかではないが、あるいは明治の神仏分離の頃かと思われる。神仏混淆《こんこう》の性格を嫌った何者かが本「縁起」から仏教色を除くべく、「僧」を近江比良宮の禰宜《ねぎ》「神良種」に置き換えたのではなかっただろうか（川延安直「「小平潟天満宮所蔵信仰資料」概要」）。

神仏分離の思想から仏教色を排除したとするのは妥当な見解と思われるが、ここではさらに一歩進めて考えて見たい。そもそもが『北野天神縁起』とは異なっている、神良種が登場しない記録や伝承をもとに、縁起を作成したのではないかということである。それは島影文石のかかわる以前の段階においてである。そうだすれば『北野天神縁起』との内容や年号の相違の謎も解けてくる。その結果、『小平潟天神宮縁起』作成後に、『北野天神縁起』に精通した者が「旅の僧」とは神良種であることに気づき、追記したと思われる。

ところで、『北野天神縁起』はさまざまな資料を駆使して鎌倉時代の初めに作られ、鎮護《ちんご》国家、学問の神として天神信仰の根本に据えられた。天神信仰は時代により、また関与する人、信奉者などによってさまざまな要素や信仰、説話が付加され、広く全国に普及していった。神官や念仏者、禅僧などの宗教者による異なる宗教的色彩が施され、また天神講や法楽連歌、演劇、説経などの媒体を通じて、さまざまに展開してきたことはすでに明らかにされてきた。中世から近世にかけての天神信仰を示すものに、『菅家瑞応録《かんかずいおうろく》』という唱導文学書がある。中村幸彦によると、浄土

＊神仏の像や仮面が、急に重くなり動かせなくなることから、神仏の意思が働いているとして、そこに鎮座、祀られることになったとする説話モチーフ。

信仰の影響が見られる作品で、遊行の布教師が種本として説教・講釈に利用したという（中村幸彦「『菅家瑞応録』について」『菅原道真と大宰府天満宮』上巻、一九七五。同「白太夫考―天神縁起外伝―」『文学』第四十五巻第七号、一九七七）。この『菅家瑞応録』に、伊勢神司で白の浄衣を着ていたことから白太夫《しらたゆう》と呼ばれる松本（度会《わたらい》とも）春彦という人物が登場する。春彦は道真の降誕や左遷、あるいは死といった節目における物語上の大事な局面に現われるなど、物語上重要な役割を担っている。北野神社の摂社に白太夫社があるのは、こうした伊勢神道系の布教者の活動の形跡といわれ、白太夫は講釈師であり、かつ「この話を持歩いた遊行布教師の祖であった」*と述べる。また、天神信仰の隆盛の一斑《いっぱん》にはこうした熱心な伊勢神道の布教者に限らず、仏僧などの関与も当然ながら予想される。天神を奉じた布教者が自らの宗教色を加味しつつ、天神の由来や地域環境に応じた天神伝説を説きながら回る一方、中には土着していく者もあったであろう。そうした視点から、次に『小平潟天神宮縁起』を見ていくことにする。

そこで、問題を小平潟に神像を運んできた旅僧に目を向けたい。由来では須磨を訪れた旅僧が、亭主から振舞われた酒に、「須磨でのむこそにごり酒なれ」と口ずさむ。すると菅神の像の方から「このうらは汲みたりければうちこして」と詠んだので、神威を示した神像を請い受けて、ここまで運んできたということについては先述した。学問の神である天神の神威の表徴として連歌を応用したものといえるが、これと趣向を同じくする歌の先行例に、寛永二一年（一六四四）書写の『かさぬ草紙』（神宮文庫蔵）（『京都大学国語国文資料叢書三』臨川書店、一九七七）がある。義経が平家征討し須磨で休んだ時に、里の老人から酒を所望されて、「ささむろや波打こゆるみを持て須磨でのむこそにこり酒なれ」と詠んで、梶原源太景季《かげすえ》に、この酒に名前をつけよと命じると、梶原は「ほうげんた」と名づけたという。下の句は同一であるが、上の句は酒室《ささむろ》での酒粕の混じった濁り酒のイメージを示している。

同じく寛永中期頃に刊行された『新撰狂歌集』（新日本古典文学大系『七十一番職人歌合　新撰狂歌集　古今夷曲集』岩波書店、一九九三）にも同じ趣向の狂歌が出ている。「むかし配所に赴き給ふ人の須磨の浦にて濁酒をご覧じて」という題で、「明石潟波こゝもとにうちこしてすまで飲むこそ濁酒なれ」とある。初句「このうらは」と「明石潟」は、いずれも須磨に通じている。詞書は光源氏や在原行平《ありはらのゆきひら》の須磨流謫《るたく》を背景にしているようである。さらには、寛永の末年までに成立した『新旧狂歌誹諧聞書』（近世文芸叢刊『初期狂歌集』一九九三）に、西行が明石から須磨に行く途中で、ある家で濁り酒を振舞われた時に「明石潟波ここもとのうちにしてすましてのむこそ濁酒なれ」と詠んだ歌とある。それぞれ上の句を列挙してみると、

このうらは汲みたりければうちこして（小平潟天神宮縁起）
ささむろや波打こゆるみを持て（かさぬ草紙）
明石潟波こゝもとにうちこして（新撰狂歌集）
明石潟波こゝもとのうちにして（新旧狂歌誹諧聞書）

とあり、下の句の「須磨でのむこそにごり酒なれ」（『新旧狂歌誹諧聞書』は「須磨で」が「すまして」）は統一性があるので、雑俳の点取《てんとり》俳諧＊＊における短句「須磨で飲むこそ濁酒なれ」に長句の前句付けをしたバラエティに富んだ内容のようである。

ところで、こうした付け合い狂歌の趣向を縁起に取り込んだとすれば、いくぶん不謹慎のそしりをまぬがれないように見えるが、しかし、そうした理解は近代からの発想かもしれない。前に紹介した菅江真澄の松島の紀行で、「薄は

＊中村幸彦「白太夫考―天神縁起外伝―」（『文学』第四十五巻第七号、一九七七）。大神宮信仰と天神信仰と天神信仰との結びつきを示している。
＊＊俳諧の宗匠である点者《てんじゃ》に句の採点を請い、点数の多さを競う遊戯的俳諧。

らむは」の問答のすぐあとに宮千代の稚子塚《ちごづか》の伝説が続く。この塚の前を人が通ると、「月はつゆ、つゆは草葉に宿かりて」（「はしわのわかば　続」『菅江真澄全集』第十二巻、未来社、一九八一）と声が聞こえてきて、通る人がいなくなったという。これを聞いて松島寺の徹翁上人が、その声の後に「それこそそれよ宮城野のはら」と付けたら、その後は声が消え失せたという。「幽霊の歌」（「灰の発句」）と呼ばれる話型で、付け句ができずに死ぬと執念が残る。徹翁上人は成仏できない霊に付け句という形の引導を渡したことになる。『小平潟天神宮縁起』の場合は、天神の霊が「このうらは汲みたりければうちこして」と絶妙に応えたということで、神像が神威を表わしたのである。『小平潟天神宮縁起』における神像の付け句は、俳諧連歌の付け合い文芸を抜きにして解釈することはできないだろう。

四　兼載と道真の誕生譚

続いて、兼載の誕生について見ていくことにする。『小平潟天神宮縁起』では、次のように記されている。

> 後花園院の御宇《ぎょう》享徳元年壬申の歳小平潟の村の地頭石部丹後と云ものゝ嬬婢《はしため》一子を儲けん事を願ひ天神宮へ百夜通夜して太神赫々《かっかく》たる神慮霊験空しからすは我に一子をさつけ給へと丹誠を尽し祷《いの》りけるにかれか信心の神明にや通しけん夢の中に神木の梅をあたへ給ひ服食すると見て是即陽精《ようせい》となりけん父もなふして一男子を出生せり其名を瑞夢《ずいむ》にまかせ梅と字なしてけり

とある。石部丹後《いしべたんご》という人物は不明だが、その家人の端女《はしため》が天神に申し子の祈念をすると、夢に梅を授けられ食すると身籠り、生まれた子に梅と名づける。不思議とも荒唐無稽ともとれる異常出生である。果実から生まれたということとでいえば桃太郎や瓜子姫、竹から生まれたかぐや姫などが思いつくが、ただそれらは昔話や物語上の架空の人物であるが、実在の歴史的人物につながる出生としては伝奇的である。奇瑞に満ちた伝奇的な発想はいったいどこからくるものか、またそれを保証するものとは何か、というのが次の問題となる。

菅原道真が梅から生まれたとする奇矯な言説が、北畠親房《きたばたけちかふさ》の筆録した有職書の『職原抄《しょくげんしょう》』に出ていることを小峯和明が指摘した（「梅から生まれた道真」『菅原道真論集』勉誠出版、二〇〇三）。菅家の官職に触れた記事に、「菅家ハ天神也。ココロハ、菅家ニハ天神斗《ばかり》、大臣ニ任ジ給フ。惣ジテ、菅氏ハ参議ヲ極官《ごっかん》トスル故ニ、天神ノ父ヲバ是善《ぜぜん》ト云也。或ハ梅ノ核ヨリ生ジ玉フト云々。天神ノ養父是善卿、参議マデ任ズ」とある。菅家は参議までの家柄で、天神（道真）は破格な存在であったという文脈の中で、天神は「梅ノ核ヨリ生ジ玉フト云々」と唐突に記述される。伝聞を書き留めたふうの記述であり、殊更異様とは思わなかったものか、その根拠等に触れない。

さらに小峯は、静嘉堂本には「或ハ梅メノ核ネノ中ヨリ化生ツル共云」とあると述べている。化生《かせい》とは母胎や卵殻からではなく出生することを説く、仏教にもとづく生命誕生観である。小峯は、同様の発想にもとづく密教の「梅実守」の修法を例に上げ、梅の実（種子）が護身の守りとなる呪法を紹介している。中世の密教的な神秘主義が、天神信仰に影響を及ぼしていることがわかる。そのことは先述した『菅家瑞応録』にも表われている。

『菅家瑞応録』では菅家の北の方の命日に、四、五歳の童子が是善公のもとに忽然と現れてくると語り、そのすぐ次の章段「胎卵湿化四生之事」で、誕生には胎生《たいせい》や卵生《らんせい》、湿生《しっせい》、化生《かせい》の四生《しせい》があり、道真の誕生は化生であり、その証拠に遺骸もなく、その他の誕生よりも優れているのだと説く。最後に「然ルニ念仏行者ノ往生ハ化生也」（『菅家瑞応録』東大図書館蔵）と結ぶのは、これが浄土宗の説教の影響であることを示唆している。この『菅家瑞応録』を実録体の読物にした『菅家実録』（山中耕作編『天神伝説のすべてとその信仰』所収、大宰府天満宮文化研究所、一九九二）が太宰府天満宮に所蔵されており、山中耕作によって翻刻されている。

その中の道真の誕生譚を見ていくと、ここにも伊勢内宮の社人の渡会春彦が登場する。その春彦が正月元日の夢に、高天原で一童子に会い、束帯の石帯《せきたい》に書かれた歌を渡され、自分は日本に生まれると告げる。春彦は同じ夢を四年間続けて見たので菅家に報告する。するとその年の四月に、御台《みだい》の園文字姫《そのもじひめ》が風に落ちた梅が懐に入る夢を見る。やがて懐妊の兆しが現れ、三芳野清連《みよしのきよつら》に占わせると、男子誕生の徴しであり、口中に物を含んで生まれるので、その物を大切にせよと言う。まもなく誕生し、梅園丸《むめそのまる》と名づける。口に含んでいたのは梅の実であったので、朝廷に報告すると、「梅の実の実を心に含みて梅園丸を道実卿と申せ」と勅が下り、元服して道実と名のる。その梅の実を植えたのが、後の筑紫へ飛ぶ梅の木になる。春彦は、梅園丸誕生後に吹き出の病に臥せっていると、夢に童子が現れ、患部に脂を塗ってくれて平癒する。そこで菅家を訪問し、二歳の道実と対面し、高天原の歌「石の帯彼方此方に別るとも廻り逢日にむすひちきらん」を見せると、にっこり笑う。

『菅家瑞応録』の化生説を可視化した形の誕生譚といえる。これを小平潟の兼載の誕生と比較すると、兼載は端女《はしため》が自ら梅を食べるが、園文字姫の場合は懐に入った梅を、誕生した子が口に含んで出生する。梅園丸は三歳にして漢詩や和歌を口ずさむのに対し、小平潟の梅は母の背中で歌を詠むといった共通性が見られる。『菅家実録』の記事を下敷きに、兼載の誕生譚を仕立てたと考えられる。天神信仰の道真をモデルに兼載伝説は形成され、それを保証するのは天満宮という信仰の場であり、天神と梅と兼載がセットになることでその伝奇性が神格化されることになる。天神である道真と兼載はそのような信仰空間で通底していたといえる。

天神信仰を小平潟に運んできた宗教者が、天神の信仰を小平潟に土着化させるとともに、兼載伝説をも形成させていったのだと結論づけることができる。ただ、それが定着するには縁起制作が一過性のものとしてではなく、「小平潟天神略縁起」に見られるように、天満宮参詣者を巻き込みながら、また儀礼などさまざまな機会を通じて波状的に行われてきたのであろう。川延安直が「「小平潟天満宮所蔵信仰資料」概要」で解説した天満宮所蔵の歴史的に集積された多くの資料がそのことを裏づけている。神社関係者に参拝客、会津藩がかかわって小平潟天満宮、兼載伝説が形成されてきたと結論付けることができる。

五 「西行戻り橋」の形成と背景

小平潟における天神信仰、兼載伝説の形成過程について見てきたが、これを踏まえて再び「西行戻り橋」の問題に移りたい。地元で語られる伝承や『会津の傳説』等に掲載された「西行戻り橋」の伝説は、いずれも兼載に西行が「歌比べ」を挑みにやってくるという設定になっている。その前哨戦《ぜんしょうせん》として子ども（実は子どもの兼載）との掛け合いで、西行は負けて撤退する。結果からすれば西行は兼載の引き立て役になっているのが、小平潟の「西行戻り橋」の特徴である。

西行より二百年も遅れて誕生した兼載との出会いを伝説化するにあたって、ネームバリューのある西行が、引き立て役として兼載を利用することは考えにくいので、ここでは兼載側が西行を問答の相手に引き込み説話構成をこの地に図ったといえる。ただそのことと、「西行戻り橋」の伝説の発生とは無関係である。兼載の顕彰のために「西行戻り橋」を引き寄せたのではなく、むしろ逆に、「西行戻り橋」の伝説が先にあり、その改変に兼載側がかかわったと考えるのが自然であろう。兼載の名で他の説話を呼び込むためには、主体となる兼載伝説がすでに確たるものとして形成されている必要があるが、その実態が見られないからである。また、伝説の兼載が詠んだとされる「冬ほきて」「一つ二つの」「天竺の」「三年経《みとせ》て」などの歌は、他所ではすべて西行の伝承歌とされている。西行伝承に知悉している人が、西行の歌を兼載の歌として流用したのであろうと想像される。つまり、小平潟の兼載伝説は、すべて西行に寄りかかって構成されているのである。

「西行戻り橋」を兼載仕立てに改変したことを、別の角度から明らかにするために、全国の西行戻しの伝説を取り上げて確認し、そこから小平潟の「西行戻り橋」伝説について再度考察していきたい。管見に及ぶ西行戻しは次の通りである。

1　山形県寒河江市西覚寺「西行戻しの涙坂」（西覚寺）
2　宮城県宮城郡松島町「西行戻り松」（瑞巌寺）
3　宮城県遠田郡涌谷町「箟岳《ののだけ》の西行戻しの石」（箟峯寺《こんぽうじ》）
4　福島県いわき市遠野町滝「西行戻し」（滝富士）
5　群馬県利根郡片品村「西行歌問川」（会津・日光）
6　埼玉県北葛飾郡杉戸町下高野「西行法師見返りの松」（東大寺）
7　埼玉県都比企郡幾川村「西行見返り桜」（慈光寺）
8　神奈川県鎌倉市腰越下町「西行戻り松」（鎌倉）
9　山梨県南巨摩郡富沢町西行「西行峠」（甲斐）
10　長野県上田市別所温泉「山田峠の西行の戻り橋」（北向観音）
11　新潟県西蒲原郡分水町国上「西行の戻り石」（国上寺《くがみでら》）
12　富山県氷見市大窪「西行もどしの岩」（天平寺）
13　大分県東国東郡国見町千燈「千灯寺の西行戻し」（千灯寺）
14　熊本県葦北郡芦北町「西行帰り岩」（球磨《くま》）
15　鹿児島県日置郡吹上町「西行石」（薩摩）

ここでは、西行戻りの全国的な広がりや伝説のモチーフを確認するため、詳しい内容には触れることをせずに、伝説の共通性から分析していくことにする。ここに挙げた事例がいくぶん東日本の地域に傾いているのは、筆者の事例収集の偏りがあり、漏れた事例も多いと思われる。ただ、これら全体の分布から判断するに、西行戻しの伝説は全国的に存在するといってよいであろう。

続いて、伝説の場所の問題を見ていく。伝承地の下にあるのは伝説題名で、その題名に示された伝説の対象物のうち松や桜、石・岩などは、引き返す地点を表徴的に表わす事物となっている。また、坂や峠、川、橋などは、村境等の境界的な場所を示している。これらの地点・場所から西行が引き返すことになるのは、題名の下の（　）内にあげた寺や旧国へ行くつもりが、娘や子どもの詠む歌に驚き、この先進めば歌人あるいは僧侶としての未熟さが露呈されるだろうことを怖れて退散するのである。いわば西行は境界的な地で、社寺や地主神の化身に遮られて先に進めず引き返すというのが、西行戻りの構造といえる。＊

こうした全国的な西行戻しの伝説に照らして小平潟の「西行戻り橋」を見た場合、天神の化身と西行との問答が本来で、それが後に兼載に入れ替わったということになるのではないだろうか。昔話の「地理歴史的研究法」を唱えたアンティ・アールネの「一般的にあらわれる形は、比較的少なくあらわれる形よりも本来のものであることが多い」（アンティ・アールネ『昔話の比較研究』岩崎美術社、一九六九）という理論からしても、兼載への変更は後からのものといえる。

次には、なぜこの小平潟の地に西行戻りの伝説が定着したのかについて考えてみたい。すなわち、説話的な意味がどのような現実背景のもとに構想されるかの問題である。その場合、まずは「西行戻り橋」の伝説のある旧小平潟天

＊「西行戻り」の意味について、筆者は埼玉県都幾川村の「西行見返り桜」の場所が、聖地である慈光寺に俗聖の西行が入れずに振り返った地で、そこが境界的な「結界」であると解釈した。（「西行と伝説」『西行伝承の世界』岩田書院、一九九六）

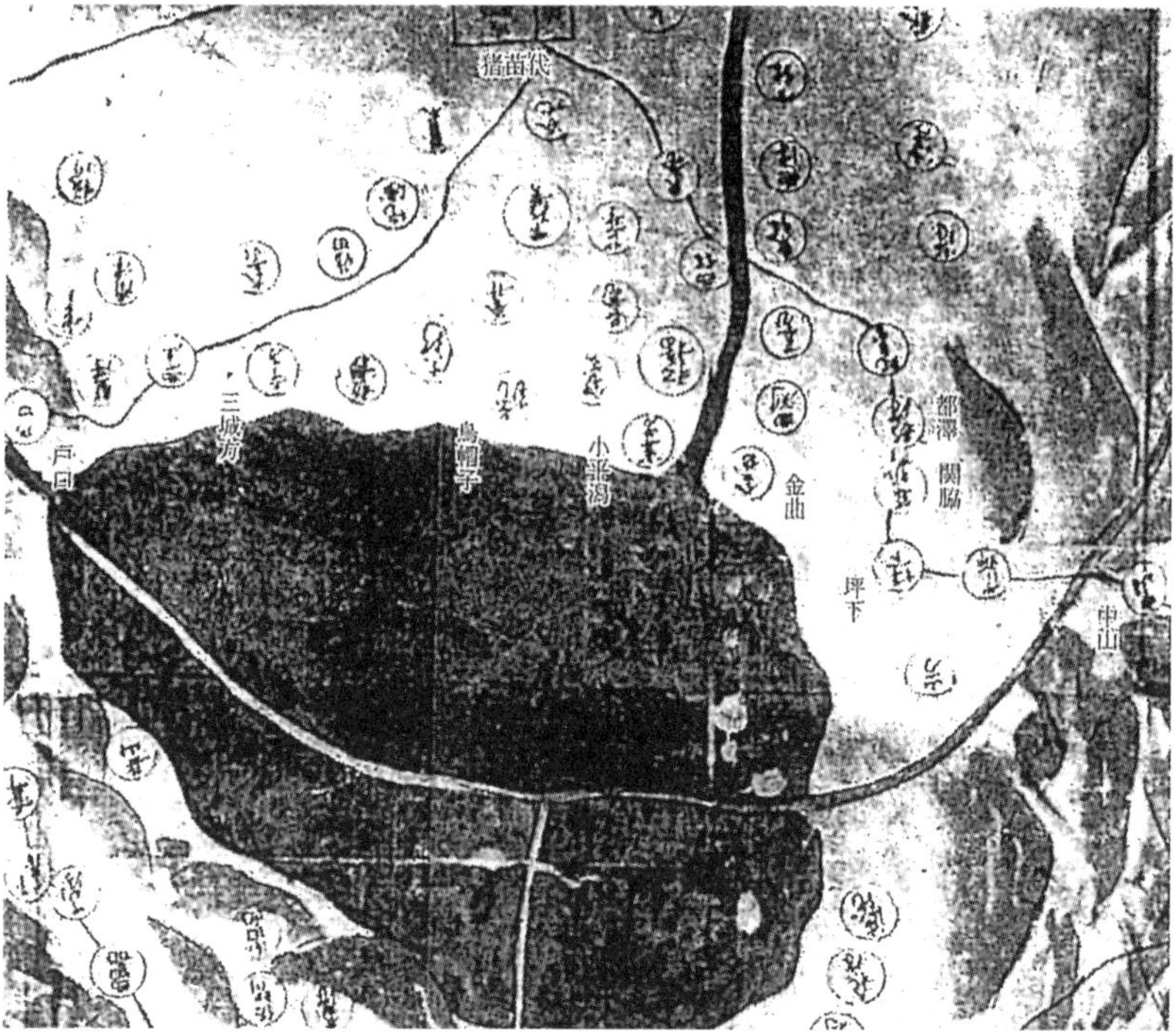

図1　元和2年会津領絵図

満宮付近の地理、歴史的環境について考えてみる必要がある。

　元和《げんな》二年（一六一六）に蒲生家から幕府に提出された「会津領絵図」（「会津領絵図」『福島県史』第10巻下、資料編5下　近世資料4、一九六八）（図1）がある。二本松領から中山峠（楊枝峠）を越えて会津領に入り、坪下《つぼおろし》、関脇《せきわき》、都澤《みやこざわ》を経て猪苗代に至り、会津若松に出る二本松街道である。長瀬川によってできた扇状地の扇頂部分をつないだ古くからの道である。それに対し、「中世に入って盆地面に集落が発達するにつれて道路も湖岸に発達し、近世に入ってから二本松街道となる基盤が形成されつつあった」（『歴史の道　二本松街道（会津街道）』福島県教育委員会、二〇〇〇）という。図2に示した「江戸期の猪苗代町の道」で、関脇から金曲、そして長瀬川の渡し場を越えて小平潟、松橋、鳥帽子《えぼし》を通って三城潟《さんじょうがた》で、表街道に合流する裏街道である。ところで、渡し場のある金曲、小平潟には中世の頃に館があったという。この渡し場をめぐって、慶長八年（一六〇三）に二本

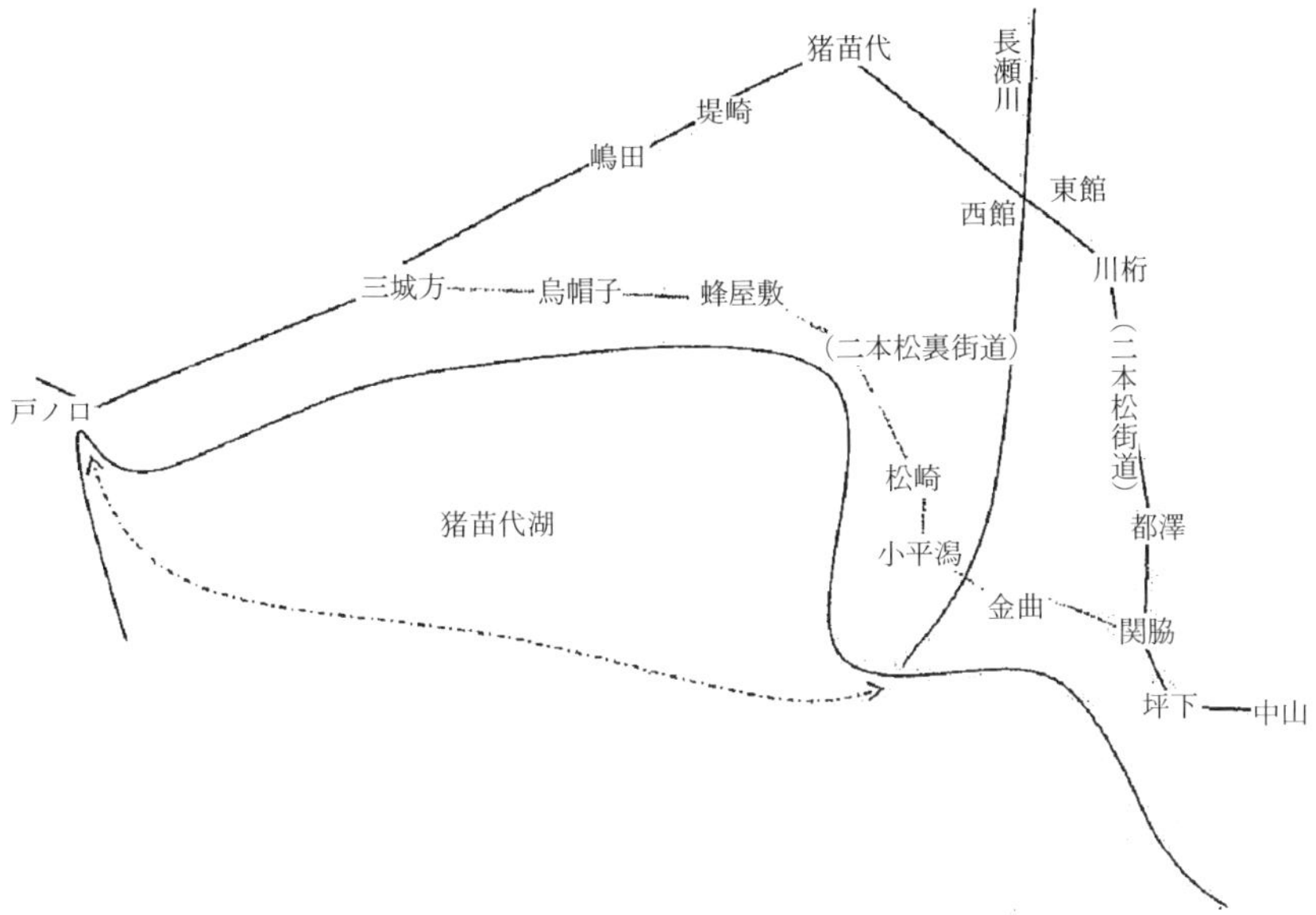

図２　江戸期の猪苗代町の道

松領の中山村と会津領の金曲村との間に争いがあり、結局、「中山村のものは金曲村の舟渡しを無償とし、金曲村のものは中山村に入ること」（『歴史の道　二本松街道（会津街道）』福島県教育委員会、二〇〇〇）ができるようになったという。渡し場には渡し銭を設けていたのである。

陸上の道以外にも、小平潟から猪苗代湖を舟で西岸の戸ノ口《とのくち》に至る水上航路もあった。文化六年（一八〇九）の『新編会津風土記』（『新編会津風土記』巻五十「小平潟村」丸井佳寿子監修、歴史春秋出版、二〇〇〇）巻五十の「小平潟村」の「舟渡場」の項に次の記事がある。

> 村東にて酸川を渡す、二本松裏街道なり、この村と金曲村の舟渡なり、農民の家に蒲生氏より渡せし文書を蔵む、其文如左
>
> 当村舟渡し被仰付候間、無気遣舟渡可仕者也
>
> 元和九年正月十七日　福西吉左衛門
>
> 外池信濃守
>
> 本山豊前守
>
> 稲田数馬助

猪苗代内小平潟村
肝煎百姓中

酸川《すかわ》とは長瀬川の別名で、酸性を帯びた水質からこうも呼ばれていた。ところで、元和九年（一六二三）の文書は、保科正之が会津に来る以前で、蒲生氏が治めていた時期である。小平潟の百姓に舟渡しを仰せつけるので、村人は気遣いなく湖上運送に従事するようにという通達である。小平潟が二本松街道を出入りする物資の集散、発着の津であったことを示す内容である。そして、坪下《つぼおろし》には物資等の移出入を管理する津止《つどめ》番所が置かれていたという。

さて、道路や川、湖に面した小平潟のある地は交通や流通の要衝として、人や物資の自由な流通があり、一方で制限する津留の場所が控えていた。ここに天満宮という信仰の場が設けられ、参拝客も多く往来した。西行戻りは、このように多くの人や物が流通し、また俗と聖とが交錯する境界性を帯びた空間に発生するのではなかろうか。「小平潟周辺十五景図」に描かれた「天神社」「戻橋」「渡場」の絵図は、そうしたかつての小平潟の生活環境と土地の特性をとらえたものといえる。小平潟の「西行戻り橋」を、そうした歴史的背景のもとにおいて、伝説の意義を再確認してみる必要がある。

おわりに

本論は、小平潟天満宮とかかわって伝承されてきた「西行戻り橋」の伝説を、地域の文化、歴史、地理的文脈において追究した伝承学的研究である。最後に、これまでの内容を確認しながら、研究によって明らかになったことや不十分な点、今後の課題等に触れておきたい。

まずは伝説を口承、書承の両面から尋ね、西行と連歌師兼載との問答が特徴であることをとらえた。次に、兼載の伝説が会津藩の文治政策による風土記や寺社縁起の編纂事業とかかわって形成されたことを明らかにした。その一環として成立した『小平潟天神宮縁起』の制作に、中世から近世期にかけてこの地に天神信仰を運んできた宗教者の関与が見られたこと、また兼載の出自や人物造型等には、天神信仰の唱導書として用いられた『菅家瑞応録』や『菅家実録』が影響を及ぼしていることを確認した。

一方、近世前期の小平潟は、二本松街道が猪苗代や会津若松につながる陸路、湖上航路の要衝地として物資や人の往来が盛んであった。ここに天満宮が建立され人々の信仰を集めることとなり、そうした環境のもと西行伝承も召致され定着することになった。しかし、近世に入り蘆名氏、蒲生氏に続いて会津に入ってきた保科正之が将軍補佐役として文治政策に取り組み、風土記等の作成に力を入れていく。それに伴い新たな連歌師兼載の伝記も創作されていく。やがて、その兼載の顕彰ブームに基づき、「西行戻り橋」の内容は子どもの兼載との問答という形に変えられていった。と言って、これは状況証拠を越えるものではない。民間の伝承には記録という証拠のない場合がほとんどであり、したがって確証を得ることも難しい。したがって、西行伝承を誰がどのようにしてこの地に誘致、展開させていったのか、また、兼載の伝説に関しても社寺以外にどのような勢力が関わってきたのかについては、引き続き関心をもって深めていかなければならない。

伝説はそれを伝承する地域環境によって変化していく民間文芸である。地域の生産活動や信仰、文化的環境等によって盛衰や変化を余儀なくされる。保科正之の領国経営によって小平潟天満宮が新たに見直され、それに応じて「西行戻り橋」に新たな創出が加わっていった。伝説の消長は現実世界とは決して無縁ではない。その小平潟が近代を迎えるにあたり、それまでの藩の財政支援を失うことになり、天満宮の信仰や景観等のスポットも急速に寂れることになった。本稿は、伝説の解明を通して、かつての姿を再現することに極力努めた。

阿蘇小国の西行伝承

一　片田観音堂の西行伝説

熊本県阿蘇郡小国《おぐに》町片田《かただ》にある片田観音堂が、西行伝説に関係があるということを知り、平成二六年四月にここを訪ねた。厨子に納まった観音像の脇に小さな弘法大師像が置かれ、台の上にいくつかの位牌が並んでいる。その前に置かれた扁額《へんがく》の中の色紙に「法《のり》のみちいそげどつぐる入相《いりあい》のかねはかただの法のともし火　西行」と、歌が書いてあった。堂内を見終わって観音堂の裏に回ると、空き地に草が繁り、その奥にコンクリート枠に納まった二〇基ほどの白亜の墓が整然と並んでいる。鍵を管理している方によると、ここは瑞竜寺の跡地だと教えてくれた。一部の墓を残して寺は移転したが、観音堂はそのまま地区の管理に任されたのであろう。

観音堂のすぐ傍の家の塀に、三鱗形《みつうろこがた》の紋所を象《かたど》ったものがあり、その上に「四月一日次郎左衛門妙義」と文字が刻まれている。その「四月一日」の下に「ワタヌキ」とルビが振られていた。珍しい塀だったので、好奇心から住人に尋ねると、この家は「綿貫《わたぬき》」という姓で、塀は先祖の忘れ形見に作ったのだという。陰暦の四月一日は衣更えの日で、それまでの綿入れから袷《あわせ》に替えることを「綿抜《わたぬき》きの朔日《ついたち》」と言い習わす風があり、それにちなんで四月一日をワタヌ

小国町の片田観音堂。西行伝承歌が遺る。

キと読ませる異名が生まれた、というのは辞書からの知識である。観音堂の西行伝承歌、観音堂を残して移転した瑞竜寺、そして紋所を刻んだ綿貫家が、それぞれ関連していることを、その時には知る由もなかった。

観音堂からの帰りに、小国町教育委員会を訪ねて『小国郷史』（禿迷盧著、一九六五）という郷土誌を見せてもらった。著者の禿《かむろ》迷盧《めいろ》氏は明治二五年小国に生まれ、昭和二二年に教員を退職、その後昭和三五年に本書を完成させた。その中の「西行法師と小国」の項に、西行法師が小国に残した歌として、次の五首が載っている。

杖立白糸滝　滝姫のさらす手振りはみえねども流れて落ちる白糸の滝

半田滝　片田より半田の滝を眺むれば花も紅葉も時にこそよれ

片田瑞竜寺　法の道急げとつぐる入相の鐘は片田の法の燈

同　南無といふ声は仏の教えぞや忘れでいそげ法の道をも

同　南無といふ声に其身の助りて娑婆のうらみも打忘れけり

杖立温泉の近くの「杖立白糸の滝」。西行（右）と小野篁（左）の歌碑が並ぶ。

「片田瑞竜寺」での最初の歌が、観音堂の扁額にあった歌と同じである。ただ、これらの歌が何に基づいたのか何の記述もない。『小国郷史』の他のページをめくっていると、しばしば「小国郷土誌」を引いたという箇所が出てくるので、確認のために阿蘇北部教育会編『小国郷土誌』（大正一一年刊。平成二四年復刊）をひもとくと、そこにも西行の同じ歌が出ていた。『小国郷史』はこれから転載したものであろう。ただし、こちらにも歌の出所の説明はない。ただ、後の歌三首の前に、「又瑞竜寺にて　同法師」とあり、瑞竜寺に寄宿していたことを予想させる記述にはなっている。ところで、出典不明のこれらの歌が、どのようにして西行伝承歌として、この小国の地にあるのか、謎は深まるばかりである。そこで、杖立白糸滝、半田滝を訪ねてみることにした。

杖立白糸滝は、片田から北へ六キロほど行ったところの有名な杖立温泉から少し山に入った所にある。今は流れる水が乏しく切り立つ黒い岩肌を濡らす繊細な美しさの清滝である。滝を眺める場所に、西行歌の歌碑と、小野篁《たかむら》の歌碑「滝比咩《ひめ》のいつの間にかはつむぎけんさらしてながす白糸の滝」が並んで建っている。西行歌碑の裏には、「創立四十周年事業　平成四年十二月吉日建立　杖立温泉旅館協同組合」とある。温泉客誘致に向けて名所案内の一部として建立されたものであることがわかる。

もう一ヶ所の半田滝の方は、歌に「片田より半田の滝を眺むれば」とあるが、片田から辺りを眺めたがそれらしいところは見えなかった。地図を頼りに土田の集落から滝に向かう途中に、「土田龍《(ママ)》　細川侍が龍見立寄記念碑」と墨書きのかすれた案内板が立っている。「龍」は「瀧」、「細川侍」は「細川侯」の誤りか。道は悪くようやく滝壺近くの川床に降りると、数十メートルの距離を隔てた二本の滝が、高さ十メートル程もある崖上から勢いよく流れ落ちていた。壮観な眺めである。

杖立白糸滝、半田滝の特徴は異なるが、いずれも名瀑にふさわしい趣を備えている。そこに西行が訪れて歌を詠むとは、いったい何を意味するものであろうか。景勝地と伝説との結びつきは、西行伝説に限らず伝説一般についていえることである。自然の風光の霊妙さが人々を深く魅了する景観を、民俗学者の野本寛一は「聖性地形」と呼んだ。そうした風景がなぜ見る人に聖性感を憶えさせるのか。

そうした聖性地形を核とした風景は、日本人の魂のやすらぐ原風景であり、郷愁をさそう景観でもある。それらの風景のなかに身をおくとき、先人たちの願い・憧れ・祈りなどが無言のうちに蘇り、喧騒と多忙に磨耗された自分が救済される思いがする。神々の坐す風景すなわち聖地は、この国の先人たちが自らと末裔のために選んだ最大の遺産である。（野本寛一『神と自然の景観論』講談社、二〇〇六）

神々とともにいることで魂のやすらぎを与えてくれるのが聖性地形であるとすれば、ここに信仰や伝説が生まれるのも自然なことであろう。旅の西行がその場所で安堵感を憶えたという伝説は理に叶っている。ただ旅人である西行は、その圧倒する景観のすばらしさに単に手をこまねいているばかりではなく、その美しさに打たれながらも、その感動を歌のことばで表現する。つまり、旅と風景と歌が三位一体となった形の西行伝説が生成する。ここ

二本の滝が流れ落ちる壮観な半田滝

に西行伝承の根幹があるといえよう。

しかし、史実の西行は九州に足を運んではいない。とすれば、ここでいう「西行」とはいったい何者であろうか。「瑞竜寺にて」と詠まれた三首は、釈教歌《しゃっきょうか》の類のようであることから、この五首すべてが同一作者のものとすれば、歌に造詣の深い遊行僧《ゆぎょうそう》のような人物が想定されるが、果たしてどうであろうか。

本稿は西行を話題にするものといっても歴史的事実を追究するのではなく、伝説に込められた伝承的真実を追い求めるものである。そのためには西行伝承歌が形成された歴史的環境をたどることからまず始めたい。そこで次に、歌と関わりのある瑞竜寺、および扁額の歌が残されていた観音堂について調べていくことにしよう。

二　瑞竜寺と北里氏

片田にあった瑞竜寺は、『小国郷史』によると「明治十七年北里転平が、北里本村に堂宇建立の志を立て、義一其志をつぎ明治十九年落成して移転し法地寺院格となつた」とある。父の北里転平の志を継いで息子の義一によって建立されたのが、移転先である北里の地の瑞竜寺である。明治に入って移築した瑞竜寺のある北里は、小国町の中心から山一つ隔てた北側の北里川沿いに家々が並んでいる。近くに細菌学者で有名な「北里柴三郎記念館」があり、北里柴三郎は、この小国町の北里氏の係累《けいるい》につながる人物である。

その北里氏について、『肥後人名辞書』（角田政治、肥後地歴叢書刊行会、一九三六。復刻版、青潮社、一九七三）に次のようにある。

大和守頼親の子信義は初め綿貫幸鶴丸と云ひ、後綿貫次郎左衛門信義と改め、肥後国に於て二百四十町、豊後国に六十町賜はり、阿蘇小国に下り住す。数代を経て妙義に至り、綿貫を北里と改む。寿永年中北里村涌蓋山《わいたさん》の麓櫻尾城《さくらおじょう》を築きて居る。爾後《じご》代々在城す。天文年間妙義の末葉北里大蔵太輔永義に至り、阿蘇大宮司惟豊《これとよ》に仕へ、北里村石櫃城《いしびつじょう》を築きて居り、豊後豊前を警衛《けいえい》す。其四代の孫惟宣の時、寛永九年細川忠利の入国となり以後代々小国地方の総庄屋を命ぜられる。

この辞書の記事は、『肥後古城考』を参考にして書かれているようであるが、北里氏にかかわる記事としては、他にも『肥後国誌』拾遺の「石櫃ノ城迹」の項にも見える。それによると、綿貫妙義は「寿永年中相州《そうしゅう》鎌倉ヨリ下向シ」（森本一瑞他『肥後国誌』上・下・補遺・索引、九州日日新聞社印刷部、一九一六）たとあり、信義と妙義との名前に違いがある。そして、妙義の子の政義の代に入って、政義は子とともに加藤清正侯に仕えたという。

これらの記述を整理すると、鎌倉からきた綿貫（後の北里）氏は、小国の地の土豪としての勢力を有し、中世末には北里永義が一時阿蘇大宮司の支配下にあった。その子政義が加藤清正に仕え、加藤氏の転封後、肥後に入ってきた細川忠利の時代に、北里惟宣が北里手永《てなが》総庄屋を命じられ、以後明治まで北里氏が小国一帯を直接支配してきたことになる。手永とは肥後で用いられた行政組織を表わす用語で、郡代《ぐんだい》の下に置かれるが、実質的に村々を統轄する役目を司った家臣のことをいう。

ところで、この北里氏が綿貫の姓を北里に替えたのが、妙義の代からであったという。この記事からすると、瑞竜寺跡地の観音堂そばにあった家の、塀に刻まれた三鱗形《みつうろこがた》の紋所とその上のルビのような文字「四月一日次郎左衛門妙義」の謎が解けてくる。あの綿貫家は、北里氏の先祖に関わっていた家柄であることが知られる。ただ、北里を名のらずに綿貫を通すことの背景には、一族の特別な事情があるのかもしれない。それはともかくとして、次に問題となるは北里氏と瑞竜寺との関係である。

『肥後国誌』補遺の「小国北里手永」の中の「片田村」の記事に、瑞竜寺に関した次のような記述が見える。

瑞竜寺霊夢山　禅宗洞家《とうか》、飽田《あきた》郡柿原村天福寺末寺、瑞竜或説瑞竜寺云々　当寺ハ開基年代不分明、小国郷主北里氏代々ノ菩提所ト云伝フ、其後多年住僧断絶寺家《じけ》及大破《たいは》ノ所天福寺ノ開山雲歩《うんぽ》道人再興《さいこう》、祖念ト云僧在住ス、寺中《じちゅう》年貢地ナリ、

瑞竜寺は北里氏の菩提寺であったが、長年住職が常住せず荒廃していたのを、天福寺の雲歩が再興し、以後曹洞宗天福寺の末寺になったという。雲歩は先掲の『肥後人名辞書』の「雲歩」の項に、元禄十一年に亡くなったとあるから、瑞竜寺再興は元禄の初め頃と思われる。

また、『小国郷史』には「瑞龍寺はよほど古いであろう。伝説では行基菩薩の作観音像を安置したとか、弘法大師の作とかあるが、文献では北里軍記に石櫃城騎馬武者の中に瑞龍寺もある。寺号木仏《きぶつ》の免許は延応元年（一六七三）で開基は租令、正保年間から北里氏が大担那《ママ》となり、北里氏の菩提寺となつた」とある。行基作とされる観音像は、現在の観音堂に納められているものと思われるが、そうすると移転した瑞竜寺の本尊は何であるのか少々気になるところであるが詳らかにしない。

この『小国郷史』の記事が何にもとづくのか明らかではないが、ただ、瑞竜寺の寺号を許可されるのが延宝元年で、その三十年前の正保年間に北里氏が檀那になったという。するとこの時期は、細川忠利の入国後で、すでに北里氏は総庄屋に命じられていた。このタイミングに「大檀那」になったということは、どのような意味があるのであろうか。総庄屋という藩の職制上の重要なポストにつき、そのことを先祖の恩義として供養に努めることが、現在の安定および将来の保証につながるものと考えるのが妥当な見方といえる。とすれば、一族の繁栄と結束の証を確認するために、

檀那として先祖祭祀を行うことは十分意味があったといえる。

三　観音堂と遊行聖

ところで、瑞竜寺については異なる記録もある。細川家の侍医として、また陽明学の信奉者でもある北嶋雪山《きたじませつざん》が記した『国郡一統志』（寛文九年／一六六九。肥後国史料叢書第一巻。復刻版、青潮社、一九七一）の「霊夢山瑞竜寺」によると、

霊夢山瑞竜寺者安聖観音《しょうかんのん》真言道場也順徳院承久《じょうきゅう》年中開山妙観大師願主《かんしゅ》北里加賀守太神《だいじん》妙義也

とある。瑞竜寺は観音を安置する真言道場として、承久年間に北里妙義が願主となり、妙観が開山したという。妙観については不明であるが、妙義はそれまでの綿貫から北里に改姓し、また櫻尾《さくらお》城を築き、一族の繁栄を確固なものとし、その精神的な拠り所として祖先祭祀を始めた人物である。

この記事は瑞竜寺の成り立ちを考える上での貴重な史料といえるが、その前にこの『国郡一統志』がその後の『肥後国誌』等の歴史書に反映されていないことに触れておかなければならない。北嶋雪山が父の後を継いで細川家の侍医となるのは寛文四年（一六六四）で、その際歴史に興味を持っていた雪山は、一六六七年に許可を得て藩の歴史編纂に取り掛かる。それは二年後に完成するが、その年に肥後藩において陽明学を追放するという「陽明異学の禁」の事件に巻き込まれ、雪山は官職を致仕《ちし》し各地を流浪することになる（高野和人『肥後の書家・陽明学者　北嶋雪山の生涯』青潮社、一九七一）。そのため完成した『国郡一統志』も封印されたまま藩の倉庫に埋もれてしまう。その結果、後に成

立する『肥後国誌』を始めとした歴史書に、それが生かされることがなかった。

ところで、この『国郡一統志』が記す瑞竜寺の記事に、前掲とは別に「片田　霊夢山瑞竜寺　聖観音真言宗」ともある。瑞竜寺は雲歩による再興後は曹洞宗に転宗するが、それ以前は真言宗であった。また、『小国郷史』によれば寺号の免許を受けたのが延応元年であったということから、寺院化する以前は真言宗の道場に過ぎなかったといえる。ここにいう道場とは簡略な仏教施設のことで、寺院建立が難しかった時代に、武家の邸内の持仏堂《じぶつ》のような役割を果たした施設とされる。

中世の終りから近世にかけて、持仏堂から寺院化する過程について、竹田聴洲は信州小県《ちいさがた》郡岡《おか》村（現、諏訪市）の宗安寺を例に挙げながら、「当寺は在地武士が守仏を安置した持仏堂に出発して、その武士をまつった位牌所《いはいじょ》へ、さらにそれとは族的に無縁な別の武士家の先祖位牌所へと」移り、そして「形態的にはこのように邸内堂から独立寺院へ拡大する」（竹田聴洲『民俗佛教と祖先信仰』東大出版会、一九七一）と述べている。持仏堂から先祖位牌所へ、そして寺院の形態をとる方向へと進んでいくというのである。


近世の寺がしばしばその前身・初姿において堂や庵であったこと、またその成立・転身がH期に最も多かったことは、多くの寺伝が口を揃えて説くところに徴《ちょう》せられる動かしえない事実であるが、これは独り浄土宗という一宗派寺院に限らず、中世の絵図文献に縷々《るる》登場してその末路を語らない中世村落の多くの堂庵の末路と、元和の宗門法度《しゅうもんはっと》の体制の下に把握され、近世幕藩制初期以降宗旨檀那請《しゅうしだんなうけ》の任務を担い袂を連ねて忽然と史上に族生《そうせい》する（かの如く説かれるのを常とする）多数の近世寺院の来処《らいしょ》とが別々のものではなく、連続していることの一面を物語るものである。（竹田聴洲『民俗佛教と祖先信仰』）

引用文中の「H期」とは、天正から寛永までの時代で、この時期に堂庵が寺に転身する事例が全国的に多いという。江戸幕府の宗教政策の一つである「寺請制度《てらうけ》」により、庶民が所属するための檀那寺が急増する時期である。瑞竜寺の場合も、同様の過程を経ていることが指摘できる。北里氏が先祖を祭ることになったのは、一族による支配が名実ともに確立した妙義の代で、まず観音堂から出発し、その孫の惟宣の時に総庄屋を任ぜられことになり、道場も格上げして瑞竜寺へと寺院化していく。つまり、一族の隆盛と歩調を合わせるかのように寺院化の流れへと進んでいく。そして、その瑞竜寺が荒廃していた元禄期初めごろに、雲歩が再興して曹洞宗となり近代を迎えることになる。

ところで、明治一九年に瑞竜寺は片田の地から北里へと移転することになるが、その際に観音堂を残して寺だけが移ってくる。寺と堂が分離して併存するということは、もともと両者が一体のものとしてというより、別々の機能を果たしていたことを意味するのではないだろうか。以前からそうした状態が続いてきたために、移転の際に自然と切り離されたとみるのが蓋然性《がいぜんせい》が高いように思われる。本来持仏堂のような観音道場として出発したものが、宗教行為の堂と葬送儀礼の寺とに機能分化し、近世の寺壇制度の中でそれぞれの機能が固定化していったと考えることができる。そして観音堂は今、周辺住民の管理となり、地域住民の信仰的活動の場として利用されているのに対し、寺は北里氏および檀家の菩提寺として、葬儀や追善供養の場としての機能を果たしている。

こうした寺と堂庵が、同じ敷地内に併存する例は現在も見られるが、歴史的にもそのことは検証することができる。伊藤唯真が紹介した江戸後期（天保から弘化）の書き上げとされる『大和国三昧《さんまい》明細帳』（伊藤唯真『聖仏教史の研究下』伊藤唯真著作集Ⅱ、宝蔵館、一九九五）に登場する寺には、行基堂や阿弥陀堂、観音堂などの施設名が並び記されている。付属するこれらの堂庵が何のために存在していたのか、史料には記されていないが、おそらくは葬送とは一線を画した宗教的信仰の活動の場として利用されていたのではないだろうか。

こうした堂庵における宗教活動には、地域住民主体の講仲間等の寄り合い的な活動に加え、宗教者等の関与する活動もあったであろうことは十分考えられる。竹田聴洲は中世の遊行僧の堂庵の寄宿を次のように記している。

中世には到るところ村々に各種の仏菩薩の堂庵が散在したことは当時の絵巻物や荘園図絵などによっても明らかであるが、そのあるものは遊行のヒジリたちが落としていった信仰の種子の発芽したものである。それら仏・菩薩に種々のものがあるのは来遊漂泊の旅僧らの信仰系統を反映するとともに、それら堂庵は久しきにわたってその後に去来を重ねた聖たちの泊処《とまりどころ》・足がかりとなり、その間いつしか彼らが背負った信仰所縁《しょえん》の宗教的名士に開創の功が仮託されて行った。（竹田聴洲『民俗佛教と祖先信仰』東大出版会、一九七一）

堂庵における来遊漂泊の聖の中世的光景の一端を伝えたものであるが、こうした遊行聖《ゆぎょうひじり》の源流を歴史学の立場から、井上光貞は次のように述べている。

思うに、聖の宗教活動の源流は、律令制下強い統制を受けていた民間布教の仏徒たちに求められ、それが既成教団の腐敗、国家の僧侶及び民衆に対する統制力の弛緩《しかん》によって「聖」層として発達してきたのである。換言すれば、古代的体制の解体、鎮護国家仏教の崩壊こそ、宗教社会上の一身分としての「聖」層の発生・発展を促したのである。そしてここに、古代貴族階級と既成教団の結合とは全く異なるところの「聖」層と民衆とのあらたな結合様式、たとえば遊行的な勧進、講の結成、民衆相手の説教などが発達し、非僧非俗の「沙彌《しゃみ》」層が擡頭《たいとう》したのである。（井上光貞『日本浄土教成立史の研究』山川出版社、一九七五）

大きな社会変動にともない台頭してきた聖僧の実態は、たとえば『梁塵秘抄《りょうじんひしょう》』の三〇六番歌「聖の好む物、木の節鹿角鹿《わさづのしか》の皮、蓑笠錫杖木欒寺《しゃくじょうもくれんじ》、火打笥《け》岩屋の苔《こけ》の衣」といった山間の修行者に代表されるが、市中や村中にも当然ながら多く滞留していたであろう。村々の下層の宗教者たちの様子について、民俗学者の堀一郎が説いた部分を引いてみる。

> 当時多くの道心遁世者、篤信《とくしん》の居士《こじ》達が、自宅を庵室とし、或いは道場を設けて修道に勤《いそ》しんでいた。往々持佛堂を家の奥に構えて念仏三昧の修行をしいた有様であった。
>
> 近世まで寺のない村は全国の僻村《へきそん》には珍しくなかったが、死者の儀礼に宗教を必要とする要求のみは弘く伝播したものと見えて、「佛持《ぶつじ》」、即ち仏像や絵像を安置する旧家は、それ故に多少宗教的な機能を有していた。（堀一郎『我が国民間信仰史の研究㈡宗教史編』創元社、一九五三）

自宅や道場を宗教的営為の場に利用し、また葬送儀礼や勧進《かんじん》、講の活動に取り組み、庶民の日常生活の安寧《あんねい》に応えてきた。ところで、瑞竜寺跡地の観音堂に残された西行歌を、こうした遊行聖の止宿《ししゅく》の痕跡ととらえることで、西行伝承の形成を考えることができないだろうか。つまりは、小国に来遊した聖が観音堂に寄宿して、地域の宗教活動に関与しながら、近辺を逍遥《しょうよう》しつつ歌を残していったのではないのかということである。とはいえ、この見方は状況証拠を越える以上の確かな根拠があってのことではない。西行は九州に足を運んでいないとされるが、なぜに西行伝承があるのかという疑問を、そうした問題意識から追究してみることで、突破口を開いてみたいと考えている。続いてこうした遊行聖の行脚の痕跡を、熊本県全体に広げて見ていくことにしたい。すなわち、小国町以外の熊本県内の西行伝説について、「遊行聖西行」の活動という視点から、その動向を見ていくことにしたい。

四　熊本の西行伝説

『肥後国誌』は成瀬久敬《なるせひさたか》が享保一三年（一七二八）に著したものに、森本一端《もりもといちずい》が明和九年（一七七二）に増補して成ったものである。また近代に入っても追加増補して、現在、上・下巻に、補遺・索引、拾遺の巻を加えた全四巻が刊行されている。その『肥後国誌』の下巻に、左記の五例（①〜⑤）の西行伝承が報告されている。

①巻之五の下益城《しもましき》郡松橋《まつばせ》村に「歌詠川」があり、その溝川に架かる土橋で西行が歌を詠んだと地元では伝えているが、しかしそれは不分明で、「西行ト云ルハ能因法師ニヤアラスヤ」とも記す。また、詠んだとされる歌も不明と述べる。『松橋の伝説と民話』*の「歌里と歌詠川」によると、旅僧が宇土の方からここの土橋で、歌を書きとめたというが歌は伝わっていない。その僧は西行法師であったと言い、一説に、能因法師とも述べる。

②巻之五の葦北《あしきた》郡津奈木《つなぎ》の「歌坂」は、津奈木から水俣《みなまた》へ抜ける坂で、西行法師がここで歌を詠んだという「俗説」はあるが、それははっきりしない。ただ、その場所は「風景最佳ナリ」と記す。またその後に、「一説ニハ」として、秀吉征西の折、相良頼房《さがらよりふさ》の老臣宗方が紹巴《じょうは》門下であることにより、秀吉の所望で発句と歌を献じたとある。秀吉の朝鮮出兵の歴史的出来事に結びつけ、信憑性を高めようというねらいがある。熊本県警察本部がまとめた『管内実態調査書城南篇』（一九六二）にも、この「歌坂」の記事は出ているが、『肥後国誌』に基づいた内容である。

③巻之五の葦北郡白石《しらいし》村に「西行帰岩」があり、「熊川」の断崖絶壁の佳景の地に、西行が行脚してきてここを通る際に、婦人に球磨《くま》への道を尋ね、ついでに洗っている物は何か問う。一婦が「白石の瀬にすむ鮎の腹にこそうる

かといへるわたは有りけれ」と歌を返してきたので、西行は恥じ怖れて球磨には行かず、そこから引き返したので、この名があるという。「鮎ノ腸《わた》ヲ里俗《りぞく》ウルカト云ヘル故ナリ」とつけ加える。これと同じ伝承は、『葦北郡誌』（葦北郡教育支会、一九二六）にもあるが、西行帰岩の岩の状態は「元の形はなく、わずかにおもかげをとどめている」とある。『芦北町誌』（芦北町誌編集委員会、一九七七）、また最近出た『熊本の昔話―村びとたちの夜話』（大塚正文、創流出版、二〇〇〇）にも「西行の帰り岩」として載せられるなど広く知られている。

④巻之五の菊池郡大津《おおづ》町の矢護《やご》山に「西行岩」という岩洞があり、西行が矢護山からの帰りに雨に遭い、ここに逗留《とうりゅう》し、「時雨かとねさめの床にきこゆるは嵐にたへぬ木の葉なりけり」と詠んだと「合志川芥《ごうしせんがい》」にあるという。大津町史研究会の『合志川芥物語（上・下巻）』（大津町史研究会、二〇〇八）には、もう一首「夜もすがら袂に虫の声かけて払い煩う袖の白露」という歌も載せている。いずれも『山家集』に載る歌である。『管内実態調査書阿蘇篇』（一九五九）にも、『肥後国誌』に基づいて書かれている。

＊林田憲義『松橋の伝説と民話』一九八四

「西行岩」のある矢護山遠望

⑤巻之九の玉名郡荒尾《あらお》の街道の傍に古墳があり、俗説にこれを「西行墓」と言い、ここで死んだと伝えるが不審であると記す。ただここの墓の草を採ると祟りありという。この墓の街道を隔てた畑中には、大野荘代合戦の跡地で首塚が残されている。また、ここは高き地形で「風景絶勝ナリ」と記す。なお西行墓に対して、さらに「附録」でも話題にしているが、これについては後述する。

『荒尾の昔話』（麦田静雄、一九八二）によると、西行が福岡県山門《やまと》郡（現、みやま市）の沙《ゆすり》で、「小萩よりゆすり出でたる要川扇の高さ浪や立つらん」と詠み、その後、荒尾の金山に住み、ここで亡くなったとされるが、「肥後の国墨摺山や蜆《すずり》川長洲《ながす》腹赤《はらか》は浦つづきなり」と詠んだという。墓地の草を取れば祟りありとするが、場所不明とある。

以上が『肥後国誌』に報告される西行伝説である。続いて、これ以外に管見した西行伝承について、次に二例記す。

⑥寺本直廉が肥後の名所旧跡について記した天明四年の序文のある『古今肥後見聞雑記』（『肥後国地誌集』森下功・松本寿三郎、青潮社、一九八〇）で、詫間《たくま》（現、熊本市）郡今村の境の国府《こくぶ》村原口の「西行法師之月光《ママ》塚」について記す。西行がここで「国分《くにはけ》る寺の辺りの月見塚」と詠んだとするが、下の句は忘失してわからないという。ただ、これは西行作とは思われないと述べる。というのも、もし西行が詠んだとして、「初メに西行が歌ニ月見塚と云べき様なし、後人《こうじん》之附会《ふかい》なるべし」と述べる。なお、この月見塚の伝説は『熊本の昔話』にも「西行法師の月見塚」として出ているが、それによると宝暦十三年の「国府村田畑下名寄《さげな》御帳」に「月見塚弐ヶ所《にかしょ》空地」とあり、同様の伝説を記すが、『古今肥後見聞雑記』と同様、西行が詠歌以前に「月見塚」と記すことはありえないから、西行作の信憑性は薄いと述べる。

⑦『太宰管内志』（伊藤常足、太宰管内志刊行会、一九三四）下巻「肥後之五」に、八代郡《やつしろ》泉《いずみ》村の「釈迦院」にまつわる「土人の語傳《ごでん》」として、西行法師がここに来て、女どもが綿を摘んでいるのに、「この綿は売るのか」と尋ねた。すると傍《かたわ》らの女が「山川の瀬にすむ魚のわたにこそうるかといへる物はありけれ」と詠んだという。葦北郡白石村の「西行帰岩」と共通する「西行うるか問答」である。

これらの西行伝説は全体とすれば本州のものと内容的に大きく変わるものではないが、個別に見ていくと相互に共通する部分が見られる。③と⑦はいわゆる「うるか問答」*と呼ばれる類型的な話型で全国的に見られる。他は、西行の足跡を語る地域独自の伝説的な内容となっている。たとえば、西行が訪ねていく松橋の歌詠み川（①）や津奈木の歌坂（②）、また、大津矢護山の西行岩（④）、荒尾の西行塚（⑤）、国府村原口の月見塚（⑥）など風光明媚な、あるいは地域的な特殊な場所で、そこで西行は歌を詠むなどして、その地と関係を結ぶパターンである。

それぞれの伝説は独立しているが、共通していえるのは、これらの伝説が史実の西行が歌修業のために諸国行脚するイメージによって構成されているのではないかということである。いうなら伝説の底流に、歌僧西行の面影が揺曳《ようえい》しているようである。個々の伝説は孤立しているが、それらを線で繋《つな》げていけば、『西行物語』に描かれる、伊勢や陸奥、四国を旅する西行と重なってくる。訪れた地における自然や人事の感慨を歌に詠み、次へと旅立って行くのである。個々の伝説が自然発生的に生まれることはないであろうから、西行に境遇の近い遊行聖のような人物が、「歌僧西行」のイメージを担って伝説形成を謀っていたのではないだろうか。

一方、その西行伝説を集め編集した『肥後国誌』の作者にも、その点は共有されていたように思われる。『肥後国

＊ただし、白石村以外の事例だと、西行が宗祇や猿丸太夫に、また、詠んだ女が小式部などとなっている。拙稿（「西行説話と女性」『西行伝承の世界』岩田書院、一九九六）

誌』は、地誌や歴史に明るい知識人が西行に関心を寄せながら筆録したものであろう。ただし、その記述のスタンスは単純ではない。西行伝承にいくぶん懐疑的な面も見受けられる。西行の事例を紹介しつつも、史実の西行がその場所に来ていないことを踏まえ、能因法師や秀吉を引き合いにして、伝説の信憑性に疑問を示したり、また「土人傳」「俗説」といった、記録にないものを一段低く扱ったりしているところなどに表われている。しかしそれは、西行伝説に歴史的補正をかけてはいるが、伝説そのものを否定するものではない。そのことは⑤の玉名郡荒尾の「西行墓」の記述が示している。

本文中では荒尾の西行墓については不審としながらも、続いてその本文を補う意図で記した「附録」において、さらに諸国の事例をあげながら言及する。つまり、美濃国の西行坂の上にある「西行法師ノ墓」を始めとして、西行の古跡は全国に幾ヶ所もあると述べた後、「按《あん》スルニ此所ハ廻国ノ時休憩シテ腹赤《はらか》ノ浜海上ヲ眺望シテ腹赤ノ歌ヲ詠シタル処にはアラスヤ此所ヨリ大和田崎《おおわだざき》等一瞬ノ中ニアリ」と述べる。つまり、西行がこの荒尾の「西行墓」で休んだ時に、「腹赤ノ浜海上」を眺めて「腹赤ノ歌」を詠んだのではないか、なぜならここから「大和田崎」が一望できるから と、その理由説明を加える。

これは、『山家集』一四五〇番歌「腹赤釣る大曲崎のうけ縄に心かけつゝ過ぎんとぞ思」を踏まえた記述である。西行が筑紫に来て大曲崎（『肥後国誌』では大和田崎）を眺めて詠んだ証拠とされる歌で、近代の西行研究者の間でも論争がある（川原木有二「九州における西行伝承について」『九州女子大学紀要』、二〇〇〇）。それに先んじる形で、すでに十八世紀初めの肥後国において議論されていた様子がうかがえる。『肥後国誌』の作者としては、この荒尾の西行墓は西行が肥後にきた証《あかし》として、ここから眺望したことにしたいという願いが読み取れる。『肥後国誌』の作者の西行に対する理解や関心が低くないことは、『肥後国誌』に西行伝説を五つ載せたことによってもわかる。西行を待望する姿勢といっていいのかもしれない。

最後に、小国町の西行伝説について触れておこう。小国町の西行伝説は『肥後国誌』に出てこないが、これは作者の網にかからなかったというよりは、その時点でまだ伝説がなかったことを意味しているのであろう。『肥後国誌』には瑞竜寺の記事もあり、その際に西行伝説だけを排除することはないであろうから、おそらくは享保一三年（一七二八）に成瀬久敬が筆録した後を継いで、森本一瑞が書き添えた明和九年（一七七二）以後に形成された伝説なのではないだろうか。これまでも述べてきたように片田観音堂に寄宿した歌に秀でた聖《ひじり》的人間が詠んだものが残されたのであろうと推測するものである。

しかし、それでは余りに蓋然性に乏しいようなので、関連する事例を二点付け加えておく。一つは筆者の直接体験であるが、平成九年の五月に神戸市の有馬温泉の鼓滝《つづみがたき》を訪ねた時のことである。滝のそばの「滝見茶屋」という売店にいた藤井さんから、五、六年前に僧体《そうたい》の年配の二人連れがここに来て、しばらく滝を眺めていた後で、一人が西行を名のり、「歌を書いたメモを」残していったという。そのメモを見せてもらうと、

西行法師御歌
名も高き鼓ヶ滝を望むれば岸辺に咲けるタンポポの花
住吉神社、玉津島《たまつしま》、竹生《ちくぶ》の御三方の歌の神がなおす
音に聞く鼓ヶ滝を打ち見れば川辺に咲けるタンポポの花

とあった。「西行鼓ヶ滝」の伝説内容である。酔狂としか言いようのない西行を名のった僧衣の二人連れとは、いったい何者で、何のためにそんなメモを残していったのか、興味深い実例である。

もう一つは、民俗語彙「サイギョウ」についてである。サイギョウと呼ばれる職人などが、近代以降も都市や民俗

社会を横行していたことについては、すでに報告した（花部英雄『西行伝承の世界』岩田書院、一九九六）。そのうち、これは直接の聞き取りであるが、宗教者タイプのサイギョウが笈《おい》を背負ったり、乞食をして歩いていたりしていたということを、長野県の南信濃《みなみしなの》村や埼玉県都幾川《ときかわ》村で実際に聞いたことがある。彼らを実見した人たちは、当時彼らを「サイギョウ」と呼んでいたという。

　この二つの事例は、いずれも近代のそれも戦後のことである。そのことを考え合わせれば、かつての小国町の西行や各地の西行伝説を、記録にない単なる「俗説」などとむげに斥けて済ますわけにはいかない。民俗学的方法がまだ確立していない時代の西行伝説について、記録に偏ることなくもっと伝承に柔軟に取り組んでいく必要がある。

吉崎御坊の西行伝承

はじめに

西行は北陸には行っていない。足跡を残していない地に、なぜ西行伝承があるのか、どのような機縁で伝承が発生するのか不思議議である。西行伝承は鵺《ぬえ》的存在のようで、歴史的事実をもとに形成されるとも言えないし、逆に火のないところに立つ煙の場合もあり、なかなか一筋縄ではいかないというのが実情のようである。そのような不確定な性格ゆえに、却って史実における足跡のない地から生まれる西行伝承にこそ、伝承のピュアな姿が隠されているようで興味深い。

本論は、西行学会における「砺波・越中・北陸の西行伝承」というシンポジウムの報告として書いたものである。企画に関わった一人として、近世の文化史的な立場からのアプローチが不足しているという認識から、『奥の細道』に載る、西行伝承歌「終宵《よもすがら》嵐に波をはこばせて月をたれたる汐越《しおごし》の松」の形成について触れたものである。実は、『西行学』第四号に「芭蕉における西行伝承」（本書の一六三ページ「芭蕉における旅と西行伝承」）という小論を載せた。芭蕉における西行敬慕あるいは西行理解がどのようなものであったかを追究したものであるが、その中で『奥の細道』の旅の途次、吉崎御坊近くで見た「汐越の松」に関わる歌を、芭蕉は西行歌としたが、蓮如がかかわっていたのではないかという私見を述べたが、後に調べてみると、そうは言えないのではないか思うようになった。いまその不備を是正し、北陸の西行伝承を在地の文化状況を踏まえながら、その形成過程を再考察していきたい。

一　「汐越の松」と芭蕉・梨一

さて、問題の「汐越の松」のある場所は、現在「芦原《あわら》ゴルフ場」になっている。昭和三六年に、海の見えるゴルフ場として開設したコースの中に、その松がある。それを見るためにはゴルフ場の許可を得て中に入るしかない。わたしが訪ねた三月一日は、ゴルフ客も少なく、受付の女性が気軽に案内してくれた。ゴルフ場を経営する福井観光開発株式会社の建立した石碑「奥の細道／汐越の松遺跡」のそばに、右に傾いた格好の心細げな松が立っていた。その松と並ぶと正面の海が、折からの激しい西風に打ち寄せられ、その波音が松籟《しょうらい》と重なり、寒々とした冬の日本海の風景が身に沁みてくる。

元禄二年の七月中旬にここを訪れた芭蕉は、次のように記している。

> 越前の境、吉崎の入江を舟に棹さして、汐越の松を訪ぬ。
>
> 終宵嵐に波をはこばせて月をたれたる汐越の松　西行
>
> 此一首にて数景尽きたり。もし一弁を加ふるものは、無用の指を立つるがごとし。

舟で松の林を訪ねた芭蕉は、西行の「終宵《よもすがら》」の歌がすべてを言い尽くしており、言うべき何もないと言い切った。芭蕉研究者の荻原井泉水《おぎわらせいせんすい》はここを訪れ、「芭蕉はこの歌に感嘆しているけれども、歌としては秀吟とは思われない。かつ、この歌を西行の作というのは、芭蕉の思い違いであって、蓮如上人の作だそうである。」と述べている。荻原は俳人梨一《りいつ》の「奥の細道菅菰抄《すげこもしょう》」（『俳諧紀行全集』博文館、一九〇一）にならって蓮如作と述べたのであろうが、結果としてわたしも梨一に従ったことになるが、梨一は「終宵」の歌について次のように記す。

此歌世人多く西行の歌とす。翁も人口に付てかくは記し申されたるか。西行山家集其外の歌集にも此歌なし。因て旁々《かたがた》尋ね侍るに、蓮如上人の詠歌なるよし、彼家の徒皆いへり。今蓮如山より北海を臨むに、此歌の風情よくかなへり。（「奥の細道菅菰抄」安永七年／一七七八）

芭蕉を慕って「奥の細道」を追跡して歩いた梨一が、吉崎で聞いた宗徒たちはみな蓮如の歌と答えたというのであろう。ところで、戦乱のさなかに都を逃れた蓮如が、この地で五年間布教に努め、北陸一帯に浄土真宗を拡大させることになった。いわば北陸の蓮如信仰のメッカともいえる土地柄で、そこでの門徒に尋ね、また蓮如山から眺めた光景が歌の内容に重なることから蓮如詠と判断したのであろう。梨一は「翁も人口に付てかくは記し申されたるか」と、芭蕉が世人の言に従ったのだろうと決めつけてしまった。しかし、それは確かであろうか。そこでこの歌の作者をめぐり歴史的にたどってみることにしよう。

二 「汐越の松」の歌枕化

「汐越の松」が、古い記録に現れるのは『廻国雑記』（群書類従第十八輯、群書類従完成會）からであろうか。聖護院門《しょうごいんもん》跡《ぜき》である道興《どうよ》が、文明一八（一四八六）年から翌年にわたって諸国の寺社や旧跡等を巡る旅の途中、加賀の大聖寺《だいしょうじ》から小松《こまつ》を経て、汐越の松に来て、「汐こしの松を尋ね侍りて／年波の外にもたかき汐こしの松の昔そ汲みてしらるゝ」と歌を詠んだ。ただ問題は「汐こしの松」の場所である。大聖寺から北の方角の小松まで行き、南に引き返すように再び大聖寺を経て吉崎から「汐越の松」に来るのはおかしい。ただ古く小松にある「根上《ねあがり》の松」についての記事が、『源平盛衰記』や『義経記』などに出ており、それを「汐越の松」と混同していたとすれば、『廻国雑記』の記事には矛盾がない。

ところで「汐越の松」が歌枕として出てくるのはいつごろからなのであろうか。『能因歌枕』を始めとして近世初期の『歌枕名寄《うたまくらなよせ》』や『名所方角抄《などころほうがくしょう》』などには出てこない（久富哲雄「奥の細道歌枕抄（其の二）」『鶴見大学紀要』第13号、一九七六）。大淀三千風《おおよどみちかぜ》が芭蕉の『奥の細道』の旅の少し前に、名所旧跡や地方の俳諧愛好者たちを訪ね巡った『日本行脚文集』には「絵図に替ぬ色の黒いが安宅の松」と小松で作った句はあるが、「汐越の松」は出てこない。芭蕉以前の連歌師や俳諧師等の文人たちには、「汐越の松」は知られていなかったのかもしれない。

ただ、全国的なレベルの歌枕として認知されていないが、地域の地誌には登場する。『越前地理指南』＊の「汐越の

福井の吉崎御坊にある「汐越の松」。ゴルフ場の中にある。

松」の項のもとに次のように出ている。

一　汐越の松　浦の上砂山の頂ニ百本あり
其内名ある松　御所松　根上リ松　膝ツキ松　乱レ松　千貫松
高サ七八尺ヨリ一丈六七尺迄ノ木也　此外も松老ひ枝かけりて無双の松なり
海岸破《（波カ）》岌《たか》ク加賀能登の海上東は北潟の湖水白山其外嶺々里々見ゆる
誠に無類の致景《ちけい》也　此所にて古人佳詠多シ

この『越前地理指南』は幕府が藩に命じて提出させたもので、藩内郡村の社寺・城跡・地勢などの情報を主として記録し、貞享二年（一六八五）に完成させたものという。「海岸破岌ク加賀能登の海上東は北潟の湖水」とあり、海岸の波（原文の「破」は波の誤りか）が高く、加賀能登の海上の東に北潟の湖があるというから、これは吉崎の近くの「汐越の松」であることは間違いない。「此所にて古人佳詠多シ」とあるが、その具体的な内容には触れない。地理書には文化的記事は必要としないこととして、ここでは省略してしまったのであろうか。

この『越前地理指南』を嚆矢《こうし》に、地誌類には「汐越の松」が名所歌枕の地のように登場してくる。続いて正徳二年（一七一二）の『帰雁記』（松平文庫本）に、

塩越《しおこし》の松といふは、吉崎といふ所のむかふの渚にあり。在原《ありはら》の中将はあたかの松とも詠《なが》め、西行法師は根あが

＊『越前地理指南』を始めとして、以下『帰雁記』『越前国名勝志』『越藩拾遺録』『南越温故集』『越前名蹟考』の地誌は、『越前若狭地誌叢書（上巻）』（松見文庫、一九七一）、『越前若狭地誌叢書（下巻）』（松見文庫、一九七三）から引いた。

りの松ともいへり。梢《こずえ》いとふりたれど、緑の陰《かげ》きはもなし。所から名にしおひて目出度木なり。誰かいい置けむ

　定知今在秦王在　当得令宦汐越松

又ふるき歌に

　よな〳〵の嵐（あらし）に浪をはこばせて

　　月をたれたるしほこしの松

此辺に蓮如上人の住給ひし所則御影（えい）あり。

『越前地理指南』にいう「古人佳詠」が紹介されている。在原業平の歌は「越路なるあたかの松に波こえて空にくまなき有明の月」、西行の歌は「しおこしと人はむへにもいひけらしたれたる枝や根上りの松」であろう。また引用される「よな〳〵の」の歌は、初句はことなるが芭蕉が西行の歌とした「終宵」と同じ歌と思われるが、ここでは作者不明とされている。福井大学本の『帰雁記』には「読人不知」として、「海はらの風の寒きに音づれて千鳥なくなる吉崎の浦」という歌が載る。旧記等から古歌が「汐越の松」のもとにたぐり寄せられている。

この『帰雁記』から約三〇年後の元文三年（一七三八）に出版される『越前国名勝志』の「塩越ノ松」では、汐越の松の地の状況や根上りの松の意味に触れ、また関係する詩を引用した後に、次のように歌が列挙される。

夜ル〳〵ノ嵐ニ波ヲハコハセテ月ヲタレタル潮越ノ松

北ノ海ヤ沖津シラ浪浦遠クミチテ梢ヲシホ越ノ松

年ナミノ外ニモ高キ潮越ノ松ノ昔シソ汲テシラルヽ　（宗祇廻国記ニ）

満潮ノ越テヤカヽルアラカネノ土モアラハニ根上リノ松　明智日向守光秀

習イアラハ問ハマシ物モ浦ノ松ニ千年ノ後ヲ幾代経ルヤト　　朝倉義景
　習アラバ、答アラバ也。余嘗一老翁ノ物語ニ聞モ然リ。

ここに引かれる歌のうち、「北ノ海ヤ」の歌の出自については不明であるが、「年ナミノ」の歌は、前に挙げた道興の『廻国雑記』にあるもので、この本が当時「宗祇廻国記」として通用していたことがわかる。朝倉義景の歌は、越前朝倉氏の興亡を描いた『朝倉始末記』（小出家所蔵本。永岡義一編集発行、一九九五）によれば、義景が加賀一向一揆との和睦後に、東尋坊の雄島《おしま》へ参拝した後に、「浜坂浦潮越シノ松」まで足を延ばし、そこで酒宴を開いた時に詠んだ歌とある。史籍集覧本には出ていないので、地元の事跡に詳しい人による後の書き入れかもしれない。

このように名所「塩越の松」にちなんで歌が集積されている。芭蕉以前に名所歌枕に登場することがなかった「汐越」が、在地の地誌や名所記等では、伝承歌および周辺の歌を吸収するようにして、確固とした名所歌枕を形成している様子が見えてくる。

三　伝承歌から西行歌、蓮如詠へ

越前の「汐越の松」の歌枕化の過程を見てきたが、次に問題とすべきは芭蕉が西行作とした「汐越の松」の歌である。これまで見てきた地誌類では作者不明とし、また初句が「よな〳〵の」、あるいは「夜ル〳〵ノ」であり、芭蕉が記した「終宵《よもすがら》」とは異なっている。また『越前国名勝志』に続く天明六年（一七八六）成立の『越藩拾遺録』、および享和三年（一八〇三）の『南越温故集』においても同様の記述、すなわち初句が「終宵」ではないことから、これらが同一の書承系統にあると考えてよいであろう。

ただ、『大日本地誌大系　北陸編壱』に収録されている『越前国名勝志』の雑記に収められる『越前鹿子』に、「塩越の松　坂井郡也。方角抄ニ見エス。サレ共西行ノ歌ニ、終夜嵐に波をはこばせて月を垂るゝやしほこしの松」とあり、唯一西行作とするが、これは初句が「終夜」とあることからすると『奥の細道』に基づいての記述といえる。この『越前鹿子』は元禄四年出版の『日本鹿子』の「越前国」を基にし、その後に増補追加していったものであり、当初の『日本鹿子』「越前国」には「塩越の松」は出ていない。地元の地誌類等で「汐越の松」が名所歌枕化として認知されてきた段階で、『奥の細道』を目にしていた者が書き加えたのであろうか。文化一二年（一八一五）に出版された『越前名蹟考』は、「よる〳〵の」の歌をこれまで通りに作者不明としながらも、続けて「奥細道云」「奥細道菅菰抄云」の記事を併記している事実は、すでに芭蕉の「奥の細道」が情報として通用していることを示している。

さて、以上の越前の地誌の状況からすると、十七、十八世紀にかけて「汐越の松」の歌は、作者不明と受け止められていた。しかし、ここを旅した芭蕉は初句を「終宵」とし、それも「西行作」とした。いったい何に（誰に）もとづいてこのように記述したのかが、次の問題である。

芭蕉のこの辺りの足跡について『奥の細道』は、腹を病んで一足先に出立した曾良が、昨晩泊ったという大聖寺の地にある全昌寺に金沢の俳人北枝《ほくし》と泊り、そこから吉崎に来て、汐越の松を見て丸岡《まるおか》（曾良の『旅日記』では「森岡」）の天竜寺の長老と会う。ここで北枝と別れて一人で永平寺を訪れ、その後で福井に住む旧知の連歌師・等栽のもとを訪ねる。一方、曾良の『旅日記』によると、七月五日小松の那谷《なた》の俳人のもとに行く芭蕉と別れ、全昌寺に二泊し、七日に吉崎から汐越、北潟と巡り、丸岡から福井、そして敦賀に来る。曾良は後から来る芭蕉たちの下見をするかのように独りで塩越を訪れている。

両者の記事を比較してみると、最初からきちんとしたスケジュールに基づいて旅を続けているようには見えない。アクシデントで曾良が先立ち、また現地での「句会」や人の訪問などに芭蕉は合わせ、臨機応変に行動している。つまり現地で会った人々の動向や情報にもとづいて旅をしているようである。穿った見方をするなら、歌枕に登録のない汐越を訪ねるのも、もともと江戸を出立する時の計画にあったかどうかは疑わしく、加賀の国で出会った俳人たちの情報にもとづいて取り入れたものかもしれない。

さらに加えて、ここ数日間に芭蕉が訪ね、あるいは宿泊している寺は、すべて曹洞宗関連の人や寺である。芭蕉の北陸路の旅の情報源に俳人や曹洞宗が深く関わっていたと考えてよいであろう。そのことと「汐越の松」の歌を「西行作」と記したこととは関係するのであろうか。というのも、時代は下るが同じ場所で梨一が会ったのは「門徒」であり、その情報に基づいて「蓮如作」と記したこととも合わせて考えてみる必要があるからである。そこで次に、梨一のいう蓮如説の問題について、次に取り上げていきたい。

四　蓮如と「塩越の松」

澤博勝の「蓮如の伝説と歴史意識」（『国文学　解釈と鑑賞』二〇〇五。同『近世の宗教組織と地域社会』吉川弘文館、一九九八）によると、蓮如の没後、京都の真宗教団において吉崎の存在は希薄になっていったという。しかし、本願寺が東西に分かれて論争が起こり、延宝年間に蓮如の聖地である吉崎御坊の再建が、地元の東本願寺派によって持ち上がると、それが中央教団の東西争いの中に組み込まれ、結局は幕府に訴えての裁判沙汰になる。そうした動きの中で、吉崎時代を含めた蓮如の事跡が見直され、蓮如の法要忌や巡拝、伝記の出版等の隆盛を見ていくことになるという。

『大系真宗史料　伝記編5蓮如伝』（法蔵館、二〇〇九）には十本の蓮如伝が収録されている。そのうち初期のものは「御文《おふみ》」をまじえた一族や門弟たちの言行録が多いが、江戸時代に入ってからのものには、史伝を越えた教義的な内容を含んだり、また聖人として崇拝され、奇跡が語られたりするなどの脚色を帯びた伝説的人物としての傾向が見られていくという。（木村祐馨「蓮如伝の性格」『大系真宗史料　伝記編5　蓮如伝』）

その蓮如伝の中で「塩越の松」に触れた記事が、『蓮如尊師行状記』『蓮如上人御一生記』に出ている。近世中期以降にまとめたと推定される『蓮如尊師行状記』には、蓮如が吉崎で詠んだ歌四首が紹介されるが、その最初に、

…上人吉崎ニ御座在ストキ、塩越ノ松ニロズサミ玉フ、
終夜嵐に波をはこはせて月をたれたる塩越乃松
コノ歌ハ西行ノ歌也、上人ノ御詠ト申事イカヽ

とあって、一般には蓮如の歌とするが、実は西行の歌であるといった疑義を添えている。また、寛政三年（一七九一）『蓮如上人御一生記』では、

上人御詠歌四首
蓮如上人越前吉崎ニオハシマストキ、塩越ノ松ニクチズサミタマフ、
夜モスガラ嵐ニ波ヲハコハセテ
月ヲタレタルシオコシノ松

吉崎御坊に建立されている蓮如像

とあり、蓮如詠を疑わない。前者の疑義を添えた部分を除けば、両者はほぼ同内容であり、その先後関係の判断は難しいが、出所は同じと考えてよいであろう。すると、寛政の頃に作者が西行から蓮如へと移行していることがわかる。ところで、歌の初句を見ると地誌類にあった「夜る夜るに」ではなく「終夜」とあることから、『奥の細道』による影響と思われる。芭蕉の記した西行作の知識をもとに、蓮如信仰の高まりとともにやがて蓮如詠へと代えられていく時期があったようである。

おわりに

さて、これまでに述べてきたことを整理すると、近世初期までの歌学界では「汐越の松」は歌枕として認知されていなかったが、幕藩体制の強化、定着につれ藩の文化政策やの文化的事跡が求められていく過程で、地方版歌枕の「汐越の松」が形成されていく。その結果、それまで作者不明とされていた「汐越の松」の歌が、どのような情報ルートにもとづいてなのか、この地を旅した芭蕉によって西行歌として記録された。このことが西行の「汐越の松」伝説の誕生と考えてよいだろう。

そうした影響の一方、吉崎を中心とした蓮如信仰の隆盛に従い、いつしかそれが西行から蓮如へと作者が移行していくことになる。無名の伝承歌が文化状況や文字記録、あるいは信仰を含めたパラダイムの移行等によって作者が置換し伝承されていくことになった。伝承が地域環境と深く結びついていることを改めて確認するものである。

Ⅱ

昔話・歌謡の西行

「西行昔話」と西行咄

はじめに

日本の昔話の中で、歴史的人物が主人公として登場する例は、西行と一休を除いて他にはない。中世の著名な二人が実名で、それも笑話のジャンルにおける笑いの提供者として登場することは、日本の昔話の性格あるいは生成の事情を考えるうえで大変に興味深い。そのうち一休はさておいて、ここでは西行の昔話を話題にしていくことにする。ただ、一休も西行も、その昔話を一読すればすぐわかるように、史実の人物像から大きく逸脱した、いわば脱歴史化の方向へと仮構されていることに特徴がある。いま「西行昔話」から通底するキーワードとして「旅」と「歌」と「笑い」を抽出したとすれば、これらは程度の差こそあれ、西行の属性に近い面を持ち、その点では史実の西行に繋がっているようにいえる。しかし、話の上では、史実の西行から大きく離れてしまっている。一例を、「萩に跳ね糞」で示してみたい。

野辺を歩いている西行が、急に便意を催し木陰を見はからって事を済ませた。すると溶けた雪の下から萩が跳ね返った。これを見た西行は、すかさず「西行はいくらの旅をしてみたが、萩に跳ねぐそ、これが初なり」と歌を詠む。

誠に下卑《げび》た話で、本物の西行が知ったら驚き呆れるに違いない。これは西行ではない、と無視することもできるが、ここでは大衆文化の一端として、この笑い話の背景にあるものを探っていきたい。というのも、この西行像は西行没後の時代や社会が創り上げてきたものにちがいないからである。歴史的西行に規制されながらも、昔話の西行へと変身していく姿および編成された「西行昔話」を、大衆文化の視点から「西行」の実態を表わすものとしてとらえていこうとするものである。

実は西行の昔話の問題は、昔話における西行をとらえることではあるが、同時に西行における昔話をとらえることでもある。すなわち、「西行」という多様性の中の一つである「西行昔話」を明らかにすることである。西行の偉業が、時代や社会、文化の環境の中で受容、継承されていく過程で、さまざまな要素が加わり西行をめぐる「文化」が創出されていった。具体的には説話や草子、演劇、狂歌話、随筆等の文字記録や、その他にも民間伝承における昔話や伝説、伝承歌などの口承文芸の世界がある。その中の一つである「西行昔話」を、西行伝承を視座において照射していく必要がある。そのためには、「西行昔話」を昔話の枠組み、体系の中で論じていくだけでは不十分である。社会や歴史、文化の文脈におき、記録や文献を積極的に活用しながら問題を深めていきたい。本稿は「西行昔話」がどのようにして生まれてきたのかを追究するのであるが、同時に「西行」という現象を視野においた、包括的な西行伝承の研究を進めていこうとするものである。

先行研究についても簡単に触れておこう。西行の昔話の研究について稲田浩二「とりの話」（『昔話の時代』筑摩書房、一九八五）は、語りの場の最後に登場する「とりの話」に、西行の「性的な隠喩《いんゆ》をこめた艶歌」が用いられる理由を、予祝儀礼の風土と関係づけて説いた。「西行昔話」が民俗に根付いていることの証左といえる。伊藤博之「西行俳諧歌と民間伝承」（『論纂　説話と説話文学』、笠間書院、一九七六）は、民間の西行戯笑歌などを「庶民の秀句好みに投じた西行の俳諧体の歌にあった」と述べる。前田東雄「昔話についての手控え数件—西行話・たとえづくし・その他—」（『岡大論稿』一五号、一九一六）は、昔話「西行と女」に話材した川柳を問題にして、「西行昔話」が江戸の文化年間以前に遡るとした。稲田、前田の指摘は本稿のモチーフと重なっている。

一　「西行昔話」の話型と分類

「西行昔話」の話型を認定するにあたって、ここでは『日本昔話大成』と『日本昔話通観』とに既に話型登録されているものを基本として、これに筆者が追加したものを次ページの「西行昔話の資料と文献」の表に、二〇話型取り上げた。これを試案として四つの系統に分類した。分類の趣意と特徴・傾向について触れておく。

まず「旅の西行」系は、旅の途次に遭遇した事件、エピソードを笑いにしたものを取り上げた。そのうち「萩に跳ね糞」「西行と亀」は、いくぶん下卑た内容ではあるが、西行の昔話を代表するもので全国的に分布する。便意をもよおした西行が道ばたで糞を萩、亀の上にする。すると萩が跳ね返り、また亀が動き出すので、西行は当意即妙の歌を詠む。「夏枯れ草」は、カゴに鎌を持った子にどこへ行くのかと尋ねると、「冬ほきて夏枯れ草を刈りに行く」と答えるが、西行はその意味が分からずそこから引き返すことになる。

「桶閉じの花」とは桜のことで、往きに開花した花が帰りは落花するという桜の瞬《また》く間の寿命を話題にした話である。「蕨と檜笠」は蕨を採る子に「ワラビ（藁火）で手を焼くな」と声を掛けると、「檜笠《ひのきがさ》で頭を焼くな」と返されるという話。「西行と熱田宮」は「吹く風に涼しい宮をなぜ熱田と言うのか」と問うと、「東に向かうのになぜ西行と言うのか」と返される問答である。「猿ちご問答」は、上手に木登りする稚児《ちご》を、西行が「猿のようだ」とからかうと、「犬のような法師来たれば」とやりかえされる。

旅は西行のアイテムである。旅の西行は人目憚《はばか》らず自由に振舞うが、いつも逸脱して酔狂に終わる。話の主人公は狂惑の法師そのものである。旅を生業《なりわい》とするしたたかな法師を西行に仮託したイメージ形象といえようか。

西行昔話の資料と文献

系統	話型	伝承資料	記録文献
1旅の西行	萩に跳ね糞	金の瓜、丹波和知の昔話	——
	西行と亀	大山北麓の昔話　西播磨昔話集　蒜山盆地の昔話	——
	夏枯れ草	郷土研究1-245　高木伝説集	——
	桶閉じの花	鯖江市史、小県郡昔話集	醒酔笑
	蕨と檜笠	吹上郷土史、日本の民話・甲信越、小県郡昔話集	善光寺名所図会
	西行と熱田宮	備後の昔話、石見の昔話	かさぬ草紙、淋敷座之慰
	さるちご問答	郷土文化	十訓抄、昨日は今日の物語、勢陽雑記
2西行と盗み	芋盗み	巡礼と遍路、伯耆の昔話、狂歌の手柄	詩学大成抄、かさぬ草紙、古今夷曲集
	牛盗み	奥備中の昔話、分水町史	本阿弥行状記、かさぬ草紙、古今夷曲集、あづま物語　西行法師一代記
	藍盗み	因幡智頭の昔話	慈元抄
3西行と女	西行と樵	——	教訓和歌西明寺百首、天正狂言本「木こり歌」
	西行と女	塩吹き臼　安芸昔話集　伯耆の昔話	かさぬ草紙
	うるか問答	葦北郡誌、熊本の昔話	肥後国誌
	西行と茶	美濃郡匹見町昔話集、花山ちよ子談	口拍子（宗祇）、譬喩因縁四十八願説教
	髪よくば	小県郡民譚集、芸備昔話集（虚無僧）	新著聞集
4草子・狂歌咄と西行	鳥辺山	美津島町誌、東讃岐昔話集、金沢の昔話と伝説	いそざき、かさぬ草紙
	鼓ヶ滝	直入郡昔話集、紀伊半島昔話集、若狭の昔話	拾遺集、狂言「鼓滝」、新撰狂歌集
	十五夜の月	いきがポーンとさけた、昔ばなし、羽前の昔話	半日閑話
	七瀬川	美濃郡匹見町昔話集、恵那昔話集	遠近草、醒酔笑、狂歌話
	猪ならば	奥備中の昔話	かさぬ草紙、醒酔笑、古今夷曲集

「西行と盗み」系の話型も、旅の一齣《こま》を話題にしたものであるが、盗みがテーマとなっている。西行が盗みを行ったと土地の者に嫌疑《けんぎ》をかけられるが、咄嗟の機知と判断により難を逃れる。「芋盗み」は現行犯ゆえに糾問されるが、歌を詠んで信用を勝ち取り許される。「牛盗み」「藍盗み」は、牛、藍盗みの濡《ぬ》れ衣《ぎぬ》を歌で晴らすという趣向である。「西行と樵《きこり》」は西行が木を盗もうとしているのを咎められ、「人の悪気（割る木）は我が悪きなり」と開き直る。

「西行と女」系は、浮気心の西行が土地の女と問答歌を交わすが、負けて退散するはめになるという内容である。話型の「西行と女」は、川で着物の裾をからげて洗う女に、卑猥《ひわい》な歌を掛け、逆にやり込められてしまう。「うるか問答」は、鮎の腹にある腸《わた》（うるか）をめぐっての応酬であり、ここでも西行は負けて引き返す。「西行と茶」は、せっかちにお茶を所望する西行が、やんわり女にとたしなめられる。「髪よくば」は、西行の見え透いたお世辞（皮肉）を、女はぴしゃりと撥《は》ね付ける。これらの「西行と女」のテーマは、『山家集』の「西行と江口の遊女妙」との問答に端を発して、文学的には広く知られており、それを遠景とした説話構成といえる。

「草子・狂歌咄と西行」系は、統一的な内容にしぼるのは難しいが、それぞれの話の出所が草子や狂歌咄をもとにしたと思われるので、ここでは便宜的に出典にもとづいた分類とした。「鳥辺山」は、人の死を他人事《ひとごと》として扱う西行が、次に続く自らの宿命であることを知らされる。ペシミックな内容であり、異色な西行昔話といえる。「鼓ヶ滝」は、鼓の音に似た滝音を歌にして慢心している西行をたしなめたもので、これを特定の滝にまつわる伝説としてもとらえられるが、ここでは『日本昔話通観』にならい、昔話の話型に入れた。

「十五夜の月」は、托鉢《たくはつ》の際に半分に割った餅を見て、「十五夜に片割れ月はないものを」と西行が詠むと、女が「片割れ月はここあり」と懐から出す趣向の話である。一般には「和尚と小僧の話」として知られるが、西行のバージョンもある。「七瀬川《ななせがわ》」は、七瀬川のそばで休む西行が、薦《こも》を積んだ痩せ馬が通るのを見て「薦乗せ馬がやせ渡る」と詠むと、「粒食い坊主がむせ渡る」とやり返される。「猪《しし》ならば」は、峠を越えて来た男に「十六が出た」と聞かされるが、それは娘のことではなく、「四四《しし》の十六」で猪のことだと知らされる。

以上、「西行昔話」を四つに系統分類し、その内容を概括してきた。これらの話型の主人公を西行として取り上げてきたが、そのうち「猪ならば」は「ある男」が主人公となっており該当しない。しかし、これは西行独自の話型であることからここに加えた。また、同じ話型でも主人公が西行でない伝承もあり、西行と置換可能な人物として宗祇と猿丸太夫が登場する。宗祇は旅の連歌師として西行同様に旅人の共通性を有するが、猿丸太夫はどのような事情からであろうか。歌詠みとしての一致以外に、伝承の背景にあるものについては、今後の課題としたい。

二 「西行昔話」の文献一覧

「西行昔話」の一覧表における文献欄は、管見に及ぶものを載せたもので洩れも多いと思われるが、これに沿いながら、分類別における文献資料の特徴を見ていきたい。なお、関係する文献の成立年代を示した「西行文献関係年表」を次のページに掲げたので、適宜利用しながら説明を加えていきたい。

まずは「旅の西行」系に分類される話型のうち、「萩に跳ね糞」「西行と亀」「夏枯れ草」は出典を見つけることができなかった。そのうち前二つは脱糞《だっぷん》を話題にした卑猥な内容であり、その点からいえば史実の西行から最も遠い昔話といえる。俗聖《ぞくひじり》の西行が野辺にあってのローカルな逸話といった印象のものである。ところが、『日本昔話通観』に報告される事例では「萩に跳ね糞」が28例、「西行と亀」が22例で、他と比べてダントツに多い。また両者が核となり、他の話が付随し加わった複合話例も見られるなど、伝承世界においては「西行昔話」を代表するポピュラーな話といえる。その両者が文献に出てこないというのは、これが民間育ちで、しかも西行咄が民間に普及した以後に生成された昔話と推測される。

「桶閉じの花」以下「猿ちご問答」の文献のうち、『善光寺名所図会』『参宮名所図会』『勢陽雑記』などは地方色の文献であり、また『淋敷座之慰《さびしきざのなぐさみ》』は歌謡を収集したものであり、いずれもすでに流布している西行の昔話や歌を載せたもので、これを初出文献として扱うことはできない。

これに対して、「西行と盗み」系に分類される話型では、「藍盗み」以外の話型は文献資料が多く、逆に伝承資料の事例は少ない。単純に考えると書承から口承への流れが想定しやすい。ところで、ここに挙がる文献で、『詩学大成抄』『慈元抄』『天正狂言本』などは、みな室町時代以前のものである。「西行と盗み」のモチーフは、盗みの嫌疑を機転をきかせた歌で回避するものであるが、このモチーフは狂言でのなじみの曲目であった。『天正狂言本』の中には「連歌盗人」「花盗人」「梅盗人」、そして西行が登場する「木こり歌」が収録され、『天正狂言本』以外に「蜘《くも》盗人」の曲もある。いずれも盗みの実行犯で捕えられた者が、連歌や歌で危難を免れるという趣向を中心とした内容である。

狂言が盛んだった中世の時代は、窃盗《せっとう》には手厳しい制裁が課され、そのためには私刑《リンチ》も黙認されていたという（笠松宏至『中世の罪と罰』東京大学出版会、一九八三）。厳罰による重罪主義の風潮の中でこそ、盗みの罪を逆転させる狂言の盗人物のおもしろさが

西行文献関係年表

寛弘初年（1005-07）	拾遺集
永正７年（1510）	慈元抄
永禄11年（1568）	狂言「鼓滝」
天正６年（1578）	天正狂言本「鳴子遣子」他
室町時代（15？）	いそざき
室町末期（15？）	詩学大成抄
文禄ごろ（1595）	遠近草
天文（1532-55）	誹諧連歌抄
元和元年（1616）	昨日は今日の物語
元和９年（1623）	醒酔笑
寛永６年（1629）	新撰狂歌集
寛永19年（1642）	あづま物語
寛永21年（1644）	かさぬ草紙
明暦２年（1656）	勢陽雑記
寛文６年（1666）	古今夷曲集
寛文12年（1671）	狂歌咄
延宝４年（1676）	淋敷座之慰
宝暦年間（1764-）	本阿弥行状記
寛延２年（1749）	新著聞集
明和９年（1772）	肥後国誌
安永２年（1773）	口拍子（宗祇）
寛政９年（1797）	伊勢参宮名所図会
刊行年不明（18？）	半日閑話
嘉永２年（1849）	善光寺道名所図会
明治30年（1896）	譬喩因縁四十八願説教

リアリティーを持っていたといえる。「西行と盗み」系の話型は、そうした時代背景を引きずっているようである。古くからある文献記録が、ある事情によって民間に降下し、「西行と盗み」系の昔話として伝承されてきたと考えるのが自然のようである。

「西行と女」系の文献資料のうち『かさぬ草紙』を除いた『肥後国誌』『譬喩《ひゆ》因縁四十八願説教』は地方色の強い文献であり、また『新著聞集』『口拍子』を加え、いずれも十八世紀以後の新しい文献である。また、話型の「西行と女」を除けば伝承例もごく限られているので、これらの文献が初出とは言い切れないようである。

「草子・狂歌咄と西行」系は、分類基準を草子や狂歌咄に出てくるものとして一括したものであり、それぞれの文献から民間に降下した面が濃厚といえる。ただ「十五夜の月」は、昔話の「和尚小僧」の西行バージョンであり、これはおそらく他の昔話から「西行昔話」へと転成したものと思われる。

分類別の文献情報についてはここまでとし、次には「西行昔話」の生成に関しての全体的な問題について検討していきたい。

三　狂歌咄から「西行昔話」へ

「西行昔話一覧表」の文献資料の中で複数以上出てくるものに、『かさぬ草紙』（5例。以下同）、『醒睡笑』（3）、『古今夷曲集』（2）、『新撰狂歌集』（2）がある。これらの成立年代を「西行文献関係年表」で見ると、元和から寛文までの四〇年間に集中しており、歴史時代の区分でいえば近世初期である。「西行昔話」は、この時期の狂歌咄から多く採られていることからして、「西行昔話」の生成をここに定めてまちがいないであろう。問題はこれらの作品が持っている文学的および時代的意味についてであり、さらに、それらがなぜに昔話へと流れていったかである。

鈴木棠三『狂歌鑑賞辞典』（角川書店、一九八四）は狂歌のアンソロジーとして、またその一つ一つの狂歌に該博《がいはく》な知識にもとづき解説を加えた好著である。本書の解説「狂歌概説―天明まで」は、狂歌史を踏まえた狂歌論である。江戸初期に、それまでの狂歌説話（『宇治拾遺物語』にある「俳諧歌譚」など）から「狂歌咄」が出てくる理由を、通常の会話がカタルからハナスへと移行していく時代の機運による口語の変化に併せ、「物語からハナシに向かって動き出していく姿」が狂歌咄に表れたのだと述べる。さらに、その狂歌を載せた笑話集の問題についても検討を加える。

> 「狂歌咄」という名称の有無は別として、この種の説話を多く集めようとする動きは、織豊《しょくほう》時代ごろから見られるようになる。時代が若干上下するが、写本でのこるものに、『遠近草《おちこちぐさ》』『かさぬ草紙』『新旧狂歌誹諧《はいかい》聞書』『寒《さむ》川入道筆記《かわにゅうどうひっき》』等々があり、刊本としては、最古の刊本狂歌集である『新撰狂歌集』が現れる。安楽庵策伝《あんらくあんさくでん》の『醒《せい》睡笑《すいしょう》』は、狂歌咄オンリーの集ではないが、滑稽な世間話を集めた大冊であり、その中の狂歌に関する各条はすべて狂歌咄であることはいうまでもない。近世初頭、笑話に対する世人の希求は、『戯言養気集《ぎげんようきしゅう》』『きのふけふの物語』『醒睡笑』などを生み、さらに『一休咄《いっきゅうばなし》』『一休関東咄』などを生んだ。それらに盛られた咄は、狂歌にまつわる笑話と、狂歌と没交渉の笑話とに二分する分類法も可能で、これが笑話集の性格にも影響する。例えば『きのふけふの物語』は狂歌咄的部分の稀薄なものであるが、こうした傾向が強まって、いわゆる小咄本といった、狂歌とは絶縁した笑話集が続出する。その点で、狂歌咄は語り物から咄本へ推移する過程に位置するものと見ることもできよう。

少々長い引用になったが、ここに過渡期における狂歌咄の文学的意義についての要諦《ようてい》が示されている。その一つは、文学の表現媒体が写本から刊本へと移行していく時期にあたるということである。すなわち『遠近草』から『寒川入道筆記』へいたる写本として残されてきたものと、『新撰狂歌集』『戯言養気集』『きのふけふの物語』や『一休咄』『一休関東咄』など刊本として印刷されたものとが並存する状況が起こる。なお『醒睡笑』の場合は、作者の策伝が書写して板倉勝重《かつしげ》に献上したものが後に整版し印刷されるので、両方の面をもつ。

二つ目は、作品形態の変化は内容にも影響を与えたということである。書写されてきた狂歌咄が、整版による印刷された笑話集においては「狂歌咄的部分が稀薄」となり、その傾向は漸次強まり、やがて狂歌咄は消えていき、次に「小咄本」が登場することになったという。換言すれば「狂歌咄は語り物から咄本へ推移する過程に位置する」ということになる。

中世末から近世初頭にかけて台頭した狂歌および狂歌咄が衰退し、版本から取り残されるように消えていく問題については、岡雅彦も取り上げている。この問題は、「西行昔話」の内実ともかかわっていることなので、もう少しこだわってみたい。

岡雅彦の「狂歌と咄本―狂歌咄の消長―」(『鑑賞　日本古典文学　川柳・狂歌』角川書店、一九七七)は、文禄《ぶんろく》期に成立した『遠近草』とその三〇年後の『醒睡笑』の共通話型を比較し、『遠近草』の詞書は「比較的長文」であるのに『醒睡笑』は「簡潔」であり、また「『醒睡笑』の狂歌咄は緊張感と簡潔性がその信条である」と述べる。ただそれは、『醒睡笑』のみでなく同時代の狂歌咄の一般的傾向であるとする。

そして、『醒睡笑』から三〇年後の寛文年間ころの咄本になると、大体一割ぐらいの狂歌咄が収められる程度になるという。しかも固有名詞が離脱して、「こざかしき者などといった性格を主人公」とするようになる。さらに一〇年後の延宝期(一六七三―八一)以後の咄本には、「和歌説話はまったく影を潜め、滑稽味の強い俳諧咄と狂歌咄が若干残るのみである」という。「これら延宝期以降の軽口《かるくち》本に見える狂歌咄と、寛文以前の咄本に見える狂歌咄の根本的相違点は、伝承性と創作性の差にあった」と結論づける。

岡は狂歌咄から咄本への移行について指摘したが、そうした変化の理由については触れていない。おそらく中世から近世への時代変化を踏まえてのことであろうことは十分に察せられる。その中でも大きかったのは出版文化の進展であろう。政治的にはまったく成果のなかったとされる秀吉の朝鮮出兵が、結果として朝鮮からの活字印刷の技術を

噺本大系の西行

巻数（冊数）	時代	作品名	話名
第1巻（10）	慶長～寛文	昨日は今日の物語	さるちご問答
第2巻（2）		醒酔笑	西行西住、尼落ち、七瀬八瀬、脇本、桶閉じの花
第3巻（6）	寛文		
第4巻（7）	延宝～元禄	狂歌咄	西行西住、尼落ち、七瀬八瀬、脇本
第5巻（9）	慶長～貞享		
第6巻（8）	元禄	軽口御前男	富士見西行
第7巻（13）	宝永～享保		
第8巻（17）	元文～明和	軽口笑布袋　軽口浮瓢箪　合恵宝袋	富士見西行、三ヶ所　富士山
第9巻（18）	明和～安永	聞上手	
第10巻（16）	安永		
第11巻（26）	安永	万の宝	富士をしらぬ西行
第12巻（26）	天明～寛政		
第13巻（20）	寛政		
第14巻（27）	享和～文化		
第15巻（23）	文化～文政		
第16巻（22）	天保～明治	雨夜のつれ〲三題咄	富士見西行
第17巻（25）	明和～天明	絵本珍宝艸　和漢咄会　書集津盛咄	富士見西行、富士をしらぬ西行
第18巻（18）	寛政～嘉永	はなしのいけす	富士見西行
第19巻（13）	寛政～文政		
第20巻（10）	寛延～天保		

らし、新しい時代の文化の創出に大きな力を貸すことになった。

ごく一部の愛好者の間で書写され読まれていた作品が、一度に多量に刷られるようになって、それが市場《しじょう》を賑わすようになる。書物の受容とその質的変化には目を見張るものがあったはずである。こうして生まれた作品が啓蒙的で教化《きょうか》性を持ち、また娯楽・実用的な面をもって仮名で書かれたことから、これを一括して仮名草子としたことは、文学史が教えるところである。

四　咄本における西行咄と昔話

近世という時代の転換期に狂歌咄は消えてしまうのであるが、その後、西行咄はどのようになったのか。また、狂歌咄の西行が吸収されるように昔話に残されていったのはなぜか。西行狂歌咄と昔話はどのような関係にあるのかという問題について、次に、咄本における西行と昔話の歩みをたどることから追究していきたい。

江戸期から近代にかけての咄本を集大成した『噺本大系』全二〇巻（武藤禎夫・岡雅彦編、東京堂出版、一九七五〜一九七九）がある。この中から「西行」に関係する話を拾い上げると、二〇例ある。今、それを前ページの「噺本大系の西行」に示してみる。これによると第一巻から三巻に西行咄が集中するが、これらはいわば純粋な狂歌咄の西行である。しかし他はすべて「富士見西行」のパロディーである。たとえば、第六巻の『軽口御前男』の「ふじ見西行《さいぎやう》」は次の通りである。

さる人、薬瓢《ゐんろう》きんちやくをさげけるに、友達《ともだち》いふやう、印籠《ゐんろう》のひぼ長く、無用心《ぶようじん》なり。どこぞでハきられうといへば、彼人《かの》聞て、いや〳〵、切《きつ》ても切《きれ》ぬといふ。なぜに。御覧《ごらん》候へ。蒔絵《まきゑ》がふじミ西行《さいぎやう》じや。

「富士見西行」は、西行歌の「風になびく富士の煙の空に消えて行方も知らぬ我が思ひかな」にちなみ、西行の代名詞のように、江戸時代に広く人口に膾炙《かいしゃ》した言葉である。遠くの富士を眺める阿弥陀被《あみだかぶ》りの西行絵は木像や土人形などや、近代に入って人力車の座席の背もたれの裏に描かれたりもした。その「富士見西行」を「不死身西行」と洒落た軽口《かるくち》である。

もう一つ、第一七巻の「ふじの山」（『和漢咄会』）と題するこんな小咄もある。

おれは此六月ハ富士山へ参るべきだ。よしやれ。なんのおもしろくも無　そう言《い》やんな。あの頂《てう》〳〵のほると、とんだ物だと言事だ　ナニサ。うゑへあかりてよけれハ、西行ハ下にハいぬ。

「富士見西行」は字の並びでは富士の下に西行がいるが、富士に上ったら下は富士で、西行はいないという意味なのだろうか、そうであるとすれば少々くどい解釈かもしれない。

ところで、ここに紹介した二つのパターンの話は、西行が主人公として展開する内容ではなく、「富士見西行」という普通名詞を話題にしているだけである。したがって、史実のイメージにつなげて構成される西行狂歌咄とは位相の違うものである。その意味では江戸初期の狂歌咄以後の西行は、咄本（噺本）の世界からまったく無視され話題にされていないことになる。すなわち、浅井了意《りょうい》の『狂哥咄』以後の二百年間、西行は過去の人物として完全に葬り去られてしまっているといえる。岡雅彦のいう「延宝期以降」とそれ以前の「狂歌咄の根本的相違点は、伝承性と創作性の差にあった」という点に注意してみる必要がある。

狂歌咄の西行は伝承上の説話的西行で、それを話題としてもてはやす土壌があり『遠近草』を初め『醒睡笑』『狂哥咄』などに顔を覗かせていたが、しかし、それ以後の咄本では「創作性」の話題に切り替えられていく。咄本が求める話題は、等身大の人物像における奇行や奇癖が起こす失敗や風刺、地口《じぐち》、洒落等で、それは夫婦や家族、茶屋、女郎など、都市民の日常を離れての出来事ではない。いわゆる仮名草子の読者層である都市民たちの現実志向の世界が咄本の中心であり、中世の名残の西行は、近世の時代、社会から完全に消えてしまうことになる。

しかし、そのようにして西行咄が都市民の咄本から消えていく中で、それがかろうじて昔話の中に形を変えながらも残っていったのはどうしてなのであろうか、という問題がある。ちなみに咄本に出てくる昔話を拾うと、第三巻まででは「味噌田楽」「平林」「姥捨畚」「化物問答」など数は多くはないがある。しかし、四巻（延宝〜元禄）以降は限られた笑話「鳩が聞く」「頭に柿の木」「雷の宿」など、落語にもある話や、舌切雀、桃太郎、猿蟹合戦のパロディーがわずかに出てくるに過ぎない。昔話も咄本からはオミットされてしまっている。

近世の一般の都市民が楽しむ咄本の世界に昔話は登場しないといっても過言ではあるまい。かれらが楽しむ口承文芸は、なぞや地口、しゃれことば、むだ口などといった、現実世界の人間関係の中で生じる「ことば遊びの世界」が主であった。翻って考えると、「西行昔話」の内容は笑いを基調にするが、その装いは農村を舞台にした旅の見聞や土地の娘への恋慕、牛馬の盗みや鄙の生活の一齣といった牧歌的ローカルカラーの世界に彩られている。けっして都市民の繁忙で喧騒な世界ではない。

見方を変えれば、農耕を生産手段にした社会の中から生まれてきた西行咄はその時代の産物であり、その延長上に昔話世界が位置するといえる。狂歌咄を愛好し、それを地方に持ち運んだ連歌師や俳諧師などは、そうした時代・社会の遊民の徒であった。西行咄と昔話世界との類縁性をそのようにとらえることによって、日本の昔話の特性の一班《いっぱん》を示すことができる。

おわりに

筆者はこれまで、歌僧と仰がれる西行がなぜ昔話等で嘲笑されるのか、そうした不名誉な西行がどこからくるのか、といった関心を久しく抱いてきた。そうした傾向の一因が、近世初期の狂歌咄にもとづいていることを本稿で問題にしてきた。整版技術による出版が一般化する直前の、写本時代の名残である狂歌咄が、流れ込むように昔話に残されたというのが結論である。しかし、その狂歌咄において、なぜに西行が笑われる存在であったのかということの問題は先送りになるが、とりあえず問題の一つは一件落着したことになる。

西行狂歌咄が江戸の咄本の世界から退場していくが、それがたまたま昔話の中に生き残ることになった。西行咄と昔話の類縁性はどこにあるのかということになる。いわば都市文化とは相容れなかった狂歌咄の西行が、田園を旅する形の「西行昔話」として活路を見出せたのは、農村を経済基盤とする中世の社会構造が、近世の農村社会と地続きであったことを意味するのではないだろうか。そのことは昔話の新たな一面の発見につながっていくように思われるが、本稿の主題からはずれてしまうのでここまでとする。

ところで、「西行昔話」は文芸から降下し受容・享受され、また、民間において独自に展開してきた部分がある。その点、大衆文化の実態や性格をとらえる上で、重要な視点を提示してくれている。ただ、そうはいっても、誰がどのようにして、昔話伝承の枠組みの中に持ち込んできたのかは十分明らかではない。今後の課題とせざるを得ない。

それに加えて、西行咄が昔話へ変身する姿や、変成後の伝承の実態等の研究についても、本稿は手つかずに終わった。「西行昔話」は東日本よりは西日本において広く分布し、殊に中国・山陰地方に濃く分布している印象があるが、それがどのような理由にもとづくものか、今後明らかにしていく必要がある。

西行問答歌と「西行昔話」

はじめに

西行の昔話に、問答を中心とした物語展開をとる話がある。西行咄を核に生成してきた「西行昔話」の基本をなすものといえよう。しかし、出発はそうであっても、いったん昔話化されると、独自な発想と展開をとり変容していくものもある。享受する側の関心や必要によって、独自な変化や発展を遂げていくことになるのであろう。そのことは「西行昔話」に限ることではないが、ただ、西行という独自さを失うことはない。本稿では、西行問答歌から「西行昔話」へと展開する事例を、「西行と女」のモチーフをもつ話型を中心に、ジャンルの交替における内容の変化とその特質を明らかにしていきたい。

一　西行の「織杼《おりひ》問答」

岩手県の北部の海岸沿いの野田村に、玉川漁港という小さな港がある。能因法師の「夕されば汐風こして陸奥の野田の玉川ちどりなくなり」は、ここを詠んだものと地元では伝えているが、宮城県塩竈《しおがま》市にも「野田の玉川」があり、歌枕候補地として競い合っている。野田村には西行が草庵を結んだという「西行屋敷跡」もある。現在その場所は公園になっていて、その高台から見おろす玉川漁港の眺めは、広々とした太平洋をバックにまことに風光明媚である。この西行屋敷跡にちなんだ次のような伝説がある。

西行法師は初めて野田に名勝を探られたが、道を迷ふて新館の坂に於て空腹を感じ、見た處は路傍にあじきがあるので、夫れを採つて食べられ、餓を醫《いや》して玉川に杖を曳かれたとのことである。其の歌に、

　西行はここではてしと思へどもあじきを稱してまたたびと云ふなりと

と詠みけりと。それからは、あじきを稱してまたたび云ふなりと。

　夫れから玉川を探りしに意外の仙境、俗を脱せる地なるを以て、滋《ここ》こそ吾が住む處となし、茶園を作り、庵を結び潮汐眺望して詩歌に吟したりきと。時に當地玉川に、地婦江いばら（一名南松子）なるものあり。毎日濱《はま》に通ひて魚介を漁《すなど》る女なり。容姿頗《すこぶ》る艶麗にして

岩手県野田村の高台の公演にある「西行屋敷跡」。眼下に太平洋が広がる。

天女か仙女かと疑かる程の美人。且才女なのであつた。西行も脱俗の法師と雖も、聊か御意に召され、其技量を試しみんと、一句の歌をかけられたり。歌に、

江いばうは毎日濱に通へども寄せ来る波の數を知るまい

時に直ちに返歌に、

西行は諸國修行致せども空なる星の數を知るまい

と江いばうの返歌に打驚き、平伏して其の場を立ち去れりと。

これは青森県八戸市の郷土史家の小井川潤次郎が『傳説雑纂』（昭和二六年）に載せたもので、稿本「野田領誌」から引用したものであるという。今野静一の『陸中海岸の民話』（トリョーコム、一九八六）にも類話が載る。飢餓に襲われた西行が、マタタビで飢えを癒し一命をとりとめた感慨をモノローグで詠む。しばらく庵を野田の玉川に結び住んでいると、土地の娘の「江いばう」を知り、その美しさに魅かれて歌を掛けるが、即妙に歌を返されて、立ち去るという内容である。土地の娘や子どもとの歌の問答に、歌人西行が負けることにより溜飲を下げるという仕掛けが用意されているのである。ここでの問答歌で、始めに西行が「波の数」を問うのに、江いばうは「星の数」で答える、いずれも果てしない数を意味する表現である。

青森県弘前市禰宜《ねぎ》町に伝わる西行話も同様のパターンである。

昔、えらい西行というお坊さんがありました。今日も西行法師は素足に草鞋をはいて、お経をよみながら仏教をひろめるため、旅を続けていました。その日は海岸を歩いていると海辺で何人もの童が遊んでいました。法師は童に呼びかけました。「磯辺のわらはどハマ馴れて、オキ来る波の数、覚えたか」と和歌をかけますと、童たち

は「西行は宿がなければ野に寝たり、空出る星の数、覚えたか」とやり返したので法師は大へん感心して童たちをほめ、又旅をすすめました。

ずっと行くと今度は一つの村に出ました。そこに一軒家があって女が一人いて、機で布を織っていました。法師はその側を通った時、その女はつい粗相して屁をぶんとたれてしまいました。それでとてもはずかしがって顔をふせていると、法師は「西行は如何なる旅をかけだけども、機に織杼《おりひ》、今、はじめ」と詠みますと、その女は大へん恐れ入って「西行は着たりかぶたり袈裟衣、とても杼（屁）でネバ織られざるまえ」と答えましたので何も咎めずに、次の宿さして歩いていきました。

斉藤正『続々津軽むがしこ集』（弘前教職員組合文化部、一九六二）に載る西行話で、他に類話は知らない。西行は遊ぶ童に、果てしなく繰り返す「波の数」を知っているかと尋ねるのに対し、童は夜空の「星の数」を覚えているか、と応じる。昼の海と夜の空といった詩的対比の問答である。ここまではこども相手の、いうなら上品な言葉遊びの世界といった趣であるが、後半は西行と女性との問答である。機織る女の放屁に遭遇した西行は、すかさず冷やかし気味の歌を贈る。この歌に、女は恐縮しつつも即座に歌を返してくる。負けた西行はそそくさと立ち去ってしまう。

西行の歌は、「西行昔話」ではおなじみの「萩に跳ね糞」や「駄賃取らずの亀」の歌と関連が深い。「萩に跳ね糞」の歌は、道端の萩に積もった雪に脱糞すると雪が溶けて跳ね上がったのを、「西行は如何なる旅をしてきたが萩に跳ね糞これも初なり」と詠む。「駄賃取らずの亀」は、やはり道端で脱糞すると、亀が動き出したので、「西行もいくらの旅はしてみれど糞の四つ這い今日が見はじめ」と自嘲気味に詠む。

機織り女へのからかい歌「西行は如何なる旅をかけだけども、機に織杼、今、はじめ」は、これらの歌に変形を加えたものと思われる。これに対する女の返歌、「西行は着たりかぶたり袈裟衣、とても杼*（屁）でネバ（なければ）織られざるまえ」は、「織杼」を受けて、西行の着る袈裟衣も、杼がなければ織ることもできまいと開き直る。この「織《おり》杼《ひ》問答」の話は、いくぶん下《しも》がかった卑猥な笑いに傾斜しているが、昔話「西行と女」の話型の一つである。次にそうした問答の事例をもう少し見ていこう。

二　昔話の「西行と女」

次の事例は、礒貝勇編『安芸国昔話集』（岩崎美術社、一九七四）に載る「西行と亀と女」である。

昔或る時、西行法師言ふ人があつたげな、発句が上手ぢやつたげな。或る時、旅に修行にお歩きになつて、或る峠《たお》にさしかゝらつしやつたところが、便《べん》がやり度《と》うなつたんで、木の株に上つてひると、其の便が動きだしたげな、そいで発句を読まれたげな。

西行はながの修業はするけれど　生糞ひつたはこれがはじめて

ところが柴の葉を負うた亀が

千年万年生きる亀が　駄賃とらずに重荷負うたはこれがはじめて

言うたげな。亀に負けた西行は或る橋を通りかゝられたところが、或る女《おなご》がお尻をからげて豆をとぎよつた。其処へ法師が通りかゝられたんで、あはてゝ着物を下ろさうと思うたが間《ま》がないんで、笊《ひたみ》をお尻にかぶした。西行はあんまり可笑《おか》しかつたんで、又発句をお作りになつた。

＊機織の際に緯《よこ》糸を通すのに用いる舟形の用具。さい。シャットル。

西行はながの修業はするけれど　豆に甑《こしき》はこれがはじめて

すると女は

尻にこしきは豆蒸《う》むし　杵があるなら突けや西行

とやつたんで、又西行は負けたげな。

始めの話は、「駄賃取らずの亀」の話型である。ここでは亀も歌を読み、西行はやはり負けてしまう。前座に引き続いて、女の話になるのは前述した弘前市の西行話と同様である。尻を露わにした女に、やに下がる西行は、さっそく歌を送ると、女もすぐに返してきて、結局負けてしまう。くすぐりと即興の機微が笑いを盛り上げる。

ところで、昔話伝承の世界では、こうした西行の脱糞《だっぷん》や下がかった性的な話を「とりの話」と呼ぶ。こうした伝承は西日本に多く、「くその話でとり」「尻に下がった話で終わり」（岡山、島根）などと言って、話の場の切り上げに用いる。そこに登場するのが西行で、西行の脱糞や性的な話は、昔話の場を終焉させる機能＊を持った話として、意図的に持ち出される。西行にとっては誠に失礼なことではあるが、これは西行の話と昔話との関係を考える上で、見逃すことのできない問題である。民間伝承における西行のイメージが、こうした場面に表われているからである。

西行にとって不名誉な昔話がどこからくるのかについて、それを考える一つのヒントを提示してみたい。西行の笑い話を多く収載している書物に『かさぬ草紙』（寛永十二年書写、臨川書店、一九七七）がある。いわゆる狂歌咄を集めた中に、こんな西行咄が出ている。

＊わざと卑猥な話を持ち出して、話の場を閉じる機能をもつものを「とりの話」という。川柳の破礼句《ばれく》に通じる。（稲田浩二「とりの話」『昔話の時代』筑摩書房、一九八五）

一、西行法師執行に出て有所にて
　はちをひらきたまひけるにおんなかたふちのかけたる折敷にこめをいれてまいらせけり西行よめり
　　かたふちにみをなけんとはおもへとも　さすか命のをしきなるらん
　とよみけれは女返し
　　身をすてゝ諸国をめくる執行じやの　何に命のおしきなるらん
　と返しけれは西行ちりをひねりてかへりけり

托鉢をして歩く西行に、女が縁《ふち》の欠けた折敷《おしき》に米を入れて出したのに対して、西行は「縁の欠けた折敷を惜しむというわけではないが、淵に身を投げようかと思うが、やはり命は惜しいものだ」欠け折敷に米を入れて寄越した女を笑う。すると女は、身を捨てたはずの修行者が何で命を惜しむのか、と切り返してくる。西行は恥ずかしながら立ち去るという内容である。

西行の狂歌咄は縁《ふち》に淵、折敷《おしき》に惜しきの掛詞を用いた、いわゆる和歌の遊びを含んだものである。これに対して、先に挙げた西行の昔話は、笊《こしき》で尻を隠し、また杵《きね》で豆（女性の陰核を暗示）を突けなどといった卑猥《ひわい》きわまる直接的な内容で迫る。ただ、両話とも旅の途次に僧と女の問答といったシチュエーションからして、この昔話は西行咄にもとづいているといえる。しかし、話（咄）を享受という面から考えると両者には大きな違いがある。

西行咄は歌を中心に簡単な状況説明から構成されているのに対し、昔話は人物や情景描写、登場者の行動などディティールにわたって説明されるなど、西行という人物像を際立たせることに主眼がある。したがって両者の違いは西行のイメージ像の相違にあるといえる。狂歌に長《た》けた主人公である狂歌咄の西行に対し、昔話の西行は卑猥な笑いを提供するおどけ者に設定されている。そう整理をした上で、さらに問題とすべきは、読む草子と、耳で聞く昔話という享受のメディアの違いをも確認する必要があろう。昔話が習俗的で説明口調的な部分は、音声メディアの特質ともかかわっている。

三　西行の「お茶問答」

田中瑩一を中心とした島根大学国語研究室の行った島根県下の口承文芸調査の報告書は、緻密で質の高い内容である。その成果の一つである『島根県美濃郡匹見町昔話集』（島根大学昔話研究会、自刊、一九七六）に西行話が十話掲載されており、この地に根強い伝承圏を構成していることがわかる。その筆頭の「西行の歌くらべ」は西行歌話《うたばなし》のオンパレードで、先ず西行と宮司の「熱田問答」、次に機織り娘との「お茶問答」、続いて亀との「駄賃問答」、そして小娘との「椿問答」、最後に馬方との「鳴瀬川問答」と、五つの西行の歌問答が連続する。話し手は益田市道川《みちかわ》の河野新一さん（明治二二年生まれ）で、出身は隣町の美都《みと》である。

ところで、これらの歌問答のうち、「お茶問答」「椿問答」は報告事例のない貴重なものである。どのような伝承経緯に基づいているのか不明であるが、西行伝承を考える上で興味深い問題を秘めているので、ここでは「お茶問答」を話題にしたい。

…それからまた、ごそらごそら歩きよったら、また先い向けて進みよったら、まあなんと暑うて暑うてやれん。「困ったことじゃ」と。
「ここはどこじゃ。ああ、のどがかわいてやれんからお茶あ一ぱい飲みたい」
と思うて。それからある所へ、娘が二階で機あ織るのが聞きあたったと。まあ昔のことじゃけえ、機あ、

「チリントントン、チリントントン」

いわして、ええ音しておる。それで娘が機あ織りよった。それから、

「ここで一つ、あの娘の所で一つ、茶をもろうて飲もう」

と思うて、それから、

「もしもしねえさん、なんと暑うてやれんが、お茶を一ぱい飲んでくれんか」

ちゅうて言ったら、そいたら、戸をパチーンと立っかあ、家（うち）へ入ってしもうて、下へ降りたらしく、

「こんなやつ、やれんが、せっかく茶をもろうて飲もうと思ったに、茶を頼みやあ、戸をたててしまいやがったけえ、だめじゃのう。一つ歌を詠んでやろう」

と思うて、そいから、

パッチリとたった障子が茶になれば
旅する僧ののどはかわかん

ちゅうて、まあ詠んだがな。そうしたら娘がまた、家から詠んだそうな。

シャンシャンとにえ立つまでの立て障子
すこし待たんせ旅の御僧

ちゅうて、また詠んだげな。

そいから、これはやられたのう、と思うて、それからま歌にやられたけえ、また茶あをよう飲まんこうに先に進んでいった。


とある。お茶を所望するが、応じてくれそうな気配がなく、嫌味を込めて歌を詠むと、即座に娘はせっかちに言わず

に待ってとやんわりとやりこめられる。いつものパターンであるが、これと同じ伝承の例は知らない。

ただ、いくぶん趣向はことなるが障子を間に挟んでの歌の掛け合いでいえば、居駒永幸が報告した山形県寒河江《さがえ》市の慈恩寺周辺の西行話（『東北文芸のフォークロア』みちのく書房、二〇〇六）がある。娘に懸想した西行が声をかけると、娘は障子を閉める。そこで、「いま見えし花のこずゑをたてかくす障子は春の霞とぞ思ふ」と詠んだのに、娘は「いま見えし花のこずゑを折りたくば　こよひ泊まれよ旅の客僧」と返して寄越す。前記のお茶の所望の問答を、遊女の客寄せ問答へと場面展開させているような印象がある。しかし、その娘はその後で亡くなり、西行は「香の煙となるはさびしき」と詠む。無常の世を訴えたものである。

ところで、意外なところに仲間はいるものである。楠寂證著『譬喩因縁四十八願説教』（一九〇三）に、次のような西行の話がある。

次に忍辱波羅密《にんにくはらみつ》より、瞋恚《しんい》を退治して、得玉《えたま》ふ通力が天耳《てんに》道《どう》じや、如何様腹の立つのも聞から起り、聞けばこう望も起ることじや、西行が下総の国にて、御茶一つ御無心と云へは、あゝ面倒なと門の戸をたてる、西行「引立る障子が御茶になるなれば、門の樞《くるる》そ飲みへりにける」と詠たを、亭主の返歌に、「御茶一つぬるむ其間もあるものを、何に瞋恚のわきかへ

寒河江《さがえ》市西覚寺の「西行戻しの涙坂」

るらん」西行でさへあゝ面倒なと腹が立つた、今法蔵菩薩は、何事を聞ても腹立玉はず、瞋恚を退治して、證《さと》り玉ふが天耳道。

他人を怒り怨む煩悩をいかに克服するかの譬喩因縁《ひゆいんねん》として、西行を話題にする説教話である。西行のお茶の所望に、亭主は障子を閉めた。そこで、立てた障子がお茶ならば、樞《くるる》（扉の端の上下につけた回転する突起物）はこすれて減ってしまうと詠むと、熱い茶がぬるむ間も待てないで腹を立てることだ、と返歌する。作者のいわく、出家の西行さえも些細なことに腹を立てることもあり、よくよく心がけなければと諭す。出典は不明であるが、阿弥陀仏が一切衆生を救うためにたてた四十八の請願を説くための浄土教の説教に用いられたものであろう。「天耳道《てんにどう》」とは何か、今後の課題とするしかない。

この「お茶問答」の主人公を、西行から宗祇に名を変えるならば、比較する材料はある。『口拍子』二編（安永二年／一七七三）に「宗祇」の題で出てくる。

宗祇法師《ほうし》、行脚《あんぎや》の頃《ころ》、さる山里《ざと》をとおりしに、しきりに咽《のんど》かハきければ民家《みんか》え立《たち》より、此家《このいへ》へもの申さんともふされしに、しやうじをあけて、二八あまりのやん事なき女出たり。〽宗祇、たびの僧《そう》に候が、たへがたく、のんどかわき候間、御茶《ちや》一つ所望《しよもう》也と有しに、女、何のいらへもなく、しやうじを立付《たてつけ》、あらけなくて内に入ぬ。〽宗祇、うそ腹立《はらたて》、

立つけるしやうじがお茶になるならば
門の口もや呑《のむ》べかりけり

といふてかへらんとす。女、内よりかへし、

お茶ひとつぬるむあひだをまちかねて
いかにしんゐのわきかへるらん

宗祇が山里で若い女にお茶を所望する。女は返事もせず障子を荒っぽく閉める。宗祇が腹を立てて歌を詠むと、中から、わずかの時間が待てずなんで怒っているのか、と女は歌をよこす。歌の比較でいえば、女の歌は『譬喩因縁四十八願説教』の歌に類似している。「瞋恚《しんい》」といった仏教語の使用を見ると、説教から江戸小咄へ転用したと考えるのが妥当かもしれない。その小咄から民間伝承へと降下していったものかどうか、ここからの判断が難しい。

四　西行と「熱田問答」

遠野市の語り手の奥寺キセさんの「西行法師」（CD昔話資料『みちのく昔話集』第二集3）は、西行と婆さんとの問答である。


西行法師さんという人は、諸国めぐって歩って、どごさ行っても寒いために、お宮、お宮泊まって歩いたんだど。

ところが、熱さというお宮さ行って、昼寝していたんだど。そしたら、「西さ向いても風が吹く、東さ向いても風が吹く、これほど涼しお宮さ、誰が熱さのお宮どつけだ」って、言《ゆ》ったんだど。そしたらそごに、お婆さんがいで、

「これこれ、法師さん。お前《め》さんが、賢《さが》し法師さんでありながら、ものの例《たど》えどいうもの。あるんだぞ。どういう訳《わげ》で、熱さの宮だたって、ほんとに暑くて、言うんでねんだど。お宮だがら、熱さで付けだものだもの。お前さ

んが、そういうごどねんだが。ものの例えというものは、よぐ聞でみろたど。ニワドリが歩《あり》っていでも、一羽の鳥もニワドリって言うんだし。ほれがら、団子もらっても、一つの団子でも、饅頭《まんじゅう》って言うんだど。ほれがら、一枚もらって煎餅《せんべい》って言うんだし。ものの例えってものは、あるもんだ。葵《あおい》の木にも、赤く咲く。白いという字も、墨で書ぐんだ。」どいう訳で、西行法師さんが、負げだったど。
　どんどはれ。

「熱さの宮」とは、熱田の地名の意識が薄れたことによる訛語《かご》であろう。西行と熱田の神の化現《けげん》である老婆との問答である。最近、この熱田の問答歌について、小林幸夫が「熱田の西行―熱田社と天照大神」（『西行学』第六号、笠間書院、二〇一五）という卓論を発表している。小林は、この熱田問答を熱田社の歴史的環境や主祭神たる天照大神の宗教的な意義を指摘しながら、その神前で行われた法楽の儀礼と関係づける。神官と寺僧との唱和による法楽連歌《ほうらくれんが》にもとづき、その座興に西行問答歌が披露されたとする。「滑稽な「遊び」のうちに、神を讃える法楽の心が生きている」として、その心が神を悦ばせるのだと、卓見を述べる。

さて、ここでは、小林の熱田の地における西行問答歌の言説とは離れたところから、この問答歌を見ていきたい。説経節の「をぐり」に、地獄から蘇生したをぐり（小栗判官）が餓鬼阿弥の姿で熊野本宮湯に引かれて行く途中で、熱田に着いた際に、「かほど涼しき宮を、たれが熱田と付けたよな」と語る。西行以前に、こうしたフレーズが通用していたことを思わせる。徳田和夫（「「西行の歌問答」説話に寄せて」『中世文学』五十号、一九九八）も、お伽草子「伏屋の物語」で、姫の所在を尋ねる少将と住吉の神の化身である翁との問答歌、

　さて尾張国熱田《おはりのくにあつた》といふところにて、少将《せうしやう》、かくなん尾張《おはり》なる熱田《あつた》の池《いけ》も冬《ふゆ》くれば水《みづ》も凍《こほ》りて冷たかりけり

翁《おきな》、うち笑《はら》いてかくなむ、
夏《なつ》こそはあつたと思ふ冬《ふゆ》のおはりは寒田《さむた》なりけり

を引き、さらには静御前《しずかごぜん》にちなんだ「静の草子」の道行歌、「ちはやぶる神も虚言《そらごと》したまへり熱田《あつた》といへど涼《すゞ》しかりけり」を例に、西行熱田問答の胚胎《はいたい》が中世文芸に始まっていることを指摘した。こうした文芸において生成した問答歌が、民間に降下し展開している姿を次に見ていきたい。問答に近い内容を民謡に乗せたのが「名古屋甚句《じんく》」（服部龍太郎『日本民謡集』現代教養文庫、一九五九）である。

アー宮の熱田の二十五町橋でエー　アー西行法師が腰をかけ
東西南北見渡して　これほど涼しいこの宮を　たれが熱田とヨーホホ
アー名をつけたエートコドッコイ　ドッコイショ

西行の掛けた歌に対する熱田の神の継ぎ歌がないので、掛け合い問答とはいえないが、それを想定して鑑賞すべきであろう。名古屋から近い所の西尾市の民謡に「四季音頭」という唄があり、その歌詞に次のようなものがある。

鷺《さぎ》を烏《からす》というたが無理か
一羽のとりも鶏《にわとり》と
葵《あおい》の花も紅《あか》く咲く
雪という字も墨でかくというたら

さぞお気にもさわろかね

一般には「無理問答」と呼ばれるが、「頓知問答」「滑稽問答」などという呼称もある。無理な問いに、巧妙に受け返す問答とされるが、その歌謡バージョンといえる。ところで、この問答は、前掲の遠野市の「西行法師」の中にも出ていたもので、遠野の「西行法師」が民謡を取り込んだとする証拠はないが、言葉遊びの世界が、ジャンルや形態を越えて交流している姿と言ってよいであろう。続いて、そうした熱田問答が、木遣り唄に転じている事例を示す。

扨《さて》西行のぼんさまが、美濃国を通られる、蓬《よもぎ》が里に千早振《ちはやぶる》、宝来山を左手に見て、急げば程なく今は早、尾張の地にもなりぬれば、ついでに熱田に参らんと、うがい手水《ちょうず》で身を清め、八つのきだはし打渡り、金の緒綱を手にとりて、鰐口てうと打鳴らし、十ヲの蓮華をおし合せ、はちひの頭を地につけて、南無や帰命頂礼、けんごと伏し拝み、立帰らんとなされしが、熱田の宮立御覧じて、是ほど涼しき宮立ちを、誰か熱田と名をつけた、扨と其時に権現様の御返歌に、そこへ行くのは西行か、笠もよく似た網代《あじろ》笠、西《さい》といふ字はにしとよむ、ぎょうといふ字はゆくと読む、西へ行くべき西行が、東へ下る西行のいつわり、

安政二年の『地方用《じかたよう》文章』（『近世文芸叢刊』）に載る「熱田西行」で、木遣り唄として唄われてきた。木遣りの音頭取りが「サイギョウ、サイギョウ」と音頭を掛けると、周りの人たちが「ニョッサイ、ニョッサイ」と唱和することからも、西行は木遣りとかかわりが深い。木挽《こび》きや木遣り、地面を固める胴突《どづ》きの仕事にかかわる職人をサイギョウと呼び、作業歌に「西行」が登場してくる。

西行打つなら　法被《はっぴ》一枚で
胴腹巻しんしょで　足袋はだし　（「南部木挽歌」）
元締《もとじ》めは大黒だよ　お客さんは恵比寿
まわる西行さんが　福の神　（「群馬県民謡集」）

ほんの一例に過ぎないが、ここに登場する西行は史実の西行の面影もなく、旅を生業《なりわい》とするサイギョウに変身してしまっているのは、西行の多様性を示すものといえよう。*

おわりに

さて、本稿では問答歌のスタイルをとる「西行昔話」について、それがどのように生成してきたのかについて、昔話や歌謡からの転成といった視点から追究し、その影響関係などを見てきた。民間伝承という大きな母胎においては、昔話、伝説、歌謡、伝承歌などといったそれぞれのジャンルは、独立しながらも相互に影響しあいながら融通無碍《ゆうずうむげ》に並存してきた。他ジャンルの用語や様式、モチーフなどを自由に吸収・利用し、活性化につなげながら独自性を保持してきた。「西行昔話」に取り込まれることにより、何がどのように変容するのかなどについて、今後も注目していきたい。

*木挽きは各地の山を仕事場として渡り歩く職人で、木遣り職人などと同じくサイギョウと呼ばれ、民謡に歌われる。（拙稿「西行と民謡」『西行伝承の世界』岩田書院、一九九六）

西行問答歌と民間歌謡

はじめに

西行は和歌の世界の人であるが、民間伝承の西行は伝説、昔話をはじめ、歌謡にも顔を出すなど、個人のパーソナリティーを越えた「伝承文化」の側面を呈している。主体である西行は和歌の歌人であるが、いつからかさまざまな夾雑物《きょうざつぶつ》を抱えて伝承の西行となってきた。そこから不純物を取り去りピュアな西行を目ざす和歌研究もあるが、本稿は逆に、その不純物を抱えた西行に注目していく。和歌の権威としての西行が、なぜに不純物、夾雑物を抱え込んだ民間伝承の西行となるのか。そのことを西行をめぐる大衆文化の構造の問題として考えられないであろうか。

ここでは歌謡の西行を取り上げるが、和歌の西行と歌謡における西行とは、「歌」というジャンルにおいては相渉《あいわた》るが、しかし、表現方法や形態からして異なる部分も多い。和歌は文字の形で表現されるのに対し、歌謡は声に出して謡われるものであり、また、和歌はそれが「題詠」の場合でも個人的な表出といった面をもつが、歌謡は集団における場の歌唱《かしょう》である。

和歌と歌謡とのこうした差異を踏まえ、ここでは西行問答歌がどのように形成され、それがどのように話に組み込まれていくのかの過程を見ていくことにする。併せて、西行問答歌の元にあるのは何か、といった点も考えていきたい。伝承文化はそれぞれ固有の位置を有しているように見えても、他ジャンルとの交流を抱えて存在するからである。いわば民間歌謡と西行問答歌、西行昔話は地続きのように結びついている。

さて、本稿は西行と女との問答歌を、民間の掛け合いの伝統に置いて見てみようとするものである。歌が書かれる以前から、また書かれて以後にも連綿と続く掛け合いのウタの環境に西行問答歌を置いてみることで、その背後に広がるウタの享受の風景をいくぶんなりとも明らかにできるのではないかと予想するからである。

一　「遊び妙《たへ》」との問答歌

天王寺へまゐりけるに、雨の降りければ江口《えぐち》と申《まうす》所に宿を借《か》りけるに、貸さざりければ

世中を厭《いと》ふまでこそ難《かた》からめ仮《かり》の宿《やど》りを惜《お》しむ君哉《かな》

返し　　　　　　　　　　　　遊《あそ》び妙《たへ》

家を出《いづ》る人とし聞《きけ》ば仮の宿に心とむなと思ふばかりぞ

『山家集』「雑」にある西行と遊び妙の問答歌である。歌意は、雨に降られ困って宿を乞うのに貸してくれない、現世に執着する遊女であるから一時の雨宿りもさせてくれないのだと相手をなじるのに対し、現世を捨てている出家者なので宿は必要がないはずと反論する。「仮の宿り」を、遊女の宿と現世の仮住まいとの二重の意味に用いての応酬である。表面的には仏教的意味合いを帯びた構成になっているが、形式上は「仮の宿」の語のズレを用いた問答形式の掛け合い歌である。『撰集抄』巻九の八話「江口遊女事」にも収録される問答歌である。

この西行と遊女妙の問答歌を、西澤美仁が「後世の西行伝承に見られる「やりこめられる」西行像の原型となった」

（『山家集／聞書集／残集』和歌文学大系二一、明治書院、二〇〇三）と指摘したのは慧眼《けいがん》であった。旅の西行が村の娘と歌の掛け合いに破れ、そこから引き返すというパターンの伝説は各地にあり、その歴史的先鞭《せんべん》に位置づけようとするものので首肯できる。

次の話は、西行と遊女妙の問答歌を下敷きにした民間伝承である。

西行法師が乞食坊主の姿で旅をしていて夕立にあう。長者の家の門で雨宿りをしていると、長者が出てきて、早く出ていけとにらむ。西行法師が「世の中をいとうまでこそかたからめ、仮の宿を惜しむ君かな」と歌を詠むと長者はびっくりしてえびす顔になり、泊めた。（沢田四郎作『続丹生川昔話集』一九四一、自刊）

ここでの長者は、街道の遊女宿の女将であろうか。明らかに文献の影響下にあると考えられる。しかし、雨宿りの乞食坊主の詠んだ歌に、長者がえびす顔になって歓待したというのは、歌が権威あるものとして民間では受けとめられていることを示すのであろう。以下に示す西行問答歌において、すべて西行が負かされてしまうのは、裏返せば歌に過剰な期待を寄せている証拠でもある。

話題は少しはずれるが、藤原定家の「小倉百人一首」の中の著名な歌が、多くまじない歌として流用されている（花部英雄『呪歌と説話―歌・呪い・憑き物の世界』三弥井書店、一九九八）。たとえば、業平の「ちはやぶる神代も聞かず立田川からくれなゐに水くくるとは」の歌が、血止めや糸のもつれを直すまじないに、在原行平の「たち別れいなばの山の峰に生ふるまつとし聞かば今帰り来む」が、飼い猫が帰って来ない時のまじないに、猿丸太夫の「奥山に紅葉ふみわけ鳴く鹿の声きく時ぞ秋は悲しき」が、狩猟の際のまじないなどに利用される。ここには、歌が神秘な力あるものとして受けとめる心意が流れているのであろう。

こうした歌の転用は、歌に対する過信が背景にあるとしか考えようがない。庶民の貴族文化に向けるまなざしの最たるものとして和歌を視野において見ることで、西行問答歌の問題に一歩前進できるのではないだろうか。

二 西行問答歌―星の数型―

民間における西行問答歌には二つのパターンがある。その一つは「物の数」の数え方タイプとでもいうべきものである。岩手県の野田村の玉川に伝わる伝説「西行と〝えいほう〟」(今野静一『陸中海岸の民話』トリョーコム、一九八六)は、小井川潤次郎が『傳説雑纂』に紹介した稿本「野田領誌」を口語に改めたものらしく、ここでは『傳説雑纂』から引用する。

時に當地玉川に、地婦《ちふ》江いばう(一名南松子)なるものあり。毎日濱《はま》に通ひて魚介を漁《すなど》る女なり。容姿頗《すこぶ》る艶麗《えんれい》にして天女か仙女かと疑《うた》かる程の美人。且《かつ》才女なのであつた。西行も脱俗の法師と雖《いえど》も、聊《いささ》か御意《ぎょい》に召され、其技量を試しみんと、一句の歌をかけられたり。歌に、

江いばうは毎日濱に通へども寄せ来る波の數《かず》を知るまい

時に直《ただ》ちに返歌に、

西行は諸國修行致せども空なる星の數を知るまい

と江いばうの返歌に打驚き、平伏して其の場を立ち去れりと。

始めに西行が「波の数」を問うのに、江いばうは「星の数」で応ずる、いずれも果てしない数を意味している。青

森県弘前市袮宜《ねぎ》町に伝わる西行話も同様のパターンである。

昔、えらい西行というお坊さんがありました。今日も西行法師は素足に草鞋《わらじ》をはいて、お経をよみながら仏教をひろめるため、旅を続けていました。その日は海岸を歩いていると海辺で何人もの童《わらわ》が遊んでいました。法師は童に呼びかけました。「磯辺のわらはどハマ馴《な》れて、オキ来る波の数、覚えたか」と和歌をかけますと、童たちは「西行は宿がなければ野に寝たり、空出る星の数、覚えたか」とやり返したので法師は大へん感心して童たちをほめ、又旅をすすめました。（斉藤正『続々津軽むがしこ集』一九六二）

西行が「波の数」問うのに、子どもが「星の数」で応じる。西行の得意は消えて退散するというパターンである。たわいない「無理問答」の言葉遊びであり、これが西行でなければ話題にすることもないであろう。西行の名を冠した「無理問答」の事例は、以上の他に知らないが、同様の内容は昔話「殿様と小僧」の話型で分布する。

昔、ある所にひとりの侍がおった。この侍が遠方から帰ってくると、二人の百姓親子が田んぼで働いていた。侍はこの親子に、

「お前たちは朝から今まで何回鍬《くわ》を振ったか」と尋ねた。親はぼんやり立っていたが、十六になるその子が、「侍さん、あなたは遠方からここまで何歩でやって来ましたか」と言った。これはなかなか智恵のまわる子じゃと侍も感心して、この親子に、今晩自分の家に来るように命じた。

この後、夜に侍の家に親子が行くと、侍が餅を半分に割らせ、左右に持たせ交互に食べさせてから、どちらが美味

しかったかとたずねるのに、子どもは即座に手を打ち、どちらが鳴ったかと侍に尋ね、知恵ある子ということで面倒を見るということになる。

この話は、田畑英勝編『奄美大島昔話集』（岩崎美術社、一九七五）に掲載された「侍と子」であるが、全国的には「殿様と小僧」といったタイトルで二十数例と多く、侍が一休や大岡越前守の子ども時代とするものもある。殿様が領内の視察の中で、知恵ある子の発見というモチーフの話といえる。この笑話「殿様と小僧」を、『日本昔話大成』では「和尚と小僧」の話群に入れ、『日本昔話通観』では「難題問答」と題して、笑話の「くらべ話」（優劣を競うという話群）に収めている。分類基準は異なるが、子どもの「知恵の働き」をテーマとしている点では共通する。

さて、この話を西行話と比べると、子どもの知恵に基づく点は同じでも、西行話では西行は殿様の立場に相当し、軽率に子どもに尋ねてやり返され、揚句《あげく》に失笑される結末となる。同じタイプでありながら、話の主人公が西行となることで、テーマが「知恵」から「西行揶揄《やゆ》」へと変化してくるのである。つまり西行は笑われ役の話型、主人公なのである。

伝承分布からすれば、「殿様と小僧」は全国的に伝えられているが、西行の話はごく一部の分布である。伝承分布の原則は、広く分布するものは、狭い地域に分布するより本来の形とされる。＊したがって、明らかに先行する「殿様と小僧」から西行話へと換骨奪胎《かんこつだったい》してできた話といえる。すなわち、西行話を基点にすると、登場人物の殿様を西行に換骨し、主人公の西行を笑う形に奪胎したのである。

＊フィンランドの民俗学者のアンティ・アールネの「地理歴史研究法」によれば、「一般的にあらわれる形は、比較的少なくあらわれる形よりも本来のものであることが多い」という。（『昔話の比較研究』関敬吾訳、岩崎美術社、一九六九）

三　西行問答歌―椿問答型―

西行問答歌の二つ目は「椿問答」のタイプである。『島根県美濃郡匹見《ひきみ》町昔話集』（島根大学昔話研究会、一九七六年、自刊）に載る「西行の歌くらべ」と題する話を紹介する。西行が旅の途中で、いろいろな人と問答を交わす内容が連続する。ここでは西行が、川で野菜を洗う女と交わす問答を引く。

　それからまた行きよったら、下に谷川の方で十二、三の小娘がおってからに、菜を洗いよったそうな。こりゃあそこの女が、西行法師を見て、いかにも気をつけて見ておる。「こな奴た、わしにほれやがったのう」と思うて、それから一つ、歌あ詠んでやろうと思うて、

　　十二や三の小娘が
　　恋路の道を知ることはなるまい

　ちゅうて、歌あ詠んだ。そしたらまた娘が、歌あ詠んだ。それから娘が、

　　おおそれや谷あいのつつじ椿を御覧ない
　　せいは小さいが花は咲きます

　ちゅうて、また詠んだげな。こりゃあやれん、と思うて、こりゃあまたやられた、と思うて。

西行がませた子を見て、まだ恋の道には早すぎるとたしなめると、娘は、小娘といって侮《あなど》ってはいけません、背は低くても成熟しておりますよ、と返歌する。この主張は、与謝野晶子《よさのあきこ》の「やは肌のあつき血汐《ちしお》にふれも見でさびしか

らずや道を説く君」に通じている。にわか道学者西行の下心を見透かした娘の抵抗ではあるが、娘の十分な成育を「谷あいのつつじ椿」に喩えたところに詩興《しきょう》がある。

ところで、西行の「椿問答」の事例は、管見ではこれ以外に知らない。問答歌の相手に西行を利用しただけに過ぎないかもしれないので、これを西行伝承として一般化することに躊躇《ちゅうちょ》するが、伝承世界における「主人公の置換」は多くあることなので、ここでは話型の問題として追究していきたい。西行を離れると、昔話「皿々山《さらさらやま》」に同様のモチーフがある。たとえば、岩手県平泉町の昔話の前半は次の通りである。

昔々あるところに、先妻の子と後妻の子がありました。どちらも美しい娘でしたが、後妻の子は、いつもみなりを飾ってお母さんと楽なくらしをしていましたから、先妻の子よりきれいに見えました。

先妻の子は、おろくといい朝から晩まで手にひびをきらして働いていました。でも、おろくはきだての優しい賢い娘でしたので、不平もいわずけんめいに働きました。

ある秋の日、おろくが小川で菜を洗っていますと、そこを若い領主さまがお通りになって、おろくの前で足をとめられました。領主さまは、しばらくおろくの働いている姿をみつめられていましたが、〝この川に小菜ふりそそぐ（菜を洗う）小娘が、も少し背が高いなら、わしの嫁にもらうのを〟

と歌いかけました。おろくはびっくりしましたが、すかさず

「領主さま、あのつつじや椿をごろうじろ。背は低いけれども、美しい花が咲きます。」と答えました。領主さまは感心されて、あす迎えにくるぞと申されてお帰りになりました。おろくは嬉しくて、その晩はろくろく眠れませんでした。

……

（朴澤謙一郎『民話の平泉』一九七〇、自刊）

続く後半の内容は、翌日に領主が「こなふり竹の葉二枚松の葉二枚」を皿の上に用意して歌を詠めと言う。おろくは「ほんさら（お盆）や、やさらが竹（岳）に雪降りて雪を根にして育つ松かな」と詠んで領主に気に入られ、玉の輿《こし》に乗る。歌詠みモチーフによる婚姻譚である。

歌才を評価され結婚してハッピーエンドになるか、歌を掛けてきた相手をやりこめて終わるか、話の枠組が同じでも、その趣意は大きくことなっている。「西行昔話」は、昔話「皿々山」を用いた殿様VS娘の対決を、西行VS娘に転用させたものであることは明白であるが、西行の昔話になることによって笑われる西行像が現出する。これは民間における西行のキャラクターがなせる技といえるかもしれない。西行の名が冠されることで、新たな賦活《ふかつ》による笑いとなり、民間伝承を賑わし楽しませてきたのである。佐賀県は昔話「皿々山」の伝承が濃い。小城《おぎ》郡牛津《うしづ》町（現、小城《おぎ》市）の事例を上げる。

　むかーし。
娘さんが二人おったそうですもんね。先の子供とね、お母さんの子供と。
そうしたら、先の子供さんが、伯耆《ほうき》国のお殿さんがお通りになっ時、川でコメを洗いよったそうですたい。
そうしたぎにゃとは、殿様がね、その娘さんば見て、
　あの川に米振りすすぐ小娘を
　　背い太ければ嫁に持つまで
て、歌詠みしなさったて。
そいぎにゃあとは、しばらくしてから、

殿様やあの山のつつじ椿をご覧ぜよ

背い細けれど花は咲きそろう

ち言うて、その娘さんが歌いんさったてね。（佐賀民話の会編『牛津の民話』一九八五）

些細《ささい》なことかも知れないが、背の高低を「背の太ければ」「背の細ければ」と述べている。神埼郡東背振《ひがしせぶり》村の例では、「あの山にツツジ椿はごらんぜ、背細けれど花はさきそろう（北九州大学民俗研究会『続・背振山麓の民俗』一九七一、自刊）」とある。文章語では明らかな誤用といえる表現であるが、一過性の伝承では問題にされない。鹿児島県出水《いずみ》市東町の「皿々山」である。

むかし、あるとこいのお殿さんがお嫁さんがもらうち、求めて、ずっともう、各地をまわって頭のいい娘をもらうと思って、馬乗ってですな、そして、ずっと行かれたそうです。ところがまあ、若いおとめが、その、あの大根の、小菜《こな》ち、いいましょうがな、小さいときは。あれを細谷川で洗いおったそうすよ。そしたとこいが、殿様が馬の上から、「細谷川の小菜揺る娘、小菜の揺り数、おぼえますかな」と、こう、ま、俳句みたいに言たそうですな。そいからその娘がお返しに、「そこをお通りのお殿様、駒の足跡おぼえますかな」と、こうまた歌をやったそうですたい。（『長島の民話―鹿児島県出水郡―』東町教育委員会、一九七二）

ここでは歌の文句が椿ではなく、「小菜の揺り数」を尋ねたのに対して、「駒の足跡」と答える。殿様と娘との川辺での問答というシチュエーションは変わらないので、先述の「星の数型」との混同といえる。ところで、ここで注目しておきたいのは、舞台となる川の名が「細谷川」ということで、この細谷川と椿とが結びついた歌謡があるが、後で話題にする。

鳥取県関金町《せきがねちょう》の話では、継子が川で洗濯しているところを侍が通りかかり、「お前がもう少し背が高かったらわしの嫁にするのに」と言うと、娘が「つつきつばきをごろうじろう、背が低うても花は咲きます」（稲田和子編『鳥取県関金町の昔話』山陽学園短期大学昔話同好会、一九七二）とやり返す。結婚には結びつかず、歌のバトルで終わる結末は、昔話「皿々山」から西行話への移行が容易に行われることを予想させる。

佐賀県嬉野《うれしの》市塩田《しおた》町の鎌原タツエ媼の「皿々山」では、若殿さんが山で通りかかりの継子に、樹木の名を尋ねると、「枝細く山に根づきておるけれど時来れば赤き花咲くつつじといふ」（宮地武彦著『蒲原タツエ媼の語る八四三話』三弥井書店、二〇〇八）と歌詠みしたという。この構成は、西行が通りすがりの子や娘に、どこに行くかと問い掛けると、「冬ほきて夏枯れ草を刈りに行く」と答える、いわゆる麦の謎解き問答の趣向に近い。伝承世界の現場では、さまざまな話が輻輳《ふくそう》しており、Aの話がBへと転化していく場合も多い。特に西行磁場の強いところでは、昔話から西行話への移行が容易に行われるだろうことは十分考えられる。

四　問答歌と民間歌謡

西行話と問答歌との交流を、昔話から西行話への展開という視点で取り上げてきた。続いて、これら民間に伝わる問答歌の特徴について考えていきたい。まずは問答歌に出てくる歌詞に注目すると、西行や殿様が通りすがりに目にしたものを歌に詠み、問い掛ける。その目にしたものには寄せる波、菜っ葉洗い、鍬打ち、馬の足跡、谷のつつじ椿など、庶民の暮らしの中で目にするものばかりである。問題はそうした光景を、即興の歌に詠み込む嘱目吟《しょくもくぎん》のスタイルをとる。歌の発想は庶民の生活感覚に根ざしたものであり、その出所が庶民の日常と考えて問題はない。

次に、問答歌の歌詞の形に注目してみる。そこで、『日本昔話通観』に掲載されている昔話「殿様と小僧」や「難題問答」、「皿々山」に出てくる問答歌を例に、問答相手の両者と、問答の歌詞を抜き出してみる。答歌の後の［　］の中の県名は伝承地、数字は話数を示す。

1　殿様　こう寒む寒むに、すすぐわらんべは次ぎくる波の数を知っておるかな
ふじ　向こう通る殿様はお空の星の数を知っておるかな［秋田、宮城、長野（3）、山梨、京都、岡山、大分］

2　殿様　橋の下の小娘ご、磯の真砂はいくらあるらん
娘　橋の上のゆき大名、天の星はいくらあるらん［大分］

3　侍　そのしらみはどのくらいおるか
娘　では侍さん、家からここまで馬の足数は何ぼあるか［香川、宮崎、長崎］

4　殿様　磯崎で青菜を洗うこぉなごや　打ち来る波の数を知り給え
娘　如何なる国の大名かは知らねども　歩く駒の足の数知り給え［新潟、島根、熊本、鹿児島（2）］

5　殿様　細谷川の小菜揺る娘、小菜の揺り数、おぼえますかな
娘　そこをお通りのお殿様、駒の足跡おぼえますかな［高知、鹿児島］

6　若殿　橋の下なる小娘よ、摘みたる若菜いくつあるらん
お藤　橋の上なるお殿さま、召したるお馬の足数は、出でし時より幾足あるらん［高知］

7　殿　あの川に米振りすすぐ小娘を背い太けれぱ嫁に持つまで
娘　殿様やあの山のつつじ椿をご覧ぜよ背い細けれど花は咲きそろう［秋田、岩手、佐賀（2）、熊本（8）］

8　殿様　やあ、さても良い子だ。きれいだ子だ。背丈あるなら、わしゃ妻にする

娘　おや殿様、そう言ってけるな。ちちぎ（つつじ）、椿は背が小っちゃいども花は咲く。秋の出穂さも待ちれば待つに良い。待ちて下さい殿様よ［秋田］

9　殿様　いかにせん花はよけれどれんげ草、せいが低くて手折りにもできず
娘　花も咲き実もなる椿低けれど、人にめでらるものと知らずや［福井］

10　継子　しらの菅笠旅の殿、二葉草とは何をいうらん
旅の殿　二葉草とは松葉のことか［大分］

右の一〇例からわかるのは、馬上から問い掛ける殿の言葉が波や青菜、小菜、真砂、しらみなど、いずれも数え切れないものの喩えとして上げられる。また、結婚を意味する言葉を「嫁に持つ」「妻にする」「手折り」などと表現する。同一話型であるにもかかわらず歌詞に異同が多いのは、口頭伝承の特質でもある。

次に、歌の形を見ると、さまざまである。5の「そのしらみはどのくらいおるか」といった呼びかけから、8の娘の返答は長々と続く。そこで、問答歌の句の字数を数えてみると、次のようになる。

1　七八七十　／　六五七七
2　六五七七　／　六六六七
3　六八　／　八八八六
4　五七五七八　／　七六五九七
5　六七七七　／　八五七七
6　七五七七　／　七五八五七八

7　五七五七七　／　五八九七八
8　九六七七　／　六八七八五。七九七五
9　五七五七八　／　五七五七七
10　七五七七　／　七七

これを見ると、7の問いの歌は短歌形式で、4の問いの歌や9の問答歌もその形に近い。その他は短歌形式におさまらない。したがって、全体は短歌形式を基本としたバリエーションというよりは、1・2・5の問答歌や、6・8・10の問いの歌に見られるような四句からなる形式が主といえる。日本の民謡の基本形式は「七七七五　七七七五」の四句から構成されるものが多い。このことは、これらの問答の掛け合いが民間の歌謡に起因していると考えるべきであろう。次章において、民謡における掛け合いがどのような場で行われるのかについて考えていきたい。

五　民間歌謡の掛け合い歌

そこで、民謡における掛け合い歌から、これまで取り上げてきた問答歌の内容に近いものを、『日本歌謡集成　巻十二近世編』（高野辰之編、東京堂出版、一九六一）から引いてみる。

①この子のかわいさ限りなし　天にたとへて星の数　山じゃ木の数草の数　七里ヶ浜では砂の数（岩手県、子守歌）
②思ひまするぞあなたのことを　山で木の数萱《かや》の数　千里が浜の砂の数
砂の数とは愚かなことよ　天じゃ天人また星の数　地では世界の人の数

人の数とは愚かなことよ　妾が思ふは世界の田のかむかむ　稲穂の数思ふ
（大分県、よいやな節）
③お前はわたしを細いとおしゃる　細谷川の椿見ろ　木は細けれど花が咲く
（東京都、雑謡）
④ヤー御身は己を　ヤ細いとおしゃるヤ　細谷川の小椿を御覧ぜ　細けれど花はアンヤ咲き候よ（山口県、舞踊歌）
⑤京の北野の其の道行けば、七つなる子が薺《なづな》を摘んで薺摘む手に籠さげて、あの子よい子ぢゃ、よい器量な子ぢゃ、せめてあの子が十五になればまずにせうもの夜妻にせうもの、そこで其の子がぬからぬ奴で通りかかりし御殿様よ、私が小さいとて侮りなさる、石が小さいとて噛まれたものか、山椒胡椒は小《ちい》そても辛い、せきの小刀身は細けれど鞘もきれるよ、錦もきれる木綿類なら申すにやよらぬお前はわたしを細いとおしゃる細谷川の椿見ろ木は細けれど花が咲く
（和歌山県、盆踊歌）

それぞれ民謡の種類は異なるが、これまでに取り上げてきた問答歌の内容と発想、趣向を同じくするものである。事例は『日本歌謡集成』から探したもので、もっと他にも類例はあるはずである。①は、「かわいさ」の喩え、②はこれも思いの深さの喩えとして事例を列挙していく。②③④の歌詞は、相手との歌による掛け合いの場を予想させる。⑤は、その掛け合い歌を交互に取り込み、物語仕立てにしたものである。

盆踊りにおける熱気の中で、こうした掛け合い歌の応酬が延々と続けられたであろうことは、現代の盆踊りからも十分に予想される。これらの歌謡が盆踊り歌として流通されてきた状況を考えれば、掛け合いの場面を背景に、歌詞の生成を想定する必要があろう。民間伝承における歌問答は、けっして文字に書かれた歌のやりとりではない。踊りの所作に合わせながら、一方が掛けた歌に他方が応じて遊び楽しむ即興のウタの場面の中で行われてきたのである。「細い」という語は「細谷川」とシノニムとなって、即興の場における問答歌を取り結ぶ接着剤の役割を果たしているといえる。

こうした問答歌の掛け合いの場を二例紹介しよう。鹿児島県奄美《あまみ》市の八月踊りでは、太鼓や音頭取りに合わせて、二手に分かれた男女が次々と歌の掛け合いをしながら踊る。歌詞は即興ではないが、千を越すともされるストックの中から即興で選んで歌う。相手の歌の語句や末節の歌詞を受けて、関連する歌詞を記憶の中から引き出し歌い継いでいく遊びである。辰巳正明は八月踊りについて簡潔に述べている。

八月踊り歌の基本は、男女が掛け合う形式を踏むものであり、その始まりはゆったりとした調子で歌われて行き、次第にテンポが早まり、最後は急テンポで終わるという形式が一般的である。このような形式の意味するところは、八月踊りが男女の掛け合いであることから考えるならば、そこには男女の恋愛の進行が表現されているように思われる。すなわち、恋の始まりは初めての出会いであることから男女のゆったりとした調子での語らいが歌われ、次第に熱愛の段階を迎えて感情が高まり、最後には男女の激しい愛の応酬で終わるという形式であることが想定されるのである。（辰巳正明『万葉集に会いたい。』笠間書院、二〇〇一）

一連の歌が恋愛の過程を表現することで、参加者は擬似《ぎじ》的恋愛を楽しみながら歌の世界に遊ぶのである。ただ、この歌の掛け合いは「歌流れ」「あぶし並べ」（田の畦《あぶし》を定めた方向へ行くごとく歌を選択すること）と言って、歌の順序と曲調とには一定の音楽上の法則があるという。男女の掛け合いと踊りに模擬恋愛を含めた高度な構成になっていることがわかる。

同じ曲目に乗せて即興で歌詞をつけて歌う「掛歌《かけうた》」が、秋田県横手《よこて》市と仙北《せんぼく》郡美郷《みさと》町六郷の二ヶ所で行われている。横手市の金沢八幡宮では九月一四日に、夜の一〇時ごろから夜を徹して挙行される。荷方《にかた》節のメロディーに合わせて、一対一同士で唄いながら勝敗を決めていく勝ち抜き戦である。相手の歌詞に合わせて即興の歌詞で歌うが、歌詞が出てこなければ負け、何曲か戦わせて、その内容を判断して審判が判定するという仕組みである。

対戦相手によって歌の内容は異なるし、取り上げ方も違ってくるが、総じて言えば、相手との関係性などによって自分のポジションを決め、相手の歌の一部を繰り返しつつ、その意味を微妙にずらし、攻めに転じたりして落とし所を探すといった方法で展開する。対戦の経験が大きな力とはなるが、加えてふだんからの世事《せじ》一般に対する関心も重要である。恋愛はごく一部で、社会や政治、時事や仕事、レジャーなど話題が広範囲に渡るからである。金沢八幡宮における掛歌を身近に見物した時の掛け合い歌について、筆者は次のように記したことがある。

> 掛唄における継《つ》ぎ歌の妙味は、掛け歌の話題の中心になる語や句を瞬時につかまえ、引き継ぎ、展開させていくところにある。その中心となる語や句を決定するのは、唄い手同士の関係性、具体的にはそれぞれのポジションの取り方にあるといえる。唄い手が男女の場合、歌の内容は恋愛ゲームのように攻

横手市の金沢八幡宮で行なわれる掛歌の大会

めと交わし・はねつけなどといった恋のかけひきの構図の中で進んでいく。また、掛唄の場には決まり文句や他の民謡からの紛れ込んだ歌詞が用いられることがある。これは、即興ゆえの便法としての役割を果たしている。（花部英雄「掛歌―民間歌謡における掛け合い―」、辰巳正明・舟木勇治編『東アジア圏の歌垣と歌掛けの基礎的研究』二〇〇九）

最後の部分で述べた他の民謡の歌詞が混じることについては、歌詞が唄い手の身体に擦り込まれた言葉として存在しているからで、伝承文化の流通の問題がここにある。作業唄の歌詞が宴席の場で愛唱され、座敷歌として、やがて他の民謡に取り込まれ流通していくことは、民謡の世界では日常茶飯事のことであるからである。

ところで、次の民謡も掛け合いを基本とした歌詞構成である。

をばこなぼになる　この年おくれば花の十七よ
十七をばこならなぜまだ花こでも咲かなぇけな
咲くは咲けども　山吹のよでみがならぬ
をばこなんぼになる　此年送れば花の十七
十七をばこなぜに花が咲かないなー
咲けば実もなる　日かげのもみぢ色づかぬ
（山形県、をばこ節）

ここでは「椿問答」で見てきた「椿」を「十七をばこ」の「花」に譬えた同じ趣旨の掛け合いである。男から「をばこ」（若い娘）に向けての誘いと、おばこの軽い受け流し、反発の情調を楽しんでいる。

おわりに

男女の歌の掛け合いの熱気が、やがて話の世界に整序され、西行話へと移行し結実していく過程を本稿では論じてきた。西行問答歌の基礎となる問答歌が、民間の歌謡を下敷きに形成され、それが掛け合い歌の問答の一部として取り込まれて「殿様と小僧」の昔話や「皿々山」の昔話となっていく。その昔話が西行人気にあやかるように「西行昔話」に転じていったと説いてきた。掛け合い歌の歌謡から昔話へ、そして、西行話に展開する道筋を、そのように整理して提示することができる。

古代歌謡の研究者である土橋寛が、歌掛けの仕組みは「形式的攻撃」であるとして、次の歌を引用した。

歌に上手じゃ小歌に上手　昔西行が後裔《ながれ》かや
昔西行が後裔じゃないが　昔西行が宿をした（土橋寛『古代歌謡の生態と構造』塙書房、一九八八）

西行が歌掛けの代表者として、ここでは歌われている。和歌の権威としての西行が、民間の歌謡や昔話といった民俗的土壌を通過することによって、サブカルチャーとしての「西行」へと変貌している。いうならば大衆文化の一環としての西行伝承の位置と視点を、今後の西行研究に加えていく必要があろう。

Ⅲ

旅と漂泊の西行

西行の旅と西行伝説の旅

はじめに

西行は「旅の詩人」といわれ、その生涯の一部を旅に過ごしたとされる。その西行がここを訪れたという、いわゆる西行伝説は、西行が旅をした地域はもちろん、行っていない地域にまで、広く伝えられている。実際の西行が旅をした時から千年近く経った現在、訪れた時の伝説がそのまま今に伝えられているとは考えられないし、ましてや行ってもいない地の西行伝説など史実としてはありえない、と解釈するのが普通の見方である。したがって、こうした伝説は歴史学の立場からすればまやかしということになる。しかし、伝説研究の立場からすると、そのまやかしこそが研究の対象なのであり、いったいなぜこの伝説が起こったのか、の追究にこそ意義を認めるのである。

「火のない所に煙は立たぬ」ということわざがある。煙（噂）が立ったのは、火（事実、理由）やそれに類するものがあったと考えるのが、ことわざの真意である。伝説研究もこれと同じで、伝説があるのはそれなりの事実や理由があるからで、それは隠れた意味を発信しているのではないかとして、その意味を追究するのである。そこから人間的真実を発見しようとする態度である。

そのための方法について述べておこう。さきほどの「煙と火」のことわざを踏まえて言うなら、歴史的客観性の乏しい西行伝説の旅を、史実の西行の旅と比較しつつ相互補完的にとらえていこうとするものである。両者を対比させることによって、伝説の旅と史実の旅との関係がより相乗して見えてくるかも知れないし、また両者を並置することで、そこから日本の旅の特質が読み取れる予感があるからである。なぜ、西行がそのような場所を旅するのかといった問題意識は、日本人の旅に通じる何かを明かしてくれるように思われるからである。

次に、その問題解決のための視点を二つ示しておこう。戦前の雑誌に「旅と伝説」というものがある。昭和三年に創刊され戦争末期の一九年に廃刊した。この雑誌の刊行の意義は、日本近代における急速な欧化主義が、大正デモクラシーを経て一段落したところで、過度の西洋熱から覚め、しだいに自国の足下《あしもと》を見つめ直そうとする機運が、人々に起こってきたことを明らかにしているのである。いわば大衆の生活の余裕と文化の成熟が、日本の土着的な地方文化へと関心と向けさせていったことになる。当初、名所旧跡や温泉案内など、物見遊山《ものみゆさん》的な記事が多かったのは、そうしたニーズに叶っている。しかし、しだいに大衆文化的な側面から学術研究に重きをおいた紙面構成となり、研究者中心の雑誌へと変わっていった。その結果、伝説が「固有信仰」の解明といった信仰面に傾斜し、伝説の社会・経済的な側面が削《そが》れていくことになった。そのような伝説研究の前史を踏まえ、西行の旅の伝説について、大衆文化の視点や社会、経済的な側面も加味して取り上げていこうとする姿勢である。

もう一つは、西行の旅の解釈についてである。西行の旅を、歌枕探訪といった風雅や漂泊の文学的価値に限定せず、その意義を広い視野へと解放していく必要がある。作品に描かれた旅の意味を、日本の旅全般に位置づけて、生活者の視点からその歴史的意義を明らかにしていく方向を追究していきたい。西行の旅を、西行伝説の旅と対置させながら日本人の旅を遠望しつつ、旅の文化史的意義を明らかにすることを課題にしていきたい。

一　修験の旅

鳥羽院の北面の武士であった佐藤義清《のりきよ》は出家して法名を円位、号を西行とした。出家後、都周辺で歌会や遊覧にふけっている印象の強かった西行を、高尾神護寺《じんごじ》の文覚《もんがく》は憎み、逢ったら「頭打破らん」と豪語していた。折しも神護寺を訪れた西行と会見後、「あれは文覚に打たれむずる者の面様か、文覚をこそ打たむずれ」（『井蛙抄《せいあしょう》』）と態度を一変させたのは、修行僧西行の気迫に押されてのことであろう。花と月の歌人からは想像もつかない西行の一面である。

剛毅な僧であることを示すエピソードとして、他に熊野修験の宗南坊行宗《ぎょうしゅう》を先達として大峯入りした説話（『古今著聞集』巻二「西行法師大峯に入り、難行苦行の事」）がある。事前の打ち合わせとは大違いの難行に、西行はつい行宗に泣言を洩らすが、行宗に修行の意義を諭されて奮起し、ついに大峯入りを成就する。その後も登り、「大峯二度の行者也」と評される。こうした西行の剛勇の修験僧というイメージは、事実に近い部分にもとづきながら形象されたものと思われる。

続いて、民間の西行伝説を紹介する。宮城県柴田郡柴田《しばた》町成田《なりた》にある羽山《はやま》に、西行が登ったという伝説がある。羽山の麓に住む平間和夫さんから直接に聞いたものである。羽山に登るルートには、手前の小成田《こなりた》側と向こう側の成田側とがある。

羽山に、こっち（小成田）から弘法大師が登って行って、西行さんは向ごう（成田）から来たわげ。そして、早ぐ登って来て、西行さんが頂上にいで休んでいだわげ。そして、弘法大師さんがこっちから登っていったわげだ。とごろで、暑がったずもの、六月二四日だがら。西行さんは上で休んでいたがら、こだに涼しい宮でありながら暑い宮だど誰が言うらんど、謎掛げだど。登って行った弘法大師さん、汗かいだわげだ。ところが、こっちの方は風が吹いできて涼しいわげだ。それで、一本負げだわげだ。

そして、こんど帰りに、こっちへ戻ってきたわげだ。西行法師がこっち（小成田）へ来たわげだ。途中まで降《くだ》ってきたれば、そしたら弘法大師が、こっちの方は東の方だから、

西行とは西に行ぐと書ぎながら東に行くとはなんと西行

西行法師はやられて、ここから戻ったの。そごに記念碑があり、その下に子どもの胎内くぐりがある。

（平成一五年二月一〇日、宮城県柴田町小成田の平間和夫氏、昭和五年生まれから聞く）

「西行と熱田宮」と呼ばれる話型で、一般的には熱田の神との問答であるが、ここでは弘法大師との歌問答である。山頂で休んだところに羽山神社があり、また、小成田側に降りてくる途中に西行が戻ったという場所があり、その少し下に胎内くぐりの岩がある。ところで、なぜここに西行伝説があるのか、これだけで少々わかりにくい。

話をうかがった平間和夫さんによると、かつての神社の祭り（旧暦一一月八日）には、遠くは仙台の浜連中、また近隣の農家からの参拝客が多く、参道は当日多くの参拝人で通行はノロノロだったという。標高二二〇メートルでさして高い山ではないが、漁民は山アテ*として利用し、また農家は作神の山として信仰していた。

成田の加茂敏明さんによると、羽山の神は月山で蔵王の神と兄弟（一男二女。また一説に三姉妹）で、羽山には姉君の神が来ることになり、その際、子どものために胎内くぐりの石を持参したという（平成一五年七月三一日、宮城県柴田町成田の加茂敏明氏、大正一四年生まれから聞く）。いわゆる「三山神話」モチーフの伝説化である。また山頂付近に「羽山の清水」があり、水汲み場が遠いのを哀れんで、僧が金剛で突いて水を湧かせたという伝説もある。現在、羽山神社

は四代目の神主が守っているが、古くは修験の影響の強い山であったことが知られる。羽山に西行伝説があるのは、修験の介在以外には考えにくい。

西行が修験と深い関わりを持つ伝説には、山形県鶴岡市熊出《くまいで》の「つつみヶ滝」がある。西行がここを訪ね、歌を詠むと滝の神が感応したという内容である。滝の管理者である修験の法性院《ほうしょういん》が、この伝説を管理していた（花部英雄「西行咄と説教」『呪歌と説話』所収、三弥井書店、一九九八）。埼玉県都幾川《ときかわ》村に西行が歌を詠んで弁才天を勧請したという伝説があり、これを管理していたのは慈光寺の本明坊《ほんみょうぼう》という修験である（花部英雄「西行伝説の担い手」『漂泊する神と人』所収、三弥井書店、二〇〇四）。

西行は熊野にもたびたび足を運んだが、その際、大峯登山したのは事実であろうし、また、高野山を生活の本拠地として、勧進活動の旅にも出かけたりしたとされるなど、史実の西行は修験と関わりが深い。熊野は修験の聖地であり、修験者は多く熊野に足を運んでいる。その中には西行と関わりの深い修験者もいたはずである。西行の旅と伝説の西行の旅とを「修験」を仲立ちにとらえることで、両者の接点が説明できるようである。修験が西行伝説を管理し、修行の旅を通して各地に運び、また地域に根づかせる要因にもなった。そのようにして修験の旅と西行伝説の旅はクロスしていたはずである。

二　巡礼の旅

西行は五〇歳になってまもなく、「崇徳院《すとくいん》の御跡を弔ひ奉る事と信仰上の理想なりし空海の遺蹟を巡禮する」（川田

＊漁民が沖で船や海底の漁礁の位置を特定するために、山などの目印を用いて確認する方法。山立て。その山を信仰し、参拝して供物を捧げたりする。

順『西行』創元社、一九三九）ために四国行脚に出る。在俗時の崇徳院の恩顧に報いるためにも、怨霊鎮魂を込めて御墓を参拝し、そのあと弘法大師ゆかりの善通寺《ぜんつうじ》を訪れる。善通寺市には「芋畑」「笠掛松」などの西行伝説の他にも、「久の松」の歌を詠んだとされる玉泉院の西行庵などで知られる（剣持雅澄『西行伝説の風景』自刊、一九八九）。そのうち、「芋畑」の伝説をここでは紹介する。

野辺の「萩に跳ね糞」の西行伝承歌碑（香川県坂出市）

草叢《くさむら》に座す「富士見西行」の石像（香川県坂出市）

西行はこの土地までやってきたのだが、八月の十五夜に月があまり美しいので、芋畑へ出て、月を眺めていた。ところが付近の百姓がこれはてっきり芋盗人《いもぬすびと》にちがいないと思って、わが芋畑で何をするぞととがめると、西行は今夜は芋名月の晩だから芋を一つくだされといった。すると百姓は歌を一つ詠んでくだされば差し上げようという。西行は、

月見よと芋の子供の寝入りしを起こしに来たが何か苦しき

という歌を詠んだ。何かわけのわからぬ歌だが、百姓は喜んで、西行に芋を与えたという。この歌が七仏寺の前に刻まれて建っているのである。

（武田明『巡礼と遍路』三省堂、一九七九）

善通寺市は空海の生誕の地でもあり、巡礼たちの多いところである。こうした地に西行伝説が引き寄せられ定着するのは、巡礼の旅の一面を表わしているようである。巡礼は信仰を中心とした旅であるが、どこか物見遊山の要素を含んでおり、それが旅人を呼び込む力になっている。巡礼地は聖地であるとともに、名所旧跡、観光地の一面を持っている。

『撰集抄』は西行に仮託された作者が、諸国を修行行脚する途中で出会った優れた遁世者の逸話を書き留めるという構成を取る。そして、最後に善通寺の庵で完成させたと記す。西行が諸国を旅するイメージを、史実の西行の旅を拡大させた形で『撰集抄』『西行物語』に取り上げ、それが後世に定着していくのである。

埼玉県比企郡都幾川《ときかわ》村の慈光寺《じこうじ》は、坂東三十三観音九番札所である。ここに俗聖西行が訪れ、問答に負けて、慈光寺を遥拝して帰ったといい、その場所に「西行見返り桜」がある。この西行伝説のある都幾川村に、昭和の初めごろ、坊さんの恰好で物乞いをする「巡礼サイギョウ」が来たという。こうした事例は長野県下伊那《しもいな》郡南信濃《みなみしなの》村にもあり、

大正ごろ僧衣姿の物乞いの「サイギョウ」が来たと伝えている。兵庫県の有馬温泉の「鼓ヶ滝」は、西行が歌を詠んだという伝説の場所である。平成九年にここを訪ねた時、滝見茶屋の藤井栄美子さんが、五、六年前、僧衣の年配の二人連れがきて、西行と名のって歌を書き残していったと言い、そのメモ書き風の歌を見せてくれた。例の「音に聞く鼓ヶ滝を打ちみれば」の狂歌である。* 西行の伝説を地《じ》で行ったような話であるが、実際の出来事である。

西行が諸国を行脚したことから、後に諸国を遍歴する人を「西行」と呼ぶ二次的な言い回しが起こり、さらに各地を渡り歩く職人などを「サイギョウ」と呼ぶ民俗語彙が生まれ、近年まで使われていた（花部英雄『西行伝承の世界』岩田書院、一九九六）。右の事例はその一部である。時代や社会の大きな変化にもかかわらず、史実の西行から民間伝承のサイギョウへと貫くものが、時空を越えて生活文化の中にあった。史実と伝承との間をつなぐ役割を、歴史を横断していった西行／サイギョウが果たしてきたといえる。西行の旅と伝説の西行の旅との接点を、「巡礼」を媒介にとらえることができる。

三　歌枕の旅

西行の『山家集』を見ると、「日々巡り回りて」「遠く修行し侍りける」といった詞書が見られるが、こうした回国修行が厳密な仏道修行を意味するものでないことは、すでに指摘されている。それは先述した四国からの帰京後に、「四国に修行しけるに」と書いていることからもわかる。ただ、当時にあっては旅することが、身命を賭《と》すほどに重いものであり、それが修行という言葉を使わせるにふさわしいものかも知れない。

しかし、西行の旅の実態は「陸奥《みちのく》国へ修行してまかりけるに、白河の関に泊りて、折柄にや常よりも月おもしろく哀《あはれ》にて、能因が、秋風ぞ吹《ふく》、と申しけん折いつなりけんと思ひ出《いで》られて、名残多く覚えければ、関屋の柱に書付ける」

という詞書からわかるように、歌枕の地を訪ねて自ら歌を詠む「歌枕行脚」に近い旅といえる。

西行は古代から中世を架橋する歌人、旅人である。都と地方の、支配／服従の一方的な関係がしだいに緩みはじめ、富を蓄積した武士・受領《ずりょう》階層が、地方的で庶民的な世界、すなわち西尾光一のいう「地盤的文学」をもって台頭してくる時代に、西行はいちはやく都から地方へと精力的に旅をしていった。当時の都人からすれば、西行の旅は異文化摂取（体験）の旅といえる。西行の詩精神は旅や異文化との接触を通して磨かれていくこととなり、やがてその文学は芭蕉を筆頭として多くの文人たちに追慕、愛好されていったのは周知の通りである。

伝説の西行も、松島や象潟などの歌枕の地、名所旧跡を旅する。福島県耶麻《やま》郡猪苗代《いなわしろ》町小平潟《こびらがた》にある「西行の戻り橋」の伝説は、西行が地元の子ども（実は連歌師の猪苗代兼載）と問答を交わし、その俊才に怖れて、そこから引き返したという伝説である。兼載は宗祇と同時代に活躍し、『八代集秀逸歌』を著わしたが、西行より後の人で時代が合わず、西行はここでは地元の兼載の引立て役として登場する。

この小平潟には「小平潟天満宮」がある。近江の比良《ひら》神社の神官が、須磨で手に入れた六寸余の道真公の神像を背負って、湖畔で一休みして出発しようとしたら、急に重く動かなくなった。あまりに景色がよいので、ここに安置してもらいたいのだろうというので、湖の傍のこの地に祭ったのが由来だとされる。以前の場所はいくぶん内奥に入ったところにあったが、近世の初めに現在の湖畔のすぐ前に移転した。湖の遥か向こうに磐梯山《ばんだいさん》が聳える風光明媚な地である。景勝地には、西行に限らず伝説を引き寄せ定着させる力がある。

岩手県九戸《くのへ》郡野田村玉川の「西行屋敷跡」も眺めがすばらしく、現在その高台は公園になっているが、ここに西行が庵を結んだという。地名の「野田玉川」は、仙台の塩釜《しおがま》にある「野田の玉川」と、歌枕の地ということで競ってい

＊拙著『呪歌と説話　歌・呪い・憑き物の世界』（三弥井書店、一九九六）の「西行咄と説教」の末尾に「付記」として載せる。説教書『勧化一声電』の「西行鼓が滝」のパターンで、西行の慢心を和歌三神（住吉、玉津島、竹生島）が戒める。

る。金沢規雄によると、古代の歌枕の地の特定にあたり複数の候補地が生まれる背景には、江戸時代に各藩が自国の文化政策の一環として、学者や文人、俳諧師などを使って、領内の名所旧跡の整備を積極的に行なったことに関わっていると説明する（「枕意識の変貌とその定着過程―歌枕「末の松山」の運命―」『文学』五四号、岩波書店、一九八六）。歌枕の特定作業は、勢い準歌枕的な景勝地や伝承歌の形成にも及んでいく。その名所旧跡創出の文化人の一人に西行があてがわれるのは、偶然のことではない。

芭蕉の『奥の細道』の中に、越前の吉崎御坊を訪れた芭蕉が、「終宵《よもすがら》嵐に波をはこばせて月をたれたる汐越《しおこし》の松」の歌を西行詠として載せている。しかしこの歌は、西行が詠んだのではない。もともと汐越は『能因歌枕』などに出てくるような、古くからの歌枕の地ではない。近世に入って、幕府が藩に地誌を提出させることと相まって、景勝地でもある汐越が歌枕化し、先述の歌が取り上げられたようである。それを芭蕉が西行詠としたというのが事実のようである。幕藩体制の確立期に、藩の文化財を求める動きが西行を呼び寄せたといえるかもしれない。

宝暦八年（一七五八）に、四日市市の俳人仲間四人が、善光寺から日光、そして東北を旅した「旅行記」（朝倉治彦翻刻「旅行記」『四日市大学論集』12、一九九九）がある。その八月五日の中津川に宿泊した記事に、西行関係の事跡の説明と、各人の句が書かれている。西行関係の内訳は、西行法師之墓所、花無シ山、西行法師竹林庵、西行法師之けさ衣、長国《ちょうこく》寺《じ》之什宝《じゅうほう》、硯石《すずりいし》などである。美濃《みの》派《は》俳人の影響によるものであろうか、すでに旅人誂《あつら》え向《む》きの観光名所が用意されていたのである。文人や愛好家には西行は馴染みの存在であった。西行の歌枕を訪ねる旅に、自分の旅をなぞらえて名所遊覧の旅を続ける。それは物見遊山や旅行が盛んになるに連れて、観光客の大きな呼び水になり、いっそう旅を拡大していく役割を果たしていったと考えられる。伝承と西行の旅との接点に「歌枕」遊覧を仲立ちにとらえることができる。

四　生活の旅

西行は紀《き》ノ川《かわ》沿いの紀伊国田中庄《たなかのしょう》に領地を有する佐藤氏の嫡子として誕生し、父の後を継いで左衛門府《さえもんふ》に出仕する。やがて出家し、その後は特定の寺院に寄宿することなく、フリーターのような状態で行動していた。当然のことかもしれないが、実家からの経済的援助がなければ、生活を続けることはできないように思われるが、歴史的西行は霞を食っているかのように、生活臭がない。

目崎徳衛は、西行の旅を歌枕を突き抜け、「地方・庶民」の日常に注がれていたことを指摘し、「西行における中世への架橋とは、これら地方的なものと庶民的なものへの新鮮な直視、それによる人間観の拡大・深化にほかならぬ」（「西行における地方と庶民」『文学』五四号、岩波書店、一九八六）と述べたのは、卓越であった。西行の庶民に向ける視線は、都の歌人とは異質なものと言っていいのかもしれない。ここでは庶民をキーワードに「生活の旅」という視点から西行伝説の旅を見ていこう。

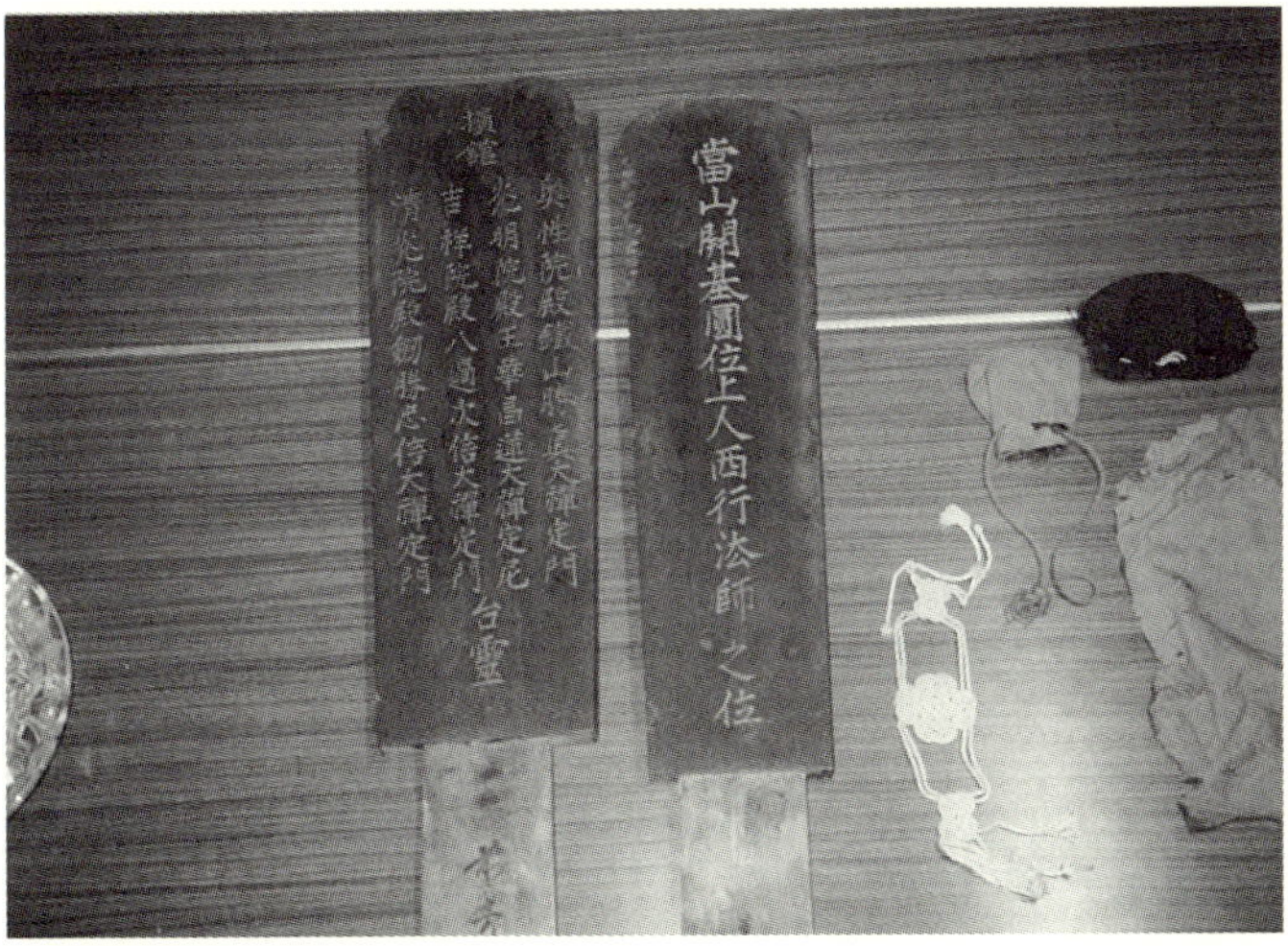

山梨県富沢町の顕本寺が保管する西行の遺物。

顕本寺が保管する西行の位牌

甲斐国南巨摩郡西行峠《さいぎゃうたうげ》は、駿河路より富士川を沿ふて甲斐へ至る通路なり、此ところを西行峠といふことに就《つい》て傳説あり、昔西行法師歌修行のために諸国を旅行し、すこぶる己《おの》れの詠歌《えいか》を慢《ほこ》り、何人もわが相手に立つ者なからんと思ひつゝ此山道にかゝり、一人の山賎《やましづ》に遇《あ》ひ、甲州に歌よむ人ありやと問ふたり、山賎答へて、御坊《おんぼう》は歌よまるゝや、私《わし》が一首やりたり、聞かしやれとて

いきッちなつぼみし花がきッちなに　ぶッぴらいた
る桶《をけ》とじの花

西行この歌を解せず、大に驚き、甲州にては山賎さへ此《かく》の如き歌詠《かえい》あれば、国中《こくちう》に入らば如何《いか》なる目に逢ふや知れず、修行して後に甲州に入るべしとて、峠より引返《ひっかへ》したるより西行峠と云ふとぞ、右の方言歌《はうげんか》は、往きに蕾《つぼみ》なりし花が帰りの時に咲き、桶とじの花とは櫻《さくら》の花のことにて、櫻の皮は曲物《まげもの》をしめ綴《つづ》るゆゑにかく云へるなり……

（『郷土研究』一の一、一九一三）

「西行法師の閉口せし山賎の歌」と題した話である。西行が山賎の詠んだ歌の意味が解けずに、そこから引き返したというものであるが、その歌は桜を「隠し題」とした謎歌の類である。

西行峠は山梨県南巨摩《こま》郡富沢《とみさわ》町にあり、駿河と甲斐を結ぶ甲駿《こうしゅん》街道（「身延道」とも）の藩境に位置する。現在峠は西行公園になっていて、眼下に富士川を見下ろせる景勝の地である。またここからの富士は、稜線の窪みの真中に位置して見えることから「盆中の富士」と呼ばれ、「富士見三景」の一つとされる。公園の一角に「風になびく富士の煙の空に消えてゆくへも知らぬわが思ひかな」という歌碑が建ち、西行がここで文治二年（一一八六）に詠んだ歌であると、案内板に記されている。そうした名勝地ゆえに、この「西行戻し」の話が引き寄せられ定着したものといえる。*

江戸時代の万治二年（一六五九）にここを通った草山元政和尚は、『身延道の記』に「万澤《まんざわ》を出て坂あり。馬おふもの丶いはく、此坂を西行ざかと申す。この松は西行の松と申すといふ。歌などあらんとおもへど、とはんよしなし」（三戸勝古「身延道の記」承教寺、一九三六）と記している。西行坂、西行松の所在を述べたものであるが、その西行松について、「松は坂の上に有。二囲《ふたかかえ》有余にて、誠に五百年来の小松と云り。」と注釈を施し、二抱えもある蒼然とした松の様子に触れている。もともと松が中心であった西行伝説が、松の消滅によって峠に移り、そして「盆中の富士」、それから「西行戻し」の「西行法師の閉口せし山賎の歌」へと、変遷の歴史を歩んできたことがわかる。

ところで、西行が解けなかった歌を詠んだ山賎とは、桶を作る職人に関係していることは一見してわかる。ただ桶の箍《たが》には竹を利用し、桜の皮は使用しない。しかし、桶屋（「桶結《おけゆい》」「結桶師《ゆいおけし》」とも）は、桜の皮を用いた曲物《まげもの》師（「檜《ひ》物師《ものし》」）から分化した職人である。したがって、桜を「桶とじの花」とするのは、桶職人たちの符牒《ふちょう》と言えるし、さらにいえば、この歌自身を職人が管理伝承していたように考えられる。

江戸の初めに出版された『人倫訓蒙図彙《じんりんきんもうずい》』の「桶結」に「輪《わ》がへにふれめぐる言葉、所々にてかはりあり。」とあって、輪（箍）を替える仕事の注文を取りに桶結たちが触れ歩いたという。「輪がへ」すなわち輪替えに「桶とじの花」の語を用いた可能性も考えられる。それはともかくとして、桶職人が桶の輪の交換等の仕事を求めて歩いたという、いわゆる出職《でじょく》の形態からすれば、旅職人の桶結が、峠で西行に出会うという設定に不自然さはない。

ところで、『郷土研究』掲載の引用部の後の解説によると、この歌は他に「安芸国広島在ヨシツ地方」「羽前国鶴岡

＊富沢町の西行伝承については、小堀光夫「「西行」地名考—山梨県南部町西行をめぐって—」（『西行学』創刊号、笠間書院、二〇一〇）に詳しい。この地に西行の末裔とされる遠藤家があり、西行伝承と深くかかわっている。

辺」「上野国新田地方」にあるという。その他に熊野でも報告事例がある。長崎県対馬《つしま》では「おけまげの花」という題で、「のぼりいにゃ、つぼうぢょったが、くだりいにゃ、ひれえちょるばよ、おけまげん花」（『新対馬島誌』新対馬島誌編集委員会、一九六四）と伝承されている。「桶曲げ」は桶職人のことであろうから、桶職人の活動が全国的に及んでいたことといえる。また、佐賀県では「あちくとき蕾《つぼ》みし花のこちくとき、いつぴらけり我縫《わがぬ》ふ笠《かさ》の辻《つじ》どめの皮《かは》の木の花」（『郷土研究』一の五十二、一九一三）という歌があり、笠の上部の辻を、桜の皮で縫うことを示したものという。桜の皮を扱う職人一般に知られていた歌かもしれない。

ところで、山形県東田川郡庄内町狩川《かりかわ》の「わっぱとじの花（『庄内昔話集』岩崎美術社、一九八四）」では、「在郷のあんにゃ」の話になっており、西行は登場しない。もともと西行専有の話ではなかったのかもしれない。江戸初期の『醒睡笑』にもこの話が出ているが、そこでは「野人」が山家《やまが》に行く途中に見た桜のつぼみが、五、六日後に通ったら咲いていたので詠んだということになっている。ここにも西行は登場しない。西行がこの話に登場するのは、諸国を遍歴する人々を「西行」と呼ぶようになって以後のこととも考えられる。旅職人を符牒で「サイギョウ」と呼ぶようになってからの所産とすれば、サイギョウと呼ばれる桶職人が、西行に仮託して再構成した話のように思われるがいかがであろうか。それはともかく、西行伝説の旅と西行との接点を、西行からサイギョウへの語の転成においてとらえることができるのではないだろうか。

民俗語彙のサイギョウの用例をみていくと、

(1)技術習得のための修業の旅
(2)仕事や働き口を求めての旅
(3)物乞い、小遣銭稼ぎの旅

との三つに大きく分類できる。(1)と(2)は職種が重なる場合も多い。明治六年江の島に生まれた渡邊傳七《でんしち》は、桶職人から貝細工師となり、後には工場を経営した地元の名士であるが、桶職人であった頃に「西行」が修業にきたことを、次のように話している。

その頃、西行《さいぎょう》というものがありました。これは云わば職人の武者修行と云ったようなもので、桶職人なら、桶屋の道場破りをやって諸国を歩く、そうして、自分より秀れた腕の親方に逢うと、そこで修業をする。反対に西行の方が、腕が上で、相手をまかしてしまうと、それこそ、その桶屋の面目は丸つぶれで、桶屋職人の間のいい笑いものになってしまい、ひどいのになると、その仕事場まで、取上られてしまう。とにかく、長く笑い話にされてしまうのです。西行と云うのは、西行法師が、諸国を放浪して歩いたことから起こった名なのでしょう。

（『渡邊傳七翁伝』私家版、一九六一・三）

明治二〇年半ばの頃のことを回想したものである。実際に傳七は、弟子入り先の「桶徳」の家に来た「尾張の浅」という西行と、桶造りの競争をして勝ったといい、「流石《さすが》の尾張の浅も、桶徳の仕事場には歯が立たないと、恥をさらして、すごすごと立ち去ってしまった」と話す。

技術習得の旅以外にも、旅職人たちが出現してくる背景には経済的事情もあろう。封建領主による藩の城下町の造営や整備が一段落すると、仕事も少なくなり、職人の数が過剰に陥ってくる。一人前になった職人から親方衆になれるのはごくわずかで、多くはそのまま親方の元に仕えるか、「手間取《てまどり》」の働き口を求めて、仕事のある他藩や大都市へと移動するからである。旅職人や仕事を求める自由労働者の群れが、街道や往来を行き来するに連れ、世間話も活性していく。こうした旅職人の隆盛が、西行伝説形成の遠因にあることは押さえておくべきであろう。

おわりに

本稿では「西行の旅」から「西行伝説の旅」へと架橋して、両者の旅の形態を比較対照してきた。その結果、「西行の旅」と「西行伝説の旅」との類似性が指摘できた。「西行の旅の伝説」がそのまま「西行の旅」を踏まえて形成されたとは言えないとしても、両者の旅の底流にあるものが一致していることを暗示しているのではないだろうか。その要因を、日本人の旅の共通性として考えてみることはあながち不毛なことでもないだろう。

「西行の旅」の特徴を修験、巡礼、歌枕、生活の旅としてとらえてきたが、それは日本の旅一般を集約するものといえる。すなわち修行、巡礼などの信仰の旅、遊覧や行楽などの娯楽の旅、技術習得や求職など修養、生活の旅と多く一致し、それらは日本人の旅をカバーするものである。史実の西行の旅と西行伝説の旅を関連させてとらえることで、諸国を遍歴する人々を「西行」（「サイギョウ」）と呼んできた背景も見えてくるのではないだろうか。西行の旅は日本人の旅の原型を示していると言っても、けっして言い過ぎにならないであろう。

芭蕉における旅と西行伝承

一　西行と芭蕉と伝承

西行が亡くなって八二九年、また芭蕉没後三二五年になる。数字ではなく歴史感覚からすると西行から芭蕉までの時間より、芭蕉から現在までの時間がずっと長いような印象があるのは、わたしだけであろうか。物理的な時間と意識の時間とのズレの問題がここにはあるようだ。これを広げて言うなら、「歴史的事実」と信じているものにも、案外思い込みや主観的なものが多いことを予想させる。わたしたちが「伝承」という場合、歴史的事実からは多少離れるが、人間的真実につながるものを含んだものとして扱う。多少強引かもしれないが、「伝承」という語を間に入れて西行と芭蕉をとらえようとすることの趣意はまさにここにある。わたしたちの「西行理解」、芭蕉の「西行理解」の問題を、虚と実の皮膜から見ていく視点も必要なのではないだろうかという、一つの問題提起でもある。

ここで簡単に、西行と芭蕉と伝承の問題を確認しておきたい。西行は伝説的人物として、歌や説話以外にも宗教、芸能、書画などの諸領域でさまざま話題となり、あるいは民俗や昔話、伝説、伝承歌等の庶民世界にも登場し享受されてきた。つまり多彩な顔を持って後世の社会に受け容れられてきたのである。正統的な文学研究からはいくぶん白目に見られがちであるが、今これを「西行文化」として認識することとしよう。

　また、芭蕉における西行理解にもそうした部分がある。西尾光一が「芭蕉が西行のことを言う時、西行実詠歌よりももっとひろい、伝説的・伝承的なものの中にある、ある種の不純さ・錯雑・混沌をもふくみこめた分野の中からイメージアップされたものに拠っていたというふうに考えねばなるまい。芭蕉が自分の芸術系譜として敬慕憧憬した西行・宗祇には、いずれもその和歌連歌の実作の他に、漂泊の歌僧・連歌師として伝説的人間像の側面がふくみこめられていた」（「西行的人間と西行好みの人間」目崎徳衛編『思想読本　西行』法蔵館、一九八四）と述べるところに注目したい。芭蕉の西行理解が浅薄であったということはなく、芭蕉はその時代のおおかたの理解にしたがいつつも、自らの境遇において西行を追慕していたのであろう。

　さて、シンポジウムの課題設定の説明にあたって、西尾のいう芭蕉における「不純さ・錯雑・混沌」を含んだ西行イメージを実体的にとらえることによって、西行・芭蕉の虚実の皮膜にあるものを見ていくことにしたい。

二　芭蕉の西行歌受容

　西行学会の雑誌『西行学』の創刊号の巻頭は、久保田淳「西行を読む」が飾る。学会旗揚げの講演を収録したものであるが、西行伝承歌を真っ向から取り上げたことで、伝承の西行も市民権を得たものとして感慨深い。さて、氏が話題にした西行伝承の一つに、埼玉県北葛飾郡杉戸町下高野《しもたかの》の東大寺にまつわる「西行法師見返之縁起《みかえりのえんぎ》」がある。伝《でん》西行歌「捨《すて》はて丶身はなきものとおもへどもゆきのふる日は寒くこそあれ」に、芭蕉が「花の降る日はうかれこそすれ」の「西行画讃《がさん》」を記したことを取り上げている。西行歌とされたこの歌は、すでに一五世紀半ばごろの「実隆公《さねたかこう》記《き》」などに、熊野僧の歌として記録に出ているという（久保田淳「西行を読む」『西行学』創刊号、笠間書院、二〇一〇）。西澤美仁の研究によると、中世の「遁世僧僧団」が、この西行伝承歌の形成にかかわっていたという（「下高野東大寺の西行松伝説」『實踐國文學』第四七号、一九九五）。しかし、芭蕉の時代には西行歌として知られていたことになる。

西行伝承歌をもとにした芭蕉の俳諧に、貞享五年（一六八八）の『笈の小文』の旅で伊勢に参宮した折に作った「伊勢山田」の題で、「何の木の花とは知らず匂ひ哉」*がある。このもとになる西行の伊勢参宮で詠んだとされる「何事のおはしますかは知らねども忝《かたじけな》さに涙こぼるる」は、初出が文明一三年（一四八一）の『元長参詣記』では西行法師作とある。ただ謡曲「巴《ともえ》」では、行教《ぎょうきょう》和尚が宇佐八幡宮に参詣した折に詠んだ歌として引用される（久保田淳「西行を読む」）。行教の歌が、粟津の合戦で義仲と共に討ち死にした巴の霊を招き寄せる神歌の役割を果たしていたとするのは注目される。西行伝承歌には他にも宗教的儀礼にかかわって伝えられている事例があるからである。

芭蕉の紀行文『野ざらし紀行』に、伊勢の外宮に参詣した折の記事で、「西行谷の麓に流あり、をんなどもの芋洗ふを見るに　芋洗ふ女西行ならば歌よまむ」というのがある。西行谷で芋洗いする女を西行に見立てて戯れたもので、「江口の遊女」とのことを念頭に作られたとされるが、この句と昔話「西行と女」との関連を指摘したのは前田東雄である（「昔話についての手控え数件——西行話・たとえづくし・その他——」『岡大論考』第一五号、一九八二）。川の中で裾をからげて芋（豆）や野菜を洗う女に卑猥《ひわい》な歌を投げかけ、女が返歌する狂歌話を下敷きにしたという見解はおもしろいが、ただこの昔話が当時伝承されていたという確証がとれればの話である。

なお、伊勢山田の西行谷には他に、「西行鉈《なた》彫り像」や「西行うるか問答」、喜撰法師の歌を本歌とする戯笑歌「こゝもまた都のたつみ鹿ぞ住む山こそかはれ名は宇治の里」などの伝承がある。ここに密な西行伝承があるのは、西行谷神照寺に住む比丘尼《びくに》がかかわっているとする小林幸夫の指摘がある（「伊勢の西行説話——西行追慕のかたち——」『伝承文学研究』第五十六号、二〇〇七）。また、小林はこの神照寺の比丘尼の他にも、西行谷の近くに伊勢神宮の祠官《しかん》を務める

＊秋屋編『花はさくら』（寛政一三年刊）に載せた「何の木の」の句の前文で、「彼西行のかたじけなさにとよミけん」とある。

岩井田家があり、ここで毎年正月六日「初連歌」が興行され、連歌師や俳諧師がつどったという。西行ゆかりの地が比丘尼や連歌師、俳諧師たちによる西行追慕の場であったとすれば、芭蕉がここを訪れる機縁は十分にある。芭蕉の前掲句も、西行の足跡を訪ね追慕するものであったにちがいない。

『野ざらし紀行』の旅では、この西行谷を訪ねた後に、吉野の西行庵跡を訪れ、「露とく〳〵心みに浮世すゝがばや」の句を作る。「西上人の草の庵の跡は、奥の院より右の方二町計わけ入ほど、柴人のかよふ道のみわづかに有て、さがしき谷をへだてたる、いとたふとし。彼《かの》とく〳〵の清水は昔にかはらずとみえて、今もとく〳〵と雫《しずく》落ける」と、西行庵の現況を記す。芭蕉はここに西行が住み、また「とくとくと落つる岩間の苔清水汲みほすほどもなき住まひかな」を西行が詠んだ歌として、西行追慕しているのである。この歌を本居宣長は吉野探訪の紀行文で、「かの法師（西行のこと、花部注）が口つきにもあらず。むげにいやしきえせ歌也」と伝承歌であることを見抜いた感想を述べる（山木幸一『西行和歌の形成と受容』明治書院、一九八七）。実作者と研究者との違いなのか、あるいは時代差なのか興味深い点でもある。

ところで、こうした芭蕉の西行理解には、確かに「不純、錯雑《さくざつ》、混沌」とした部分がないことはない。現代のテキストクリティックからすれば、実作と伝承を混同していると簡単に指摘できるが、西行没後五〇〇年を経た芭蕉の時代はどうであったのだろうか。上野洋三は、この時代の歌人たちにとって西行歌はいくぶん距離を置かれ、初心者には真似るものではないとされ、逆に三〇〇年前の頓阿《とんあ》が推奨されていたという。そして二人の歌人を比べて、「頓阿が地平に外縁を接して見える月とすれば、西行は、とうに地平線を離れた星のごとくであり、そこに到達するには、かなりの冒険が必要だ」（『元禄和歌史の基礎構築』岩波書店、二〇〇三）と両者の違いを比喩的に述べる。中世の歌人西行がすでに遠い存在に意識されてしまっていたことになるが、芭蕉の西行認識はそうした状況を踏まえてみていく必要があるだろう。

三　『奥の細道』の西行伝承歌

芭蕉の『奥の細道』の旅も、西行の足跡をあちこちに訪ねて追慕の情を記しているが、そのうち西行伝承をもとにした部分は三ヶ所ある。那須の蘆野《あしの》の「朽木柳《くちきやなぎ》」、象潟《きさがた》の干満珠寺《かんまんじゅじ》の「桜の老木」、越前の吉崎入江《よしざきいりえ》の「汐越の松」である。それぞれを確認しながら、その特徴を見ていきたい。

西行が蘆野の「朽木柳」を訪れたというのは、観世信光作の「遊行柳」にもとづいており、伝説の域を出るものではない。しかし芭蕉は西行の「道の辺に清水流るる柳かげしばしとてこそ立ちどまりつれ」の歌が、この地での詠歌であったことに何の迷いもなく、「清水流るゝの柳はどこ」にあるのか訪ね、「今日此柳のかげにこそ立ちより侍《はべり》つれ」と、立ち会うことのできた今の感慨を強くする。そして西行が涼しさに思わず「しばしとてこそ立ちどまりつれ」と過ごした時間を振り返ったのに合わせ、「田一枚植て立去る柳かな」と時間の経過を句にする。まさに西行追慕体験の実演を示しているようである。

ところで、芭蕉の後、同所を五〇年後に訪ねた蕪村は、「柳ちり清水かれ石ところどころ」という句を残す。蕪村の句は、「遊行柳」の本文の「さてはこの塚の上なるが名木の柳にて候ひけるぞや、げに川岸も水絶えて、川沿ひ柳朽ち残る……」を受けての発想のようであるが、後年

那須蘆野《あしの》の「朽木柳」の名所

における自身の自画賛では「後赤壁賦」の「山高く月小に、水落ち石出づ」を想起したという（尾形仂編『俳句の解釈と鑑賞事典』「与謝蕪村」旺文社、一九七九）。ここには西行の片鱗もない。同じ場所に臨んでの俳人の胸中には大きな違いがある。

　象潟を訪れた芭蕉は、文化元年の地震による隆起以前の入江を能因島、西行桜、神功皇后の墓へと舟で回る。この風光明媚な地は人々の目を惹いたようで、多くの俳諧師たちも訪れている。芭蕉が訪れる元禄前には大淀三千風が『日本行脚文集』の旅で、また芭蕉後には弟子の支考《しこう》が元禄五年（一六九二）に、酒田の俳人不玉《ふぎょく》と、羽黒の俳人呂丸の案内で共に見物していることが、不玉の『継尾集』からわかる。こうした文人墨客を引き寄せるには「地勢魂を悩ます」自然美に加え、それを彩る歴史文化が必要なのかもしれない。能因、西行、神功皇后は伝説のレベルを出るものではないが、見物客には欠かせないアイテムなのであろう。

那須蘆野《あしの》にある西行「道の辺に」の歌碑

ところで、芭蕉が西行の「桜の老い木」とした歌、「象潟の桜は波にうずもれて花の上こぐ蜑《あま》の釣舟」は三千風も不玉も西行歌として取り上げているが、しかし宗祇作とされる『名所方角鈔』では西行の名前は出てこない。したがってそれ以後に「西行歌」とされた可能性が高い。連歌師や俳諧師たちの歌枕、名所旧跡の旅や、また、芭蕉や三千風、支考など、同好者との親睦や門弟の組織化のための旅の行脚が、こうした伝説化の生成に力を貸したのではないかと想像される。

越前に入った芭蕉は、吉崎御坊近くの入江を船で渡り、歌枕の「汐越の松」を見た。西行歌とされる「終宵《よもすがら》嵐に波をはこばせて月をたれたる汐越しの松」を引き、「此一首にて数景尽きたり。もし、一辨《いちべん》を加ふるものは、無用の指を立るがごとし」と絶賛している。しかしこの歌は地元では蓮如作と伝えているものもある。そのことを後《のち》に芭蕉が知ったら、どんなに落胆するであろうか。それにしてもどのような経緯で歌の作者が変わるのであろうか。

話題がずれるかもしれないが、島根県鹿足《かあし》郡柿木《かきのき》村の昔話に、ある木賃宿で西行が宿を乞うと、主人はみすぼらしいなりを見て粗略に扱うので、西行が説いて聞かせると主人は非礼に気づく。西行は「柿崎にしぶしぶ宿をとりかねて、主《あるじ》の心熟《じゅく》したりける」と詠んだ、とする西行話がある。この類話が新潟県上越市柿崎《かきざき》にあり、親鸞が雪の夜に柿崎で宿を乞うが許されずに、軒下の石を枕に夜通し念仏を唱えていると、家人が夜半に中に入れ法談を聞き、すぐさま帰依する。そこで親鸞は「柿崎にしぶしぶ宿をとりけるにあるじの心熟しなりけり」と詠み、次に主が「かけ通る法師にやどをかしくればかきくれたりや九字の名号」と続けたと寺伝にある。この話は浄土真宗の信者が祖師の遺宝を訪ねる旅を記した「二十四輩巡拝記《はいじゅんぱいき》」などで喧伝された親鸞伝説である。

おそらく親鸞から西行へと変化したものと思われるが、これがどのようにして島根県の西行話になったのだろうか。島根の事例は、語り手が津和野《つわの》藩の御殿医に連なる明治以前の生まれの曽祖母から聞いた話であるという。もともと土地に伝承されている根生いのものとはいえず、蓋然性でいえば書物を通した伝承である可能性が高い（花部英雄「西行、親鸞の伝説コラボレーション」『国文学　解釈と鑑賞』第76巻3号、二〇一一、ぎょうせい）。

　さて、こうした歌の作者の交替をどのように考えるべきかである。これを誤った伝承として否定することもできるが、一方では新たな意味づけのもとに享受されている姿といった評価もできる。個々の事例に即した詳しい検討が必要ではあるが、直接的には親鸞の信仰が希薄になっていくなかで、旅僧西行の人気、イメージの浸透が歌を吸収している現象といえる。いうならこれまでの枠組みに規制力が弱まり、新たな枠組みに移行していく過程ととらえられるかもしれない。連歌師、俳諧師たちが各地を自由に巡遊し、俳諧が隆盛を迎えつつある文化環境のもとで、これまでの信仰や釈教《しゃっきょう》にかかわる歌が新たな文化的パラダイムの中で再編成されている過程と見ることができるのではないだろうか。

四　芭蕉の旅と西行伝承歌

　芭蕉は西行の歌とともに、西行の旅にも深く心に留めていたようで、紀行文の記事などにしばしば出てくる。『笈の小文』の「きみ井寺」で、旅の苦楽に触れた文章の冒頭に「跪（踵《きびす》）はやぶれて西行にひとしく、天竜の渡しをおもひ」とあるのは、「西行物語」の天竜川の渡しで西行が武士に頭を打たれたことに拠る。また、『奥の細道』の松島の記事の最後で、「彼《かの》見仏聖《ひじり》の寺はいづくにやとしたはる」は、『撰集抄』の「松嶋上人事」の記事にもとづいている。作者である語り手が、越路《こしじ》の旅で会った見仏《けんぶつ》上人が月の一〇日は仙台からこの能登の岩谷に来て住むと聞き、その信仰の厳格さに感動したと述べられる。

　こうした芭蕉の西行敬慕については、目崎徳衛の『芭蕉のうちなる西行』（角川選書、一九九一）に詳しい。その中で目崎は、芭蕉が元禄三年の正月二日に荷兮にあてた書簡「都の方をながめて　菰《こも》を着て誰人《たれびと》ゐます花の春　撰集抄の昔をおもひ出《だし》候まゝ如此中《このうち》候」を引用し、「ともかくも西行の著作に仮託された説話集『撰集抄』も芭蕉の愛読者であった」と述べる。

川田順が『西行』で述べた、『撰集抄』は「悉《ことごと》ク虚妄ヲ極メテ学問上採ルニ足ルモノナシ」（創元社、一九三九）とされれば、芭蕉の西行理解は否定されてしまう。しかし、芭蕉から『西行物語』や『撰集抄』の西行記事を取り去ったとしたらずいぶんと貧弱な西行理解になるだろう。また、それらをもとに作られた芭蕉の句も否定されなければならなくなってしまう。芭蕉が『撰集抄』等から受容したものは、芭蕉の西行知識の一部となって全体の構成を形作っているはずであり、それを切り離すことはできない。芭蕉の西行理解の特質はどこにあるのか、次に『撰集抄』に描かれた西行像を問題にしながらさらに考えていきたい。

『撰集抄』は西行仮託の語り手が、各地を放浪しながら見聞した〈西行好みの人間〉との出会いや、その実見を報告スタイルとして記事にする。その中には先述した見仏上人をはじめとした道心の寺僧や佯狂《ようきょう》の聖、乞食僧、隠遁のまま自然死を迎えた俗僧などさまざまである。小島孝之は、『撰集抄』は「自在に移動する視点から、さまざまの遁世者を発見し、彼らの純粋性を語」り、「それらの遁世者を生み出した体制に対する批判を、おのづから紡ぎ出した」（『中世説話集の形成』若草書房、一九九九）と述べる。戦乱の時世に対する批判の無言の意思表示であるとする。また吉本隆明は、『撰集抄』の中の「一群の在俗の人々が登場して、あたかも死の本能に従うかのように、「てづからもとどり切って」遁世し、どこへともなくさまよい出たあげく、山野に独り庵を造って住み、まるで自然死であるかのように、食を細らせて飢餓死している」「あたかも死の本能に従う」主人公がおり、これを「歴史的に位置づければ、末期の浄土思想の段階」（『西行論』講談社、一九九〇）にあると、思想史の立場から分析する。いずれも書物を書かれた時代思想から見る視点で、戦乱の狂気の中でいかに生きる（死ぬ）かを追究したものといえる。

ところで、ここでは西行に仮託された『撰集抄』を享受の視点から考えてみたい。やがて戦乱が終息し、幕藩体制の基盤が整ってくる時代において、『撰集抄』がどのように読まれていったかの一端を、浄土宗教団の中で見ていきたい。中世の遁世僧の系統を引くものに近世の「捨世僧《しゃせいそう》」がいる。かれらは幕府の統制化に置かれる浄土宗教団の俗化の温床である僧侶養成機関を強く批判するが、教団から離反せずに民衆布教のための専修念仏《せんじゅねんぶつ》に徹する。伊藤唯真によると、捨世派は山林修行や廻国修行などに加え、称名が懈《おこた》りがちになれば宗典《しゅうてん》とともに『一言芳談《いちごんほうだん》』『撰集抄』『長明発心集』などを読むように勧め、「もって聖文学ともいい得られる『撰集抄』や『発心集』などに出てくる籠居遁世《ろうきょとんせい》の西方願生聖《さいほうがんしょうひじり》が、近世「捨世」僧の一つの理想であったと知られるのである」（『聖仏教史の研究　下』『伊藤唯真著作集』第二巻、法蔵館、一九九五）と述べている。捨世僧にとって『撰集抄』はバイブル的役割を担って読まれていたことになる。

しかし、当然ながら宗派内ではこうした捨世僧への反発も強い。長谷川匡俊は、近世浄土教の穏当な処世を説いた学僧の貞極《ていぎょく》の「若し真実に往生を願はゞ、病身を申立て城下の在家広き家の後に小庵を補理ひ、善く心得たる俗士《ぞくし》に守護せられ、目出度往生仕る事」を引き、過激な捨世派ではなく、こうしたスタイルの遁世僧を理想的僧侶像と説明している（「近世浄土宗における理想的僧侶像」『近世仏教の諸問題』雄山閣、一九七九）。裕福な在家の屋敷内に小庵を設けて往生を迎える閑寂な暮らしを理想と描くのである。

このような出家僧に近い生活スタイルをとった一人が芭蕉である。芭蕉の深川庵は、弟子から提供されたもので杉《さん》風《ぷう》の敷地内の番小屋を改造したものだとされ、その庵の大火後は森田惣左衛門屋敷の草庵に移り住む。宗匠をやめそれまでの点者《てんじゃ》の収入を断《た》った芭蕉にとって、住まいをはじめとした生活用具にいたるまで弟子たちの援助に頼っていた。天和元年（一六八一）の懐紙《かいし》に、「簡素茅舎《ぼうしゃ》の芭蕉にかくれて、自ら乞食の翁とよぶ」ことを標榜し、また元禄五年（一六九二）に書かれた『栖去之弁《すみかのべん》』では、「ここかしこ風雅もよしや是までにして、口をとぢむとすば、風情胸中をさそひて、物のちらめくや、風雅の魔心なるべし。なを放下《ほうか》して栖を去り、腰にただ百銭をたくはへて、拄杖一鉢《しゅじょういっぱつ》に命を結ぶ。なし得たり、風情終《つい》に菰《こも》をかぶらんとは」と述べる。「風雅の魔心」に誘われ、杖と托鉢《たくはつ》で菰《こも》かぶり（乞食）の旅を願うのである。こうした芭蕉の俳文等には浄土宗捨世聖や『撰集抄』の遁世僧がオーバーラップされている。

鈴木健一は、「和歌世界に遊ぶことと宗教的世界に身を寄せることの二つは江戸時代においては今ほどの懸隔はなかった。むしろ、両者が混じり合うところに、歌聖としての趣が醸成される」（『江戸古典学の論』汲古書院、二〇一一）と述べる。芭蕉は捨世聖、遁世僧の風体《ふうてい》で「西行歌枕修行」の旅を敢行したといえる。西行を旅の境涯に身をおいた先駆者としてとらえ、西行追慕の体験を重ねながら歌枕の地を巡ったのが芭蕉の旅でもあった。その芭蕉が西行歌と西行伝承歌との区別に頓着しなかったのは、それが当時一般の西行知識であったからでもあろうが、西行の旅が単なる歌枕探訪の旅でなかったこととも かかわってくると思われる。

廣末保が、去来《きょらい》の言葉「（師の）俳諧の益《えき》は俗語を正す也」を引きながら、芭蕉の「旅は経験的な「俗」に接するための旅であり、「心を都にして」という連歌的な旅に対立する」（『芭蕉　その旅と俳諧』日本放送出版協会、一九六七）と述べる。伝統的、正統的な規範をもつ歌枕という既成のイメージの確認の旅ではなく、「俗」を取り込んだ新たな「風景」の創出にもとづく句作にあったのではないだろうか。その視点からするなら西行歌も西行伝承歌も歌枕同様に、新たな風景創出の手段にすぎなかったのではないか。芭蕉の『奥の細道』の旅は、西行歌の真偽よりも那須や象潟、吉崎入江で「歌」を媒介にして、西行追体験および新たな風景による俳諧の創出を試みることにあったのではないだろうか。しかしその結果、後世に西行伝承歌が西行歌としての確かなお墨付きを与えることになっていったのである。

西行とサイギョウの伝承

一　西行伝承概観

西行伝承は全国各地にある。西行が実際にその地を訪れたとするが、西行の歌集にその地名があるのを別とすれば、多くは伝説を越えるものではない。奈良県吉野山の金峰《きんぷ》神社の奥に西行庵があり、「とくとくと落つる岩間《いわま》の苔《こけ》清水くみほす程もなき住まひかな」の歌は、この庵で詠んだとされるが西行の歌集等にはないから、伝承歌の類であろう。実際ここに住んだのかどうか真偽のほども定かではない。あるいは西行を名のる誰かが住んだ跡かも知れない。そうした伝承が他所の地にもあるからである。

伝承は史実の装いをして現れるが、もちろん史実ではない。なぜ「西行」という史実らしさを装うのか、これは「歴史と伝説」をめぐる大きなテーマである。民俗学者の柳田國男は、「信じられること」を伝説の指標の一つとしたが、それは言い換えれば伝説を利用した自己のアイデンティティを確認する手段でもある。西行を待望する心は事実のレベルを越えて、真実という創造の世界に足を入れていることかもしれない。

伝承は事実であることよりも真実であることを主張するもので、それは平板な現実を活性する力を持っている。伝承における真実は、歴史的事実に優先するもので、それは「西行と生きる」といった覚悟の表明に近いものといえる。

伝承は事実や真正を越え、あるいは逸脱して、世界を生き生きと映し出す鏡のようなものであろうか。

西行は、日本の歌人の中では柿本人麻呂に勝るとも劣らないほど伝承の多い歌人である。それは西行の歌が核にあり、その魅力からくる人気といえるが、その一方で、西行を揶揄《やゆ》する内容もあり、いわば有名人の光と影を併せ持つ存在といえる。その影の部分こそは大衆文化の構造に近い問題ではないかという見通しを持っている。

ここでは西行伝承の全体を、口承文芸の枠組みを利用して次のように分類する。

(1)西行詠とされる伝承歌、土地の娘（子ども）との問答歌、歌謡など
(2)西行の事蹟にかかわる伝説や対象物
(3)西行を主人公とする世間話や昔話
(4)西行をめぐる民俗や信仰

以上の分類にもとづきながら、それぞれの事例を紹介していくことにするが、単なる事例の羅列では表面的な理解にすぎないので、ここでは個別の例を挙げながら、その特質を明らかにする方向で説明していきたい。

二　西行と富士の伝承歌

大正二年（一九一三）の『郷土研究』（一―七）に、「豊州俗傳《ぶしゅうぞくでん》」と題した、由布岳《ゆふだけ》と富士をめぐるこんな歌と話が出ている。豊後の天間《あまま》という集落に西行堂があるが、昔、西行がここに来て由布岳を眺めながら、「豊国《とよくに》の由布の高根は富士に似て雲も霞もわかぬなりけり」と詠んだところ、突然噴火を始めた。そこで「駿河なる富士の高根は由布に似て雲も霞もわかぬなりけり」と読み変えたところ、噴火は収まったという。主従転倒の歌を詠んだので、由布岳が怒ったのであろう。何事も中央の発想で地元をとらえることへの警告を示したものかもしれない。

この歌は伝承歌で、誰が詠んだ歌か不明であるが、西行が当地の山を見て詠んだとされる富士の歌は全国的に多い。管見によるところを挙げてみる。

富士見ずば富士とは云はむみちのくの岩木の岳の雪の曙《あけぼの》（津軽富士「和漢三才図会」）

みちのくの岩手の森に来てみればをくの富士とは是をいふらん（岩手富士「邦内郷村志」）

富士見ても富士とや云はむみちのくの磐城山《いわきのやま》の雪のあけぼの（磐城富士「諸国里人談」）

信濃なる有明山を西に見て心細野《こころぼその》の道を行くなり（有明富士「信府統記」）

雪あらば富士とやいわん信濃なる姨捨《おばすて》ちかき冠着《かむりき》か岳（冠着富士「信府統記」）

信濃なる富士とやいわむ冠着の峯に一夜は月を見むとぞ（冠着富士「歌碑」）

越《こし》にては富士とやいわん角原の文殊が岳の雪の曙（角原富士「おらが富士」）

但馬なる富士とやいわむ三開のかすみ棚びく藤岡の星（但馬富士「おらが富士」）

沼津の浜から見た富士の高嶺

知らで見ば富士とやいわむ石見なる佐比売《さひめ》だけの雪のあけぼの（石見富士「おらが富士」）
忘れては富士とかぞおもふ是や此の伊予の高根のみねのしらゆき（伊予富士「伊予郡郷俚謡集」）
讃岐では是をや富士と飯《いい》の山朝明《あさげ》の煙り立ゝぬ日もなし（讃岐富士「讃岐廻遊記」）
音に聞く筑紫のふじを来て見れば雪にまがふ雲のうきだけ（筑紫富士「おらが富士」）
薩摩かた頴娃《えい》郡なるうつほ嶋是や筑紫のふじといふらむ（薩摩富士「花の出羽路」）

一つぐらいは西行が実際に詠んだものがあってもよさそうであるが、いずれも作者を西行に似せた伝承歌である。歌の形式を見ると、体言止めの歌で「雪の曙」が多いのは初歩的、基本的な歌であることを示すものであろうか。それと「――とや言わん」という不確かな伝聞であることを示す発想がベースになっている。そして全歌に共通するのは地元の富士の山名を明記していることである。偶然の結果なのか、類型性に何か隠されたものがあるのかどうか、今後の課題となる。

ところで、歌の後の（ ）に示したように、地元の山に富士の冠が付いている。「○○富士」は「○○銀座」と同様に全国に散在する現象のようである。中島信典の『おらが富士三四〇座』（山と渓谷社、一九九三）によると、書名のように全国に富士の付く山名が三四〇あるというから驚きである。多くは単独峰のコヨーデ型というから富士の特徴を持ったもののようである。あらためて富士は日本一の山であることを知らされる。日本一の富士と西行と歌、といったトライアングルの形成といえよう。

西行は富士と縁が深い。有名な富士の歌「風になびく富士の煙の空に消えてゆくへも知らぬわが思ひかな」にちなんで、遠くの富士を笠を阿弥陀被《かぶ》りに眺める「富士見西行」の図柄は、木像や絵図、土人形などに作られ、近世には広く親しまれた。こんな小咄がある。

さる人、薬瓢きんちやくをさげけるに、友達いふやう、印籠《いんろう》のひぼ長く無用心なり。どこぞでハきられうといへば、彼人聞て、いや〳〵、切ても切ぬといふ。なぜに。御覧候へ。蒔絵《まきえ》がふじミ西行じや。

（『軽口御前男』元禄一六／一七〇三）

江戸の咄本には、意外にも西行の記事は少ない。出てくるのは演劇などで広く流行した「富士見西行」や、この「不死身西行」などに限られている。＊中世末期の歌をめぐる華やかな西行狂歌咄は、江戸期には断絶した状態で話題にならなくなる。民謡「浜おけさ」（越後南蒲原郡）の西行も、不名誉な西行である。

西行法師が初めて都へ上って下る時
岩に腰かけ蟹にチョン（ふぐり）挟まれた
西行も如何《いか》なる旅もしてみたが
蛙の荷かづきこれが初なり

後の歌詞は「駄賃取らずの亀」の話型の話である。旅の西行が野糞をすると、その下にいた亀が動き出すのを見て西行が詠んだ歌で、一般的には亀であるがここでは蛙になっている。前の歌詞では蟹に局部を噛まれるなど、話題性に富むのはいいが、これでは西行の面目丸つぶれである。先述の富士の歌と比べると西行の二面性である。この西行揶揄《やゆ》にはアナーキーな庶民のエネルギーが示されている。

＊浄瑠璃「軍法富士見西行」（延慶二年／一七四五）やそれを草双紙にした「新板軍法富士見西行」、また、それらから構想した「西行法師一代記」などがある。（小池正胤・叢の会編『江戸の絵本Ⅱ』（国書刊行会、一九八七）

三　波立寺の西行

今度の「東日本大震災」では、福島県いわき市久之浜も大きな被害を受けた。久之浜駅を出て海に向かって少し行くと、何もないがらんとした更地《さらち》ばかりになって漁師町がすっかり消えてしまい、以前の様子が想い出せなくなってしまった。凄まじい津波の爪あとに唖然《あぜん》としてしまう。ところで、いわき市の方へ海岸沿いに行くと、整地した場所に西行歌碑が建っているのは前と同じだが、そこから見える海岸の風景も一変してしまった。いつごろの絵ハガキだったかに美しい砂浜の海岸を描いたものがあったが、その面影はまったくなくなり、波に崩されたテトラポットが無残な残骸の姿をさらけ出している。これでは波立薬師《はったちやくし》を望む場所に建つ歌碑が意味を失ってしまう。

陸奥《みちのく》の古奴見《こぬみ》の浜に一夜《ひとよ》寝て明日や拝まむ波立《はったち》の寺

この歌は西行が二度目の奥州の旅の帰りに立ち寄った際に作ったとされるが、西行伝承歌の類である。福島の海辺には他にも西

いわき市久之浜にある西行歌碑。海岸を右に行くと波立薬師に至る。

行が詠んだとされる歌はあるが、伝承を越えるものではない。「古奴見が浦」に次のような伝説がある。

　久之浜町に弓なりの浜と、白砂青松がとけ合い、あたかも一幅の絵のような、見晴らしのよい古奴見《このみ》が浦と呼ばれる海岸があります。

　むかし、この浜を、西行法師が詠んだといわれる歌が、残されております。

　　東路《あずまじ》の古奴見が浦浜に一夜寝て
　　明日は拝まむ波立の寺

　この歌に詠まれた波立の寺と関係のある笛があります。

　この笛は、椎葉五郎《しいばごろう》の代々伝えた笛で、その由来は、湯の岳の麓で、白水の法蔵より出されたもの、といわれ、そのむかし、この地方の領主であった岩城侯の夫人徳姫が、八幡太郎義家侯へ、はるばる贈った笛、といわれております。

　笛は、波立の美しい風景にちなみ、「波立」と名づけられました。

（話者　鈴木晋太郎氏）

（いわき地方史研究会編『いわきの伝説と民話』一九七七）

椎葉五郎の笛「波立」が寺の名前にちなんだとされるが、なぜその名前がつけられたのか、唐突の印象をぬぐえない。寺と笛との関連が示されないからである。実は、この記事と同じ内容が、早く昭和七年の『郷土誌』「名勝史跡」に出ている。

　古奴見浦

久之浜町ニ属スル一帯ノ海岸ノ称ナリ海少ク湾形ヲナシ白砂青松茅屋点綴《ぼうおくてんてつ》シテ恰モ画中ニ在ル如シ
僧西行ノ歌ニ
東路の古奴見が浦浜に一夜寝て
明日は拝まむ波立の寺
鎌倉実記ニ永万《えいまん》元年八幡太郎殿ノ陸奥椎葉五郎ガ家ニ傳ヒ給フ波立ト言フ箏《しょう》今年岩城三箱山ノ麓白水寺宝蔵ヨリ出デタリトテ徳尼ヨリ佐殿ニ送リ給ヒヌト云々、按スルニ椎葉ガ家ニ傳ヘシ箏ナレバ其地名ヲ取リテ箏ニ名ツケシモノカ、サラバ波立ノ地名既ニ久シ
（『郷土誌』双葉郡久之浜町、一九三二）

おそらくはこれに基づいたと思われるが、それによると箏が笛に改められたことがわかる。また、その箏が三箱山白水寺の宝蔵にあったものであることから、両寺との関係が推測されそうだがよくはわからない。

波立薬師は医王山波立寺《はりゅうじ》が正式名称で、臨済宗妙心寺派に属すという。岩城《いわき》藩の祈願寺として寄進を受け、また徳川家光の代に、寺領六十石を受けているが、現在は檀家のいない寺である。本尊が海から現れた霊仏とされ、漁民の信仰が厚く、相馬郡からの参拝者も多いとされる。

四　昔話「十五夜の月」

昔話や世間話に登場してくる西行は、話の内容によっては主人公の性格が大きく異なり、道端で糞便《ふんべん》する西行もあれば、次の話は歌僧西行の面影を残した西行である。山形県白鷹《しらたか》町の佐藤きくさんから聞いたものであるが、きくさんは大正五年生まれで、この話を子どもの頃に、父から聞いたという。

むがしむがし、西行法師いだべ。侍だったんが、侍捨てでよ、旅坊主になったど。だげんども、衣ぼろぼろぼろになって、見るに見らんね、和尚さま僧侶になったど。ごばんがだり（？）になったもんだがら、「泊めでもらんねが？」って、言うげんども、あんまりぼろぼろの和尚さまなもんだがら、だれも泊める人いねがったど。〈ほんじゃ、晩げ、野宿《のじゅく》だごいで、はあ〉って。〈しょうね、しょうね。野宿すんべど〉って、夜になって寝たば。

春、桜満開のどぎ、十五夜の月、出だど。〈あら、ほがの家さ泊ったら、このすばらしい光景は、見らんねがったべな。いやあ、すばらしい夜景だ〉って。そごで、

宿貸さぬ恨みも晴れて野辺《のべ》の月

って詠んだど。「災い転じて福となす」って、父親から聞いたもんだ。

貧相の旅僧を泊めてくれる家もなく、やむなく野宿をしていると、桜の春宵に満月が出て、思いもかけぬ興趣に遇い、一句吟じたという。月と花狂いの詩人西行にとっては面目躍如《めんもくやくじょ》の話である。きくさんによると、いくぶん生活に余裕のあった父は読書好きであったという。その点からすれば書物仕込みの話のように思われる。ただ、詠んだのが歌ではなく俳句であるのが、西行伝承の研究にとっては気にかかる。ただ、「恨みも晴れて」の部分が効果的な昔話といえる。

ただ、この話を単純に昔話と認定していいのか慎重を要する。というのは、他に事例がないからである。本書では漂泊する僧を「聖《ひじり》西行」と読んで、民間に伝わる西行の原像のように取り上げているので、その意味では昔話として取り扱っておく。

五　西行とサイギョウ

俳人で国文学者の角川源義の句集に『西行の日』というのがある。昭和五〇年に出た角川の最後の句集で、刊行後二ヶ月足らずに他界している。書名の「西行の日」は「花あれば西行の日とおもふべし」の句を用いたものと思われる。ところで、角川には「世々《よよ》の西行たち」というエッセー（「短歌」昭和五〇年一月号）がある。この中に「サイギョと呼ばれる渡り職人」のことが記されている。親しくしていた俳句仲間の小林清之介、井桁白陶と西行話に花が咲いたという。当時の東京の職人仲間の間では、渡り職人のことをサイギョウあるいはサイギョと呼んでいたという。

小林君の家に来たサイギョはきまって薄ぎたなく、汚れた風呂敷で包んだ道具箱（小行李《しょうこうり》）を提げ、玄関の板の間にこれを置き、エエお控えくだすって、手前ことは――と、威勢よく仁義をきった。彼の母はこれが大嫌いで手を振って遮ったという。サイギョは食事をして一晩とまり、すぐ発っていくものもいたが、年の暮れの間は働いていくものもいた。仲間のうちにとどまり土地に定着する者もいたが、多くは別の天地を求めて流れて行った。酒乱だの、手癖の悪い者だのがいて、仲間に入り込めないようであった。くたびれた道具を他人の新品とすりかえ、例の汚れた風呂敷に包んで早発ちするのもいた。

（『角川源義全集』第五巻　角川書店、一九八八）

小林の父は畳屋で、そこを訪ねてくるアウトローのような「サイギョウ」の実態がよくわかる文章である。職人サイギョウは関東周辺に多くいたことは、筆者も書物やフィールドワークなどによって資料を集め報告してきた。ところで角川はこのサイギョウを史実の西行と連続させてとらえようとしていたようである。「歌僧西行の名は職人の世界ではたいへん評判が悪い。しかし、もとはと云えば田舎わたらいのため一芸一能に秀でており、一宿一飯の礼として木彫仏を彫っていったり、水墨画を描いて去ったり、それぞれ身のほどに応じた礼を尽していた」とか、「歌僧西行の生活実態は勧進聖である」とも述べているからである。

次に、そうした西行／サイギョウともかかわる事例を紹介しよう。埼玉県比企《ひき》郡都幾川《ときかわ》村に平安時代からの古刹《こさつ》・慈光寺があり、天台宗の別院として関東の天台宗布教の拠点の役割を担ってきた。山の中腹にある慈光寺を囲むように、最盛期には七五の坊があったとされ、多くの修験僧たちがここに住み、寺の経営に関わっていたという。しかし、幕府崩壊後は寺領が大幅に制限されてしまい、現在は僧坊が全く消えてしまった。

ところで、慈光寺と麓《ふもと》住民とのかかわりを示す正保《しょうほう》二年（一六四五）の日付のある文書「旧事重宝記《くじちょうほうき》」が残されている。その中に麓の十八社の由来、管理者を記した「麓十八社の由来」がある。この十八社は梅本坊と本明坊が分担して管理することになっており、そのうちの一つ「桜田弁財天女王菩薩」は本明坊守護で、その由来に次のようにある。「七十八代二条帝御宇、平治《へいじ》元己卯年西行法師此所ニ而歌読給ひ桜を植《う》。此時弁財天出現す。依之後ニ当山ニ而勧請す。本明坊守護」。西行の歌に弁財天が感応し出現したので、ここに桜を植え祀ったというのである（花部英雄『漂泊する神と人』三弥井書店、二〇〇四）。現在も弁財天と、代替わりの桜がある。

慈光寺周辺には「西行橋」「西行見返り桜」「西行拝み塚」「カイリュー（帰ろう）」など西行伝説が多い。いずれも慈光寺に登ろうとした西行が引き返したという共通性がある。他にも「西行と萩」「西行と蛙」などの昔話もある。しかし、これらはすべて口頭の伝承で、歴史的な史料とすればこの弁財天影向《ようごう》の伝説だけである。ただ、昔話、伝説に共通するのは、西行がここまで来て慈光寺に入れなかったということである。そのことは、西行の民間受容の一面を示しているといえる。

ところで、この由来に記された本明坊が、その後どのような理由からかは不明であるが、弁財天の管理を不動坊に預けて一八世紀後半には下山したようである。引き継いだ不動坊が、弁財天のある場所に宝暦一〇年（一七六〇）に巳待塔《みまちとう》を建立し、「願主《がんしゅ》不動坊／講中十三人」と刻んでいる。慈光寺は檀家を持たない寺であるが、修験僧たちは講組織を形成して庶民の信仰に割り込むようにして、坊の経済基盤の一つにしていたことがわかる。そこに西行を介在させていたことは、山形県の宝性院《ほうしょういん》の事例と併せて、西行と修験僧との密接なかかわりを示唆するもので、西行が伝説として民間に受容されていく契機ともなっている。

「新編武蔵国風土記稿」に見える慈光寺と麓の村

Ⅳ 信仰・民俗の西行

「西行泡子塚」と赤子塚

はじめに

西行伝承に関心をもつ有志で構成する西行伝承研究会が、平成一一年に滋賀県米原《まいばら》町醒井《さめがい》で行なわれた。醒井は西行伝説の多い地で、研究会では小林幸夫が「醒ヶ井の西行伝承」について発表した。その西行伝承の一つに、「西行泡《あわ》子塚《こづか》」という伝説がある。西行の飲み残した茶を、茶店の娘が飲んで懐妊して子を生む。後日に訪れた西行が、その子を抱いて呪文を唱えると、たちまち子が泡と化した。供養のために石塔を建てたという内容である。翌日、同じような伝承のある近江八幡市西生来《にしょうらい》の西福寺を訪ねた。こちらは弘法大師が主人公で、泡と消えた後に、池から拾い上げた地蔵を「泡子地蔵」として祀ったという。

他に例の知らない伝説が、琵琶湖に面したそれほど離れていない地に二つあり、両者に何らかの関係があるだろうと推測される。いわゆる「想像妊娠」ではなく、生まれた子が泡と消えるという特異さが、強く印象に残った。管見では、このタイプの伝説についてこれまで研究がなく、先述の小林の報告が唯一のものであろう。

その後、類話が文献資料や民間伝承にあることを知り、説話や伝承として享受されていることが確認できた。子が泡と消えるという特異な話の背景に何があるのか。また、なぜに西行に関わるのかについて考えていくことにする。

一　説話、文学に見える泡子の話

まず文献資料から見ていくと、牧野和夫が東京大学史料編纂所蔵の『実暁記』から抜書して紹介した説話に、「泡子」につながる興味深いものがあった。

一　夢窓諸国修行之砌《みぎり》伊賀国《ニテハ》我茶屋寄《ニテ》ヲワシマス所彼《ニ》茶屋《ノ》女房夢窓《ニ》恋慕意《ノ》ツキ何方《いづかた》ヘトヲラセ給《リ》ナト丶詞ヲカケレ共夢窓ハトリアキタマワス茶《ヲ》タテ丶マイラセタル間呑《テ》茶境返ケル所茶垸《ノ》中《ニ》茶少残《リ》タルヲ彼女手《ノ》内《ニ》アケテ呑《テ》云御僧《ノ》餘《リ》恋シク床《テ》如此《このごとき》沙汰仕之由申侍ケリ然而《しかして》夢窓意ニモカケス立被修行云々然者《しかれば》彼女懐妊シテ男子ヲマウクト云々彼女《ノ》男《ハ》唐瘡ニテ落《テ》無之間吾子トハ難云《いいがたし》誰人《ノ》子ソト彼母《ヲ》色々問ケレ共従元《もとより》タレノ子トモ不申（牧野和夫「事相書・口伝書にみる「日本記」・平基親のことなど―覚書―」（『実践国文学』33号、一九八七）

夢窓に恋慕した茶屋の女房が、茶椀に残った茶を呑んで懐妊し男児を儲ける。女房の男（夫）は「唐瘡《とうがさ》」（梅毒の一種。とうそう）で子ができない身体ゆえに問い詰めたが言わなかったという。これが全文だとすれば、夢窓が子と邂逅する場面もなく、子どものその後も不明である。夢窓は傍観者のごとく超然としていて、ただ女の一方的な恋慕が引き起こした不可思議な事件だといっていい。『実暁記』の「東院蔵書書留」に、「永禄四年辛酉《かのととり》九月三日権僧正實暁」とあるから、著者は室町後期の人のようである。残り茶を飲んで孕むという話が、その頃すでに知られていたことがわかる。

江戸の初めの仮名草子「宜《ぎ》鴈文物語《おうぶんものがたり》」にも、残り茶を飲んで懐妊した話が出ている。本書は陰陽五行や禅宗の養生思想などに基づいた医書とされるが、その中に、「子のたましゐ、胎内に宿る時ハ、いかゞ有物にて候や」の問の答えとして、高僧や高貴の人の懐妊誕生を述べた後に、

又、宇治の里に。去もの、むすめ。空海のきこし召たる御茶のあまりを、のみけるとき。あまりに、ようかん、ひゝしきに、ましませは。目くれ、心うかれ。淫煩《いんぼん》の心地して、すなハち、懐妊す、それ、弘法大師は、かたしけなくも、大日の垂跡《すいしゃく》。一切衆生の本師にてわたらせ給へは、汚穢《わゑ》不浄の女人に、御まなしり、めくらさるゝ事はなけれとも。女は、あひねん、ふかく。色にふけるものなれは、おのれ、しうして、風子を生す。

（朝倉治彦・伊藤慎吾編『仮名草子集成』第二十四巻、東京堂出版、一九九九）

弘法大師がかかわって生まれた子が、その後どうなったかについては説かない。異常懐妊、出産は女の側の事情であり、愛念深く色情に耽溺《たんでき》する女の執心が風子《ふうし》（霊気の子）を生むのだと説く。これは先掲の『実暁記』と同様、女の淫欲《いんよく》の深さを際立たせる筆致である。異常懐妊と出生、そして泡と消える異常消滅という泡子塚の奇異性に彩られた伝説とは、関心が違っているようである。仏教の立場から女の淫欲の深さに対する蔑視《べっし》、批判を内に含んでいる。類似の話が引用の仕方によって意味が微妙に異なってくるのは、筆者の仏教的解釈にもとづく説話の二次的展開といえる。こうした伝説と説話との微妙な差異は、文学との比較においては、もっとはっきりしてくる。

佐伯真一が翻刻、解説した『みぞち物語』（「翻刻『みぞち物語』」「『みぞち物語』考」『青山国文』第二十九・三十号、一九九九・二〇〇〇）は、奈良絵本の体裁の物語で、男が鬢《びん》を洗った水を、心寄せる女が飲んで懐妊し、そして生まれた子を男が抱くと水に化すという内容である。男の触れたものを口にして生まれた子が消えるという関連からいえば、醒井の泡子塚伝説と類似している。

佐伯はこの『みぞち物語』の他に、類話として仮名草子の『雨中友《うちゅうのとも》』、中国の六朝《りくちょう》・干宝《かんぼう》の志怪小説『捜神記《そうじんき》』の「水になった子供」の三話と比較対照し、『みぞち物語』の成立を考察している。それによると、物語の「みぞち」は福井県鯖江《さばえ》市水落《みずおち》に比定されることから、在地伝承の草子化という面があるという。もう一つは、『捜神記』『雨中友』との話の展開と趣向の共通性から、近世の怪異小説を志向した可能性があると考えている。文学の成立、展開という視点からは、後者の可能性が高いように思われる。というのも、泡子塚伝説を除いた三者には、子どもが父を選択するというモチーフが挿入されており、また結末において男と女は結婚しハッピーエンドで終わるという一致がある。したがってこの話は、佐伯の指摘にもあるように、「聖なる父」と邂逅《かいこう》するという世界的な神話的類型に位置づけられるものといえる。

阪倉篤義他校注『今昔物語集』二（阪倉篤義・本田義憲・川端善明校注、新潮社、一九七九）の付録に取り上げられている「聖なる父」の注をみると、子どもが消えてしまうものと、生きて著名な人物になるものとに大別される。そのうち、『みぞち物語』は前者に相当し、「聖なる父」の子どもの消失を文芸的に仮構したものといえる。『みぞち物語』『雨中友』は、おそらく『捜神記』をもとに、時代や地域を日本に設定し、作品化したものと思われる。

ところで、泡子塚伝説はそうした文学的虚構性からかけ離れている。伝説が志向するのは事実であり、特定される時代や場所、事物、人物の行為が示す事件性である。歴史的な高僧である西行や弘法大師を登場させ、泡子塚や泡子地蔵などの事物を持ち出し、事件との整合性を図っている。伝説の読者は、その内容を史実のレベルにおいて理解しようとするが、その理解の仕方には、時代や思想（民俗心意）が反映されている。伝説研究は、そこから伝承の真実を読みとっていくことにある。

さて、同じ話やモチーフを話題にしながらも、伝説と説話、また文学では立場や方法、そして目的が違ってくる。これらのことを踏まえた上で、次に泡子塚の伝説の解釈を進めていきたい。

二　世間話、伝説の泡子塚

泡子塚伝説の輪郭やその特質をとらえるために、次に伝説にもとづいたと思われる世間話的な内容の話を取り上げて比較し、それぞれの相違を明確にしておきたい。岐阜県大野郡上宝《かみたから》村苧生茂《おいも》の南つたさんが語った「茶の泡」という話である。

和尚さんが托鉢に歩いていると、ある家できれいな娘が茶を出した。娘は和尚に惚れてしまって、和尚さんが飲み残いた茶かすを自分で飲んだ。すると腹がでこうなってビーの子（女の子）ができた。それから何年もたって、また和尚さんが行くと、その女がまた茶を出した。その女について来た女の子があまり可愛いかったので、和尚さんはその子どもを抱いて茶を飲んでいた。どうかしたはずみにそのお茶が子どもにかかると、急にその子は消えてしまった。女が泣くと和尚さんのいうのに、「これは茶の泡で生まれたんやで、どうにもならんで泣くな」といった。それで女は男の褌でも跨ぐものでない。

（鈴木棠三・及川清次編『しゃみしゃっきり』未来社、一九七五）

この話は、これまで昔話の型には登録されておらず、編者の鈴木棠三は、「これは世間話」と注記している。もともと伝説にもとづいた話ではあろうが、すでに主人公の固有名詞はなく、地域、事物とも結びつかないから、世間の噂話として通用している。最後に、女は褌《ふんどし》を跨ぐなと述べているのは、子を孕《はら》む危険があるからという教訓話に位置づけたのであろう。

宮城県南三陸市志津川《しづかわ》町の佐々木よしみさんの語る「あわぶぐど消えた孫」も、回国する托鉢和尚の飲み残しのお茶を飲んで男児を儲ける。三年後に再び廻ってきた和尚に、女の父が抗議するので、和尚は「わらすコのあだま（頭）ば三べん撫でだッけェ、たずまず（たちまち）、あわぶぐ（泡）ぬなって、けえで（消えて）すまったんだど」（佐々木徳夫『むがす、むがすあっとごぬ　第一集』未来社、一九六九）という。岐阜の話では茶が子に掛かって消えるが、こちらの話では頭を三遍撫でるしぐさをすると消える。撫でることに、どういう意味があるのだろうか。

子どもが転んで膝などを打った時に、母親が「ちちんぷいぷい、痛いの痛いの飛んでけ」と言って、膝を撫でてやるまじないは、全国的に知られたおまじないであるが、不思議に子どもは泣き止む。治療を別名「手当て」とも言うが、痛い患部に手を当てることは、歯痛の場合にそこに自然に手がいくように、これは生理的なしぐさかも知れない。江戸の元禄時代に出版されたまじない本の『陰陽師重宝記《おんみょうじちょうほうき》』に、「こぶらがえり（こむらがえり）のまじない」の処方として、「木瓜《ぼけ》にてこぶらの所をなでさする、奇妙に治るなり。木瓜なき時は木瓜〳〵と三遍唱えて、そのこぶらがえりの所をさすりてよし」（『重宝記集一』勉誠社、一九七九）とある。子どもの頭を三遍撫でるのは、こうした呪術的作法に近いのかもしれない。まじないの処方では三回唱えるのが常套手段である。

次の『伊吹町の民話』（和泉書院、一九八三）に載る「西行法師と泡子塚」の話では、撫でるのではなく息を吹きかけて消すのであるが、これにも呪術的な意味があるが、詳しくは後述することにして、まずは話を紹介する。

　醒ヶ井に泡子塚という所があるのです。非常にきれいな水がこんこんと湧き出ている所で、ここの表に瓢箪屋《ひょうたんや》という一軒の茶屋があったんです。ここで西行法師が一服したのですな。

　翌年《とし》、また同じこの茶屋まで来て、ここでまた一服したら、そこの娘さんが「あんたの子を妊娠した。こんな可愛い子です。」と言って見せたんです。そしたら西行さんは「出家の身であるから、自分に子供は有り得ないものである。どれ、その子を貸してみろ、泡なら吹いたら消えるから。」と言って、フッと一息、息を吹きかけたら、その子は息がスッと消えてしまった。
それからこの娘は嘆いて、嘆いて。そして自分の寝室から見える所へ墓を建てたんです。この墓が泡子塚というのであって、そこの水は逆さ流れといって、高い方へ流れているんです。醒ヶ井の水は南の方へ流れているんですけども、この水だけは北の方へ流れているんで、逆さ流れといってます。

米原市上野の吉川末三氏が語ったもので、泡子塚伝説の広がりを確認することができる。この話は、瓢箪屋、西行法師、泡子塚、逆さ流れといった言葉からわかるように、事物に即した伝説の形を取っている。そのうち瓢箪屋、逆さ流れは、これまでは見られず、新たに加わった要素である。

昭和十年に刊行された『湖国夜話』の「泡子墓」によると、醒井の「「西行水《さいぎやうすゐ》」の巨岩《きよがん》の上《うへ》に、一基の五輪《りん》の塔《たふ》があつて、苔《こけ》むした碑面《ひめん》には、一煎一服一期終 即今端的雲脚泡の十四文字《もんじ》が刻《きざ》まれてゐて、仁安《にんあん》三年《ねん》の建立《こんりふ》だと傳《つた》へられてゐる。」（樋上亮一『湖国夜話』立命館出版部、一九三五。後に東出版より出版）と解説した後で、話が紹介されている。その内容は、記録に因ったものと思われるが、ただ懐妊したのは娘の身持ちが悪く、誰彼と通じていたためで、それを隠すために西行の飲み残しの茶碗の底の泡をすすったからだ、とする。この部分は、これまでになかったところである。教訓をまじえ世間話化された結末は、飲み残しの茶を飲んで孕《はら》むのでは、あまりに非現実的だと解釈したのであろう。

三　「西行泡子塚」の成立

西行泡子塚のもとになった記録は、「醒井三水四石由来」「三水四石并泡兒墓由来記」（以後「由来記」と略述する）で、先述した西行伝承研究会で、原本の一部と版本のコピーを見ることができた。そのうち後者の「由来記」には文亀三年（一五〇三）の奥書があるが、そのまま鵜呑《うのみ》にはできない。たとえば、その中に西行が煎粉《いりこ》を風に吹き散らされてしまって食べられず、「頼みつる煎粉は風にさそはれて今日醒が井の水を飲むかな」と詠んだという歌が載っている。この歌は江戸初期刊行の『新撰狂歌集』では主人公が「修行者」、『醒酔笑』では「順礼」が詠んだことになっているし、両者とも煎粉が「麦粉」になっている。したがって後に西行に摩り替えられた可能性が高く、そうであれば十七世紀を遡るとは考えられない。

仁安三年（一一八八）の建立とされる「泡子塚」の五輪塔は、岡田隆によると「宝篋印塔《ほうきょういんとう》の残欠の寄せ集めのような感じであり、その形式から見て江戸時代のものらしい」（岡田隆『西行を語る　西日本を中心に』私家版、二〇〇二）という。また、醒井は中山道の宿駅として、その清水は歌に詠まれたりしたが、「泡子塚」のことは中世の紀行文等には全く出てこないという。もしかしたら泡子塚の伝説は、中世に遡る伝説ではないのかもしれない。徴証《ちょうしょう》のために原文を挙げることにする。両者はほぼ内容が一致しているが、ただ「醒井三水四石由来」の方はいくぶん短く、また歌が出てこない。そこで、ここでは「由来記」の方から取り上げる。

又泡沫児《あわこ》の墓《はか》といへるは往古《そのかみ》此里に旅人《りょじん》の為茶店《ためさてん》を立《たて》て世を渡《わた》る夫婦の者有。一人の娘《むすめ》を持《もつ》。其娘年十四才容《よう》儀《ぎ》他《た》に勝《すぐ》れて殊《こと》に孝養《けうよう》の心深切《しんせつ》成しかは父母《ふぼ》の寵愛《てうあい》も浅《あさ》からず。然《しか》るに西行法師東《あづま》に赴かんとの時此茶店《てん》に休足《きうそく》有《あり》。彼娘《かのむすめ》西行に恋慕《れんぼ》するの心出《いづ》るといへとも西行はや立さられぬ。娘したふのあまり西行の飲残《のみのこ》されし茶《ちや》の泡《あわ》をのめり。これよりふ思議《しぎ》に懐妊《くはいにん》しければ父母疑《うたがふ》て娘を責問《せめとふ》に娘右の訳《わけ》を語《かたる》。終《つゐ》に一男子《なんし》を産《うめ》り。父母是を養育するに次第に容貌《ようばう》玉の如《ごと》く花《はな》の如《ごと》し。後《のち》又西行法師東より上り此茶店に休足の折から夫婦児《ちご》を抱《いだき》右の訳を語る。西行奇異のおもひをなし児をいだきてつら〴〵見て曰。それ萑《すずめ》変じて蛤《はまくり》と成《なり》、鳩化《はとけ》して鷹《たか》と成《なり》、有情変《うじやうへん》じて非情《ひじやう》となり、非情化《け》して有情となる。皆大地の化《け》なり。今一滴《てき》の泡変《あはへん》じて此児《このこ》と成《なる》。汝我子《なんじわがこ》なれば元《もと》の泡《あは》にかへれとて

水上は清《きよ》き流《なが》れの醒か井に浮世《うきよ》の垢《あか》を洒《すすぎ》てや見ん　西行

と即吟《そくぎん》有ければふ思議《しき》成かな忽《たちまち》彼児《かのこ》は消《きへ》て元《もと》の泡《あは》と成ぬ。時に西行も実我《げにわが》子なりとて此所《ところ》に石塔《せきとう》を立て一煎《せん》一服《ふく》一期終即今端的雲脚泡《ごのおはりそくこんたんてきうんきやくあは》と書《かき》て若《もし》人此所《ところ》の名を問《とは》ば児《こ》は醒果《はて》し子醒が井と云べしとなり。これ仁安三戊子《つちのへね》年故の事なり。これによつて此所初《はじ》めは西町といひしを今は子醒が井町《てう》といふなり。

傳《つた》へ聞夢《きくゆめ》のうき世や醒が井の水の泡児《あわこ》の消《きゆ》るならひを　宗祇

西行、宗祇の歌が取り上げられているが、本人作かどうかは怪しい。宗祇はともかく、西行の歌は偽作であろう。石塔に刻まれた仁安三年は確かに西行存命の頃であるが、その石塔自体近世のものらしいということは、岡田隆の前述した通りである。

ところで、この石塔にかかわる次の記事がある。江戸時代後期の菅江真澄の残した断簡に、この泡子墓に触れたものがある。

むかし西行上人ある家に入て茶飲みて出給ひてけるとき、其やとのむすめ、上人に恋して茶碗に残りたる淡をなめてはらみ、やかて子うめり。上人ふたゝひ此宿にいたりて、其子をめしてたなこころにのせてふと吹たまへ

は泡になりてちりぬといへり。あわ子の碑あり、其台石に彫て、

一服一煎一期終
即今端的雲脚泡

仁和三年　西行とあり。

五輪石也。此ゑり石いさゝか奥にありしを、近きころこゝにうつせり。そをいかゝして書おとしけむ、いぶかしきこと也。

（『菅江真澄全集第十二巻』未来社、一九八一）

真澄は五輪塔の台石に刻まれた年号を「仁和」と記しているが、それでは西行が生まれる二百年も前になるので、「仁安」の間違いであろう。問題はそのあとの記事である。「此ゑり石（石碑）いさゝか奥にありしを、近きころこゝにうつせり」とあり、奥とはどこを指すのかわからないが、そこから今の場所に移したことは事実のようである。続いて「そをいかゞして書おとしけむ、いぶかしきこと也」と、疑問を述べている。「そ」とは、文脈から判断すると、「移動したこと」を指すと受けとれる。もしそうだとすると、移動の事実を碑文に書き落としたことを、真澄はいぶかしく思っていたということになる。ということは、この五輪塔の台石の碑文は、石塔を移動した際に書かれたことになるのではないだろうか。真澄のこの断簡は、内田武志の「解題」（『菅江真澄全集十二巻』所収）によると、真澄の晩年近くに書かれたというから、文政の頃になる。そうすると、石塔の碑文は江戸の中期にまでは遡らないことになる。

『近江名所図会』（寛政九年／一七九七）の「醒井」の項に、「此駅に三水《すい》四石《せき》の名所《めいしょ》あり」として、それぞれ簡潔な説明がある。そのうち「西行水」には、「同西町。民家《みんか》の裏《うら》にあり。岩間《がんかん》より清泉湧出《せいせんゆうしゅつ》す。泡子《あはこ》の俚諺《りげん》あれども怪《あや》しき事成れば取《と》らず」とあり、続いて宗祇の「傳へ聞く」の歌が引かれる。「泡子の俚諺」とは、西行泡子墓のことを指していると思われる。茶から子が生まれ、それが泡と消えることが、現実離れし過ぎているという判断で採用しなかったの

であろう。

それはともかく、ここで問題にしたいのは「西行水」のある場所の地名を「西町」と書いていることである。実は「由来記」は泡子墓のある場所を「此所初めは西町といひしを今は子醒が井町といふなり」と記している。町名変更の事実に触れている「由来記」は、『近江名所図会』の記事より後に書かれたであろうから、文亀三年の奥書はあてにならない。しかし、問題はそれにとどまらずさらに深まる。なぜに西町から子醒が井と町名変更しなければならなかったのか、また、それが泡子墓とどのような関わりがあるのか、という疑問が起こってくるからである。

一三〇〇年の初めには成立したとされる『撰集抄』の巻七―五話に、平安中期の有名な僧の仲算《ちゅうざん》と浄蔵《じょうぞう》が、醒井で清水を湧出させたという話が出ている。仲算が水がないのに困り、山の岸を剣で切ると清水が流出したので「さめがへのし水」と名づけたという。四、五日経って浄蔵がここを通りかかり、仲算の清水湧出を聞き、自分もということで、そばの岩を切ると量は少ないが流れ出たので、これを「こさめがへの清水」と称したという。

「さめがへの清水」「こさめがへの清水」は、今のどの清水を指すのだろうか。『近江名所図会』によると、三水の一つの「十王水」に浄蔵が結縁したと記され、「由来記」には仲算が「西行水」を湧出させたと記している。十王水と西行水とはそんなに離れてはいない場所にある。「こさめがへの清水」がどちらであるかを特定するのは難しいが、ともかく「こさめがへの清水」の名があり、その場所を地名とすることは十分考えられる。そこで「こさめがへ」を根拠に、泡子墓の伝説を取り込んで「小醒が井」から「子醒が井」へ、また浄蔵結縁譚から西行泡子墓伝説へと、地名・説話ともにリニューアルしたと考えられないだろうか。

ところで、「由来記」にはもう一つ西行の話が出ている。西行がある小石を見つけ、茶店に預けて一旦《いったん》京に上る。不思議に思った店の主が、その石を割ると二匹の小蛇が出る。後で西行は店の主からその話を聞き、あの石は龍石《りゅうせき》といって中から水が出ており、それで武蔵野の千万の穀《こく》を養う清水を出そうと思っていたのだと述べ、大変残念がるという内容である。この話はきわめて珍しく、類話を知らない。ただ柳田國男が「長崎の魚石」（『日本の昔話』『定本柳田國男集』第二十六巻、筑摩書房、一九七〇）と題して紹介しているのがこれに近く、唯一のものといえる。ただそこでは石の中から「金魚のやうな小鮒」が飛び出したことになる。どうしてこんな珍奇な話がここにあるのか。もしかしたら漢籍等に詳しい趣味人のような旅人によって、強引に西行に仮託され記録に残されたのかもしれない。

それにしても、「西行水」に関わって、三話の西行話が記録されたのは偶然ではないだろう。西行を宿駅の宣伝に利用するという現実的な意図があったのではあるまいか。少なくとも「由来記」には、「三石四水」の名所の中心に西行を置き、盛り上げようとする意志が感じられる。そう考えると、西行泡子墓も違ったとらえ方が出てくる。すでに岡田隆も指摘しているが、寂室堅光《じゃくしつけんこう》の『西湖紀行』に泡子塚のことが出てくる。日本武尊《やまとたけるのみこと》が足を浸したことから醒井と名づけられたと述べた後、「又この處漚子《あはこ》の塚とて、小き五輪の石塔ありけり。頃は人皇九十四代花園天皇の延慶年中の事とかや、疎石といひし禅僧、この地山水の美なるを見て、しばらく茶店に憩うて、茶を喫《の》みけり。」（『国文東方佛教叢書　紀行部』国文東方佛教叢書刊行会、一九二五）とあって、ここでは夢窓疎石の話になっている。以下は西行の場合と同様であるが、ただし呪文は「愛情所感太希奇　一滴茶漚化為児　烈焔堆中留不住　当陽吹滅絶癡疑」と異なっている。そして一滴の茶が漚《あわ》と消えた後、「これによつて父母および女子、忽ち一切諸法すべて因縁の所生《しょせい》にして、実有《じつう》なしと悟り、共に出家して、おの〳〵その道を得たりとなん。猶そのしるしを残して、見聞の人をして正道に誘引せんとて、漚児の塚を立しとぞ、有かたき事にあらずや。」と、親子三人得道《とくどう》したと結ぶ。

『西湖紀行』は、江戸世田谷の豪徳寺から近江彦根の清凉寺に転居を命ぜられた寂室が、文化十一年（一八一二）二月末に出発し、中山道から美濃、近江へと旅した日記である。道中での出来事や見聞、随想などを記しているが、醒井には三月五日に止宿している。その時に見聞きしたものを記録したのであろう。すでに『実暁記』に夢窓の泡子のことがあるので、決して突飛なことではないとしても、『近江名所図会』の「西行水」の記事にある「泡子の俚諺」が夢窓のこととは思われない。また文化八年に筆録されたとする「醒井三水四石由来」も西行の事跡になっており、一つの泡子塚をめぐって同時代に異なる二人の伝承があるのは解しにくい。

しかし、限られた資料の中で、その真偽を確かめるのはきわめて困難なことであり、もし決定しうるとしても、それは確実性の度合に過ぎない。説話や伝承は主人公を置換しても成立する以上、内容のリアリティーの問題こそ重要であって、主人公が誰であるかは副次的なことである。西行、夢窓のいずれかに強くこだわるのは生産的なこととは思えない。要は泡子塚の伝説を当時どのように受け入れていたかを追究するのが、伝承研究の目的である。つまりは、この伝説の言葉や背景にある習俗、心意といった面を考察することこそが肝要であろう。

四 「泡子塚」「泡子地蔵」の背景

それでは西行泡子塚伝説にどのような歴史的、民俗的な背景があるのかということになるが、ここでは二つに絞って取り上げる。一つは呪的な言葉の問題であり、もう一つは泡子塚の現実的な役割である。

「由来記」の中で、児を引き渡された西行は、「萑《すすめ》変じて蛤《はまくり》と成《なり》、鳩《はと》化《け》して鷹《たか》と成《なり》、有情変《うじやうへん》じて非情《ひじやう》となり、非情化《け》して有情となる。皆大地の化《け》なり。今一滴《てき》の泡変《あはへん》じて此児《このこ》と成《なる》。」と呪文のように唱える。萑《すずめ》が蛤《はまぐり》に、鳩《はと》が鷹《たか》に、有情《うじょう》が非情《ひじょう》に、そして泡《あわ》が児《こ》になるというのは、仏教の万物流転の思想に基づく生命誕生の不思議を解いたものである。仏教の説く誕生には胎生、卵生、湿生、化生《かせい》の四生《しせい》があり、ここでは化生の具現化を表わしたものである。近代の生物学では萑が蛤になるのはナンセンスである。しかし、オタマジャクシがカエルとなり、腐った瓜からウジムシが発生し、それがハエになるのは変化の相である、と小峯和明は述べる（『中世説話の世界を読む』岩波書店、一九九八）。

仏教に「順次生《じゅんじしょう》」というのがあり、生物は順次に生まれ変わることをいう。これは近代の人間中心の科学ではなく、すべての生き物の中に人間を相対化させていく発想である。したがって茶の泡が児になり、児が泡に帰すのは、順次生の「喩《ゆ》」のとらえ方である。この伝説には生命を変化の相と観想する仏教の哲理が示されており、そういう意味で仏教が関与し、それを当時は現代の私たちより抵抗なく受け入れたにちがいない。

しかし、観念的にはそう言えたとしても、もう少し具体的な手がかりが欲しい。泡と消えた児の供養塔の碑文も、変化の相を下敷きにしているが、しかし、ここには別の面もある。「一煎《せん》一服《ぷく》」（真澄の記事では「一服一煎」）には、中世の茶売人を指す「一服一銭」の連想が働いているように思われる。『七十一番職人歌合』の二十四番「煎じ物売」の「左方」に僧衣の「一服一銭」が登場し、茶筅《ちゃせん》を立てている様子が描かれている。右手前に水桶、左前には風炉《ふろ》が置かれ、それに釜がかけてある。「一服一銭」とは移動しながら茶を売り歩く商売人の呼び名である。その「一服一銭」の歌は、「たつる茶のあはれ消《きゆ》とも逢《あふ》ことの一せにかふる命ならばや」（岩崎佳枝他校注『七十一番職人歌合　新撰狂歌集　古今夷曲集』岩波書店、一九九三）である。これは恋の歌であり、「一せ」は「一たびの逢瀬」の意であるが、もちろん一銭を掛けている。

岩崎佳枝は前掲の『七十一番職人歌合』で、「たつる茶のあはれと消とも」の脚注で、「「たつる茶のあは（泡）」から「あはれ消ゆ」を呼びだす」と言い、また泡が消えるのは、その茶が雲脚だからという。そして、『下学集《かがくしゅう》』の「雲脚（ウンキャク）〈悪茶ノ名也。言ハ茶ノ泡早ク滅シ、浮カベル雲ノ脚ノ早ク過ギ去ルガゴトシ〉」を引いて、「雲脚」とはできの悪い茶をさす用語であったと述べる。

公家や武家、僧侶などの茶の湯に対し、庶民に安い値段で茶を提供する役割を果たしたのが「一服一銭」である。その流れは近世に入って、宿場はずれの茶店、茶屋に引き継がれ、一服一銭の安い茶（雲脚）を飲ませ、併せて餅や酒を出し、そして給仕女（茶屋女）が相手になるのは自然のなりゆきかもしれない。隠れて売春もするようになった茶屋女が、誰の子ともわからぬ児を堕胎することもありえないわけではない。西行に一目惚れする茶屋の娘を、そうした状況の中に置いてとらえてみる必要もあろう。「一煎《せん》一服《ふく》一期《ご》終《のおはり》即《そく》今《こん》端《たん》的《てき》雲《うん》脚《きやく》泡《あは》」の碑文は、当時のそうした茶店の現実を反映したものと理解することもできよう。先に掲げた『湖国夜話』の話で懐妊した女の話が出てきたが、そうした雰囲気を反映したものと解釈できる。

五　地蔵信仰から泡子塚へ

安い茶の代名詞「一服一銭」のシノニムともいえる「一煎一服」を、碑文に刻んだ泡子塚とはいったい何か、というのが次の課題である。享保十年（一七二五）刊の『近江国輿《よ》地《ち》志略《しりやく》』は醒井の地蔵について、「醒井川中にあり。土俗尻冷《しりさまし》地蔵といふ。傳教大師の作、泡子の地蔵といふものは非也。泡子地蔵は蒲生郡にあり」（『新註　近江輿地志略　全』弘文堂書店、一九七六）と記している。醒井の尻冷地蔵は泡子地蔵ではなく、泡子地蔵は蒲生郡にあるのが正しいという。この記事から穿った推察をするに、当時すでに醒井に泡子の伝承のあったことがわかる。そして、そのルーツが蒲生郡であるらしいことも読みとれる。そこで、蒲生郡の泡子地蔵を問題としなければならないが、その前に、蒲生郡の伝承を受け入れる下地について考えてみる必要がある。伝説がいきなり接木されて根づくのは不自然であろうし、

醒井の十王水の「冥府の十王」。岩肌に置かれた地蔵の赤地の白玉模様の前掛けが目を惹く。

また尻冷地蔵だったものを泡子地蔵と言い替えていくためには、それなりの根拠がなければならないからである。

文化年間に作成されたとする「醒井三水四石繪図」（冒頭で紹介した西行伝承研究会で、講演した米原町教育委員会の中井均氏の資料にあり）をみると、中央に地蔵堂が描かれ、その左脇に日本武尊の腰掛石、鞍掛石がある。地蔵堂の右手には十王水があり、さらに、その右端に西行水が描かれる。絵の構図からいえば、西行水は宿場はずれにあり、村境に位置している。十王水の傍に十王堂があったとされるが、十王堂は仏教の地獄の観念でいう冥途の入口にあるお堂であり、そうすると、地獄の域地内にある西行水のある場所は、賽の河原に相当しよう。

ところで、西行水の場所を実地に訪ねて、まず目につくのは赤い布で、幼児の前垂れを連想させる。それが、岩の間や灯籠の近くの地蔵、石塔など何ヶ所かに掛けられている。ここは赤子の塚のあった場所といえる。その赤子塚が賽《さい》の河原に擬せられ、そこで蒲生郡の泡子地蔵の伝承が、ここに引き寄せられたことになる。そうすると地獄の鬼どもから子どもを救済する地蔵菩薩として、尻冷地蔵がその役目を担うのは自然な発想といえる。醒井の泡子塚の伝承の背景には、中世から近世にかけての仏教の地獄思想や、地蔵信仰の浸透が大きく影響を与えていたと考えられる。

続いて、蒲生郡の泡子地蔵の伝承について見ていくことにする。醒井から湖東の中仙道を、瀬田の大橋に向けて半分ほど行った所に、近江八幡市西生来町《にしょうらい》という地がある。江戸時代以前にはここから東方にかけて蒲生野という原野が広がっていたとされ、天智天皇の時代には「薬草狩り」が行なわれた場所として有名である。この西生来町の西福寺の境内の隅にある小さなお堂に、泡子地蔵が安置されている。もとは十メートルくらい手前の小川の傍にあったものを、今の寺のある場所に移したという。その地蔵のあった場所に、現在「泡子延命地蔵尊御遺跡　大根不洗の川」という新しい石塔が立っている。そのそばの案内板に『近江名跡案内記』から抜書した「泡子地蔵縁起」が出ている。

西生来村ニアリ。土人云フ。昔、村井藤斎《とうさい》ト云フモノ此地ニ茶店ヲ構ヘ、其妹ヲシテ旅人ニ茶ヲ呈セシム。一日、僧アリ、来リ憩フ。妹之ヲ見テ深ク恋慕スレドモ言ニ発セズ。僧去テ後、其呑ミ餘《あま》ス茶ヲ呑ムニ、忽チ懐妊シテ一男ヲ生ム。三年ヲ経テ、村ノ小川ニ大根ヲ洗ウ。又一僧アリ、其兒《ちご》ヲ見テ曰ク。奇ナル哉、此ノ兒ノ泣ク聲《こえ》ハ経ヲ読ムニ似タリト。女之ヲ見ルニ前年恋慕シタル僧ナレバ具ニ故ヲ告ク。僧其兒ヲ吹クニ消エ泡ト為ル。乃チ曰ク。西ニ井アリ、其ノ底ニ地蔵アリ。兒ノ為メニ一堂ヲ建テヨト。其井ヲ汲ミ上ケ見ルニ果シテ地蔵アリ。之ヲ祭ル故ニ泡子ノ地蔵ト曰フト。又生来《しょうらい》ノ由来ニヨル。

醒井の泡子塚とほぼ同じ内容といえる。ただ、結末部が泡子塚ではなく、泡子地蔵の発見になるところが違っている。この案内記のもとになったと思われる『近江国輿地志略』の「泡子地蔵堂」の由来では、その結末部は次のようになっている。

然して曰く、此西あれ井といふ所の池中に貴き地蔵あり、彼子が菩提の為に建つべしと、水をかふるに果して石佛の地蔵あり、之を安置す、今の地蔵是なり。件《くだん》の僧は弘法大師なり。夫よりしてあれ井の文字を改めて生来と書く、今の西生来村是也と云ふ。

『近江輿地志略』では弘法大師の事蹟になっているのが、案内記では固有名が消え「僧」になって

近江八幡市の西生来町の泡子地蔵の碑

いる。また、地蔵を井戸から引き上げたとある。いずれも地蔵信仰が基盤になっていることには変わりがない。これが醍井の泡子塚の場合になると、地蔵信仰が後景に退く代わりに、泡子塚が前景に出て一段と寂寞とした感を深める。

六　赤子塚と「茶碗塚地蔵」

醍井の泡子塚の原風景となる、地獄の賽の河原に擬せられる赤子塚とは、いったいどのような場所なのであろうか。柳田國男は、賽の河原の「サヘとは、賽障のことで障る遮ると云ふと同じ語源から出て」いて、具体的には「村の境や、山の峠、又は橋の袂」などを指し、こうした場所を守る神が道祖神であるとする。その道祖神と地蔵尊とは類似点が多く、したがって賽の河原の地蔵は賽《さえ》を守る道祖神に基づいているのだと述べる。そして以前は、死児は墓地にではなく、この道祖神のいる村境に葬ったのだという。

長らく使い古した大人の魂は、罪や穢れなどで汚れており、村境の外へ駆逐《くちく》したのに対し、水子や赤子の魂は清新であり、再生して世に出すために、境の神の管理に預けたのだという。「我々は皆、形を母の胎に仮《か》ると同時に、魂を里の境の寂しい石原から得たのである」（「赤子塚の話」『定本柳田國男集』第十二巻、筑摩書房、一九六九）と説明する。村境の赤子塚が、水子や死児の魂の居場所であるというのは、ずいぶん奇異な感じを与えるが、しかし民俗を子細に眺めていくとそれは感得される。

千葉徳爾《とくじ》・大津忠男著『間引きと水子―子育てのフォークロア―』（農産漁村文化協会、一九八三）によると、山形県鶴岡市にはかつて葬地であったらしいモリノヤマがあり、ここは三つに分かれていて、一番下が子どもの魂のいる場所とされる。そして、その近くに優婆堂《うばどう》があり、手作りの地蔵像が何体も奉納されているという。沖縄では六歳以下で死んだ子はワラベバカに埋めたといい、また石垣島では幼児の死体は棺桶に正座させ、太陽の方向すなわち東向きにして葬ったという。魂の再生の意図からだとされる。青森県三戸郡五戸《ごのへ》地方では、七歳までに死亡した子には、口に干した鰯をくわえさせて葬ったという。「西方十万億土に行ってしまわない」ためで、いわば「幼児の霊を仏の支配にゆだねないという呪法」（千葉徳爾・大津忠男『間引きと水子』）であるとされる。こうした各地の幼児の葬法は、「死児の霊魂は、成仏させてはならず再生させる必要があると、以前の日本人たちは考えていた」のだと言い、死児《しじ》の遺体（魂）を村落のはずれに埋葬する理由をこのように説明する。

大津が調べた新潟県村上市脇川《わきかわ》では、子どもが七歳前に死んだ場合は、子どもを埋めた場所に僧から読経してもらった小さな地蔵様（「ジゾッコ」と呼ぶ）を建てるが、これは死児の霊魂を地蔵に込めるのではなく、地蔵の保護下に置くのだという。流産や生まれてまもなく死んだ子は地蔵も建てず、密かに埋葬するだけだという。このジゾッコは醍井の赤子塚の光景を思わせる。千葉は、「成人の死者が葬儀や死後供養を何回かくりかえしてゆくうちに、石塔にまつりこまれて祖霊と一体化してゆくのとはちがって、葬式が簡略で死後の供養もほとんどなく、墓石も建てられていない子どもの霊魂は、ムエンボトケまたはそれに近い浮動する存在として認識される可能性が大きいのである」と説く。

柳田は、子安神や地蔵などに安産祈願をしたり、石塔を建てたりする事例を紹介する中で、宮城県白石市《しろいし》小原《おばら》の不動堂のある峠で、昔、貝田の女が安産したことから、安産を願う者がここから小石や土塊を持ち帰る風習を紹介している（柳田國男「赤子塚の話」に同じ）。『日本産育習俗資料集成』（母子愛育会編、一九七五）には、墓地からではないが、小石を拾ってきて拝むと子が授かるとか、安産するという各地の事例をあげられている。小石を魂の象徴のように受けとめ、それを母胎に取り込むことで胎児に魂が宿るという考えが根底にあるのであろう。

しかし、そうした考え方が仏教などの浸透によって、しだいに信じられなくなってくるにつれて、村境の赤子塚は不気味な場所と化してくる。子どもの夜泣き声が聞こえてくるとか、子どもの幽霊や子どもを抱いた産女《うぶめ》が出るとかの、怪異な空間になり、怪異譚が発生してくる。泡子塚もそうした段階での所産といえるかもしれない。息を吹きかけると子が泡と化すという内容には、そうした心意が示されているように思われる。

息を吹いてローソクを消したり、熱を冷ましたり、机のゴミを吹き散らかしたりというという行為は、日常ほとんど意識されずに行なっている身体行為である。これが手品のマジックやある特殊な場面では増幅、転移され、違った意味性を帯びてくる。常光徹は、息を「吹く」しぐさについて考察を加えている（「息を「吹く」しぐさと「吸う」しぐさ―ウソブキとねず鳴きの呪術性―」『国立歴史民俗博物館研究報告一〇八』二〇〇三）。その中でラフカディオ・ハーンの「雪女」などの怪異談は、「妖怪を吹」いて退散消滅させる俗信とパラレルな関係にあると述べる。息（気息《きそく》）が生命や霊魂と同一、ないしは深く関わっていると指摘し、強い息、気魄《きはく》が相手の気を圧倒して支配し自由にしてしまう。すなわち息がかかった状態にしてしまうことになるという。それは、飲み残しの茶や泡から生まれたまやかしの妖異を、高僧のすぐれた眼力で正体を見抜き、吹きかける気息によって消滅させることを意味しよう。その点では、仏教がそれ以前の土着的な信仰の上に立って、それを取り込み、支配下に置こうとする意図が読みとれる。

福島県河沼郡会津坂下《あいづばんげ》町塔寺《とうでら》に「茶碗塚《ちゃわんづか》地蔵」があり、子どもに茶碗を被せると消えたという、泡子塚に似た伝説がある。この地蔵のすぐそばに住む渡部亨《とおる》翁から伺った話である。

だいぶ昔、ここが宿場町でずうと栄えていたと。旅の坊さんがここに来て、茶店で休んで、まだ旅立ったあどで、茶店の茶汲み女が、お坊さんの美貌に惚れちゃって、お坊さんが飲み残したお茶を飲んだと。それで孕んだどいうことで、後に茶店の娘さんが子どもを産んで、育てていだど。そしたらまた何年か立って、同じ旅の坊さんが、巡りめぐってこごへ来て、茶店に休んだところが、茶店の茶汲み女が、この子どもはあなたのこどもですと。言われで、坊さんは驚いで、子どもの顔をよく見たら、これは人間の子どもじゃない、魔性《ましょう》の子である。ということで、その茶汲み女が大切にしまって置いた茶碗を出させて、子どもに被せだどごろ、子どもが消えちゃったど。そいでその坊さんは、茶碗をこごに埋めて、地蔵様を造って供養したど。ということが茶碗塚のいわれになっている訳です。

ところが、こごは経塚《きょうづか》なんです。梵字《ぼんじ》の書かった石が相当埋まってるんです。そいでここでは、昔から地蔵さんは子どもの一番大事な遊びの仲間であって、守り本尊である。昔は子どもたちが騒いで遊んで、落ちでもケガはしないんです。子どもの疳《かん》の虫、頭が痛い時には、梵字の書いた石をお借りしていって、悪いところを撫でて治った時に納めていく。そしてその時には、腹掛けか帽子を一緒に奉納していくのです。（渡部亨氏より録音。氏は昭和三年に、ここに生まれ、長く役場に勤務する。なお、ほぼ同じ内容が『会津坂下町史』（一九七四）に「茶碗塚地蔵」として載っている）

この茶碗塚地蔵は、越後街道の緩やかな坂道のすぐ傍にある。以前には坂道の地蔵堂のある側に小川が流れていたが、暗渠《あんきょ》にして埋めてしまったというから、かつての茶碗塚の場所は、街道沿いの賽の河原の空間であった。街道から数十メートル奥に真言宗の古刹の恵隆寺《えりゅうじ》がある。茶碗塚地蔵は、この恵隆寺の管理の下にあり、四月二十一日の縁日には和尚がお経を上げに来るという。寺との関わりは古くからあったようで、梵字の書かれた小石、すなわち「一字一石経塚」は中世からの習俗とされる。しかし、もともとは河原の小

会津坂下町塔寺《とうでら》にある茶碗塚地蔵

石を拾い、安産や子育ての祈願、供養等に用いられていたであろうことは、この伝説の成り立ちと関わって推察されるのである。

ところで、ここで注目されるのは、茶碗を被せると子どもが消えるということの不思議である。これまでの息を吹きかけて消す行為に対応するものであるが、それが茶碗塚地蔵の独自性といえる。常光徹は、死者あるいは生者に篭《かご》や鍋《なべ》などを被せる伝説や俗信を、「被せる」という行為から分析し、次のように述べている。

被る（被せる）ことの意味は多様だが、その一つに被ることによって、被せたと意識する対象をそこに留める効果、つまり対象がケガレであればその拡散を防止し、不安定な霊魂であれば鎮め落ち着かせようとする呪的な働きが認められる。また、被ることによって対象物を覆い隠して、外からの視線を遮断し、あるいは魔性のモノの侵入を遮る機能も併せ持っている。

（常光徹『学校の怪談』ミネルヴァ書房、一九九三）

茶碗塚地蔵のある堂。ここに「一字一石経」が埋まるとされる。

この論理からすれば、「生まれたらすぐ、父が茶碗を生児の頭に被せると大人《おとな》しくなる」という山形県の俗信は、不安定な霊魂を鎮めるという意味をもっている。それと類似する茶碗を被せて消す行為は、邪霊が外に出ないように茶碗の中に閉じ込めてしまうことを意味する。それを地中に埋めてその上に地蔵塔を建てるのは、いうなら邪霊を地蔵の管理の下に、永遠に封じ込めてしまうことを示すものといえる。
ここでも仏教は、土着の民俗信仰を取り込み規制していく。どの宗派や寺院などの勢力が関わっているのか明確ではないが、泡子の霊を永遠に封じ込め、地蔵信仰の中に吸収してしまう。伝説は、前代的な思考と新たな思想とのはざまでの格闘を言語化した表現といえる。

おわりに

本稿で取り上げた伝説は、伝説分類に従えば高僧伝説ということになろう。飲み残しの茶を飲んで子が生まれるという前半と、後半は反転して、その子が泡と消えてしまうという展開をとる。それは、この伝説のもとになった赤子塚が、死児を埋葬する場所であると同時に、そこから魂を借りて子どもを誕生させるという二重性を帯びた性格をもっていることと関係していよう。その赤子塚が、仏教の賽の河原の地蔵信仰に包摂されていく過程の中で、仏僧すなわち西行などを引き合いに出しての伝説発生の契機があった。そして、赤子が「泡子」と表現されたのは、「茶」が広く庶民に浸透していく歴史的現実を背景にしていたと解釈してきた。

ところで、ここに興味深い事例がある。千葉徳爾が青森県北津軽郡金木町《かなぎまち》の利雲寺の過去帳を調査した際、法名が「禅定門、禅定尼、信士、信女、童士、童女、泡子、水《みず》子」(『間引きと水子—子育てのフォークロア—』)と記載されていたという。このうち「泡子」とは、生まれてまもなく死んだ児をさす法名のようであるが、これが一般的な名称であるのか詳らかでないが、もしそうであるとするなら、「泡子塚」は生まれてまもなく亡くなった死児を供養する意味になり、いっそう仏教的な色彩を深めることになる。ただ、土着的信仰と仏教思想とのせめぎあいの中に、伝説の形成をとらえる本稿の意図と相反することはない。

西行と親鸞の伝説

一　宿を借りる西行

民間に伝承される西行は多様な相貌を持っており、けっして一筋縄ではいかない存在である。本稿ではそのことをいくぶんの自戒を込めて説明しなければならない。問題の発端は、今から三〇年前の昭和五十八年に刊行された『小野寺賀智嫗の昔話』（近藤雅尚他編、私家版、一九八三）の「西行法師」と題する話である。次に全文を掲載する。

西行法師があんまりボロを着ておるから、柿崎ちゅうところで木賃宿へ、宿を貸してくれっていうたところがあんまり汚げな風をしておるから、あのいよいよ汚いていう、汚いよなところへ、他のお客とは違うところへ連れていったっていうんだなあ。そいからね、あの西行法師がいろいろ話し、話えたもんじゃけえ、今度《こんだあ》その「まあ、あんたはただの人じゃあるめえけえ。どうか二、三日おってくれ」ていうて、泊めたっちゅうだ。そいでまあ、着物も洗うてくれる。立派にしてくれたから、そうしたら今度

〽　柿崎にしぶしぶ宿をとりかねて、主の心熟したりける

っていうて、西行法師が歌よみたていう。柿崎、柿崎ちゅうところでね、そいでその今のはなえにゃあ、あんま

りボロを着ておるから、泊まらしとうなあから、しぶしぶ宿貸りたあいうんだ。しぶしぶ宿をとりかねて、そうして今度いい話をして、話えおったからきどってね、それから、それからって、とうとうなって、やっぱり喜んでね、泊めてお話を聞いたから。

〽柿崎にしぶしぶ宿をとりかねて、主の心熟したりける

て詠みんさったっていうん。

ボロ姿の西行が柿崎の地で宿を求めたところ、いったんは渋ったが、話をするうちにその真価に気づき、手厚くもてなしたという。そこで西行は、事の経緯と主人の心変わりを含めて、「柿崎に」の歌を詠んだ、というのが話の内容である。虚心に読めば、外見による決めつけを戒めた教訓的な話ということになる。

同趣と思われる西行話は、長野県上田市塩田平《しおだだいら》にもある（『信州の鎌倉　塩田平の民話』（塩田文化財研究編、一九九三）。粗末な僧衣の西行が金持ちの家に立つと、ご無用とばかりに塩をまかれる。次に、西行は立派な袈裟衣《けさごろも》に着替え、弟子二人を連れて立つと、今度は鄭重に招き入れ、お布施やご馳走を振る舞われる。そこで西行は袈裟衣を脱ぎ、その上にお布施、ご馳走を乗せ、施しは僧にではなく衣に供えたものだと言って立ち去ったという。うわべの価値判断に対する痛烈な仕返しをしたものである。

両話は西行話の全体からすれば特異ともいえる趣向の内容である。西行話には道徳的な西行が相手をやりこめるという内容の話はほとんどなく、逆に西行が相手にやりこめられ揶揄《やゆ》、嘲笑されるのが一般的だからである。昔話に「西行と女」という話型があり、旅の西行が土地の娘に余計なちょっかいを出し、逆にしっぺ返しを受けて退散するという内容である。そのことから前掲の「西行法師」を読み、ああこれは例の「西行と女」のテーマだと誤解してしまった。貧相な西行が宿を求めるのに、主人が難渋を示す内容と理解してしまったのである。しかし、それは半解《はんかい》による

ものであった。この「西行法師」は、実は親鸞にかかわる伝説の変形といえるものであった。その前に、「西行と女」の問題を見ておこう。

二　「西行と女」から親鸞伝説へ

「西行と女」のテーマは、江口の遊女妙《たえ》に西行が宿を断られる話がもとにある。民間伝承の「西行と女」は、西行と遊女妙の問答歌が嚆矢《こうし》であると述べた（『山家集／聞書集／残集』「山家集」七五二番歌注。明治書院、二〇〇五）七五二―七五三）のは西澤美仁で、慧眼であった。西行と「遊女妙」との旅宿をめぐる歌の問答は、早く『新古今集』や『山家集』等に載り、出家僧西行／遊女妙という異色の構図で耳目《じもく》を引いたものと思われる。その後、『撰集抄』や謡曲「雨月」などにも取りあげられるのは、それを抜きにしては考えられない。歌の解釈に「仮の宿り」といった仏教の哲理を含むとはいえ、この遊女妙との問答歌は、一方で西行の出家が高貴な相手への「恋ゆえの出家」であるという説に、勝るとも劣らない女性をめぐる話題として、後世に西行の人間臭さを示すエピソードとして親近感を与えたはずだ。西行と女性との浮名《うきな》、葛藤といった「西行と女」のテーマは、民間伝承における西行昔話に多く、そうした興味を露骨に示して隠さない。

ところで、西行と妙との歌の問答は、「仮の宿り」をめぐる仏教的解釈の問題であり、一方の「西行法師」にある「柿崎にしぶしぶ宿をとりかねて」の歌は、西行が相手を信心へと導く宗教的意義に発した内容の話である。しかし、うかつにもこれを民間の「西行と女」の意味に解してしまった。実は、この西行話を授業で話題にしたことがある。もちろん「西行と女」のテーマの延長上に事例紹介したのであるが、授業後に受講していた学生の一人が、この柿崎は私の郷里の新潟県の柿崎で、あの歌は親鸞が詠んだものだと指摘してくれた。後の祭り、汗顔の至りである。

そこで、機会を設けて柿崎を訪れた。上越市柿崎は日本海に面した静かな町である。さっそく町立の図書館に行き、『柿崎町史』（柿崎町史編纂会編、一九三七）をひもといたら、浄福寺、浄善寺の由緒に親鸞のことが記されていた。浄福寺の由緒によると、親鸞が柿崎の扇屋に宿を乞うが許されず、やむなく寒気の中、軒下で深更《しんこう》に及ぶまで念仏を唱えているのを、さすがに憐れんで扇屋の主人は家の中に入れる。法談を聞くうちに、感動して帰依《きえ》する。その様子を聖人は戯れに、「かき崎にしぶ〳〵宿をとりけるにあるじの心熟柿なりけり」と詠む。主はそれに「かけ通る法師にやどをかしくればかきくれたりや九字の名号」と返歌する。翌日聖人の後を追いかけた扇屋の妻が、米山川を隔てて紙を広げると、そこに九字の名号が奇跡的に書き写されていたという。

浄善寺の由緒では、親鸞聖人が富豪小畠左衛門に宿を乞う。許されず古筵《ふるむしろ》、石枕で称名を唱えているのを聞き、夫婦は家に通し、聖人の教化に歓喜する。「柿崎に渋々宿を借りければ主の心熟柿なりけり」と詠むが、こちらは返歌がない。翌日川を隔てて白布に十字の名号を書き賜うとある。細部に違いはあるが、大筋の展開は一致する。ちなみに『和漢三才図会』（一七一五）の「川越の名号」の記事は、浄福寺のそれに近い。

図書館を出て、二つの寺を訪ねてみた。ともに「川越名号」（浄福寺は「川越尊号」）があり、さらに上述の親鸞の事跡を描いた掛幅絵をも所蔵している。確認しなかったが唱導等に利用したものと思われる。

ところで、この親鸞伝説がどのように地域に浸透しているかについても触れておく。駅前の宿の主人に尋ねたところ、浄福寺の檀家であり、いつということなく伝説のことは聞き知っていたという。また、この柿

上越市柿崎にある親鸞のモニュメント

崎町を一九八九年八月に國學院大學説話研究会が、六日間にわたって口承文芸調査を行っている。それによると、七人の話者から聞いた集計は上述の「柿崎に」の歌の伝承はないが、石を枕に念仏を唱えたという「親鸞枕石」が六話、川を隔てて名号を書いてもらったという「川越名号」が三話あった。浄善寺、浄福寺には掛図等があり、檀那寺の伝説として檀家の人たちは聞いていたのであろう。

三　越後の親鸞伝説

親鸞が新仏教弾圧で越後国府に配流されたのは、承元元年（一二〇七）のことである。梅原隆章によると、四年経った赦免後も、越後に二、三年は在住したとされる。還俗させられた親鸞は、この間妻帯し二人の子を儲けているが、農事にいそしみつつも生活的には苦しい状況だったろうという。したがって目立った布教につとめず、「僧という意識を否定して「非僧非俗」という生活態度が醸成されている時機であった」（「越後配流時代の親鸞」『真宗全書』六七巻、一九七六）と、梅原は述べている。吉本隆明は、この時期親鸞は「一介の〈非僧非俗〉の念仏者の境涯」にあって「〈非僧〉の境涯を思想化」（「ある親鸞」『最後の親鸞』、春秋社、一九七六）していたと説く。そのような状況からすれば、前述の親鸞伝説は後の発生といえるだろう。

親鸞の越後、関東在住時代の遺跡を巡る浄土真宗内部での旅が、近世に入ってから記録に表れてくるという。渡辺信和によると、「最初は親鸞の遺跡を尋ねる旅であり、それに付随して親鸞の直弟子であった二四人の僧侶の遺跡寺院に親鸞の遺法を訪ねる」（「名所と信仰・遊楽―親鸞二四輩を巡る旅」『遊楽と信仰の文化学』森話社、二〇一〇）旅へと変化していくが、その記録が、いわゆる「二十四輩巡拝《にじゅうよはいじゅんぱい》」＊といわれる旅である。寺院等が所蔵する親鸞直作の木像や絵像、自筆の名号などの法宝物を拝観し、宗主《そうしゅ》親鸞を追慕する旅、旅の記録であったとされる。その二十四輩巡拝の歴史を、渡辺の論文に従い概観すると、始めは宗門僧侶による寺院、宝物の歴史調査と記録を主眼とした巡拝の記録から、しだいに道中の経路や寺宝紹介などの参拝案内記に変わっていくという。巡拝記が僧侶の記録から一般信者の巡拝者への移行を示すものであり、勢い絵図や絵画なども取り込んだ旅行記の体裁をなしていく。こうした変化は巡拝客を受け入れる側にも新たな問題を引き起こすことは十分に予想される。そのことと親鸞伝説の形成とは深く結びついているはずである。

吉本隆明に越後配流後の親鸞を話題にした『最後の親鸞』という本がある。その中に「親鸞伝説」という一章があり、なぜに親鸞伝説を取り上げるのかの意図に触れている。

親鸞が、坂東の各地に出没して念仏一向を説いていたことは、直弟子たちの存在によって結果的に明白である。だがいつどこにどれだけ滞留していたか、たれも知ることはできない。そして、親鸞の実際の風体が杳《とお》く消えていったところで、親鸞伝説があらわれる。したがって、親鸞伝説のなかに親鸞の実像はありようがなかった。ただ親鸞が、坂東の地で実際に直面した問題は、親鸞伝説のなかに蘇っているというべきである。伝説がつくり出される動機は、〈聖化〉したいという念慮と、一見これと裏はらな共同の〈必要〉性である。伝説の〈真〉は、至上化された愛惜と極端な有用性から成っている。わたしには親鸞伝説のなかから、生涯の実像を掘り出そうとするよりも、親鸞伝説のモチーフを純化してみたいという欲求のほうが強い。ここからは親鸞の実生活は霞んでしまうかもしれないが、親鸞の教義が直面したリアルな問題がいやおうなく浮かび上がってくるようにおもわれる。

（吉本隆明「親鸞伝説」『最後の親鸞』、春秋社、一九七六）

＊親鸞の遺宝を巡る旅については、渡辺信和「二十四輩巡拝とその案内書」（『巡礼記研究』第四集、二〇〇七）。堤邦彦「二十四輩巡拝と関東絵伝」（『文藝論叢』第七二号、二〇〇九）などに詳しい。

親鸞伝説にその実像を探るのではなく、「親鸞伝説のモチーフ」の純化によって現れる問題を見ようとする。そして、そのことを通して、見えてくる主題、すなわち知を昇りつめた親鸞がそれを否定し、〈非知〉の岸辺におりて一般大衆と向き合い、その大衆をいかに念仏へと導いていくかの課題であるという。この思想的課題を解読してみせたのが前述の『最後の親鸞』である。ところで、ここで吉本が伝説の動機を、「〈聖化〉したいという念慮と、一見これと裏はらな共同の〈必要〉性」に分けてとらえようとしたのは興味深い。この方法は、聖人伝説における理想と、一方で現実に揺れる信者の立場を、伝説から読みとろうとする意図といってよい。この方法にもとづいて柿崎の親鸞伝説を「宿泊拒否モチーフ」と「川越名号モチーフ」とに分けて、諸本における異同を考えていくことにする。次頁に掲げた『柿崎の親鸞伝説一覧表』は、その趣旨にそって作成したものである。

表の中から、まず「宿泊拒否モチーフ」を取り上げると、①は、宿を拒否せずに泊めたお礼に九字名号を貰うというもので、②以下とは異なる。また②は、「川越名号モチーフ」の話に続けて、「一説ニ」という形で二次的扱いで説明される。もともとあったというより後から付け加えた作為性を残している。⑤⑦で「小畠左衛門」という固有名詞が出てくるのは、信憑性を高める手法かもしれない。こうした個々の傾向を記録年代の上からとらえるなら、「宿泊拒否モチーフ」は一七〇〇年代に入り、それも段階を経て追加形成されてきたと見ることができる。

次に、聖人が川を隔てて女に書いてやった「川越名号」を見ていくと、その帰趨《きすう》先が問題となる。本誓寺へ移るのが基本ではあるが、①は行方不明、④は幾人かの手を経てから本誓寺に渡る。これらが何を意味するのか。名号へのこだわりは拝観者よりも所蔵者の方が強いであろう。所蔵者が寺院の場合に、名号を拝観に来た者に対して寺院の宣伝になるのはまちがいない。それは直筆であることに加えて、川越しに書かれたとする伝説的な付加価値の付いた方がより効果的であろう。親鸞奇瑞のゆかりの寺として、寺の宣伝の立場からすれば格好の材料となるからである。

柿崎の親鸞伝説一覧表

	資料名	刊記年／著者	宿泊拒否モチーフ	川越名号モチーフ
①	親鸞聖人御直弟散在記	元禄七年（一六九四） 宗誓	宿貸しの拒否なし 九字名号は浄福寺に	米山寺川、六字名号は浄福寺から持ち去る
②	捃聚抄	元禄七年（一七〇〇） 天旭	（一説ニ）扇子屋 歌二首 九字名号は浄福寺に	小マタ川、六字名号は浄興寺へ　米山寺川、六字名号は本誓寺へ
③	遺徳法論集	元禄七年（一七一一） 宗誓	扇子屋 歌二首 九字名号は浄福寺に	米山寺川、六字名号は浄福寺から本誓寺へ
④	和漢三才図会	正徳五年（一七一五） 了庵	扇屋 歌二首 九字号名は浄福寺に	米山寺川、六字名号は人の手を経て本誓寺へ
⑤	親鸞聖人正統傳	享保六年（一七二一） 良空	小畠左衛門 歌一首	米山寺川、六字名号
⑥	二十四輩散在記	享保一六年（一七三一） 是心	扇子屋 歌二首 九字名号	米山寺川、六字名号は本誓寺へ
⑦	大谷遺跡録	安永八年（一七七九） 了雅	扇子屋（小畠左衛門） 歌二首 九字名号は浄福寺に	小俣川、六字名号は浄興寺へ　米山寺川、六字名号は浄福寺

（注）右の資料名のうち「和漢三才図会」を除く資料は、すべて『真宗全書』六十五・六十七巻によった。「九字名号」は親鸞が帰依者に直筆で書いて与えた名号で、「六字名号」は、川を隔てて「南無阿弥陀仏」と書いた名号である。

以上の表に基づいた分析を、吉本の「伝説の動機」に重ね合わせてみると、「宿泊拒否モチーフ」は物語的ストーリーを中心にした聖人の威徳を高める〈聖化〉の役割を果たしている。一方「川越名号モチーフ」は伝説の事物に拘泥し、寺の拝観者獲得の〈必要〉性のニーズに叶っている。そのことは、この表には出てこないが、町史の浄善寺の由緒では、宿泊を拒否された聖人が石を枕としたという「親鸞枕石」が表われ、親鸞の〈聖化〉をいっそう高める方向へと進んでいき、寺の有用性を強調する役割を果たしている。このように伝説を信者の側の視点と、またそれを利用する寺院の立場との両方からとらえることで、より総合的な伝説理解が深まっていく。ともあれ柿崎の親鸞伝説は、信者と寺とのそれぞれの立場、思惑を取り込み形成されていったといえるのではないだろうか。

四　親鸞から西行伝説へ

さて、新潟県上越市柿崎の親鸞伝説の形成にかかわってきたが、問題は冒頭の「西行法師」が記録された島根県鹿《か》足《あし》郡吉賀《よしか》町柿木《かきのき》である。しかし、柿木周辺の伝承状況を大雑把に調べた限りで言えば、この「西行法師」の話は柿木の根生いのものではなく、かつ周囲に伝承されていた痕跡もなく、他の昔話にも見えない孤立伝承である。おそらくは新潟県柿崎の親鸞伝説が、地名の類似から柿木の「西行」に置き換えられたものであろう。問題は、誰がいつ、どのようにして誤伝、あるいは偽装してこの話を語ったのかということになる。鍵を握るのは語り手の小野寺賀智媼であるが、その賀智媼はすでに三〇年前に鬼籍に入っており、今となっては賀智媼の周辺を探っていくしか手立てはなさそうである。

そこで賀智媼が形見のように遺した『小野寺賀智媼の昔話』から話題にしたい。本書に掲載される話のうち「本格昔話」「笑話」は、全国的に話型のある一般的なものといえるが、三部に相当する「その他」に載せられた話は、趣の異なる独自性のある内容といえる。語り物に分類される「切り口おすて」「石井とものしん」「小野沢喜三郎」「津和野騒動」「厳島神社の話」「平家落人」などの話は、ローカルな武家物、義侠者といった趣向の内容であり、普通には男の好む話柄といえる。また、「おてかけさんと本妻」は武士の妻の貞淑さ、「孝行息子」は武士の子の鑑《かがみ》といった内容で、これらは武士社会特有のもので、一般の伝承風土と大分位相が異なるようである。どうしてこれらの話がこの本に収録されたのか、というのが一つ問題としてある。

次に、日蓮や弘法大師、西行、人麿《ひとまろ》といった宗教者や歌人の伝説があり、これらは語り手の側の文化的志向、関心を示すものととらえることができる。なお、その点からいえば、本書に掲載された話の中に歌が多いことも特徴的である。確認のため、歌が出ている話を列挙すると、「皿々山」「歌較べⅠ（継子と本子）」「歌較べⅡ（継子と本子）」「標の石」「正月の庄屋」「おてかけさんと本妻」「歌較べ（一休と西行）」「歌較べ（西行と小町）」「西行法師」「柿本人麿」「瓜姫とあまんじゃく」に歌が登場する。こうした傾向は、語り手自身の趣味、嗜好を表わすものかもしれない。これらの問題点から語り手へとアプローチしていく必要がある。

賀智媼の一粒種の子息、教文氏（八九歳）によると、母は特に短歌に関心があったわけでも、歌を作ることもしなかったという。その母が『小野寺賀智媼の昔話』で語った話は、すべて曾祖母のイチさんから聞いたものだという。そのことは賀智媼の昔話を編集した近藤雅尚の「序にかえて」でも触れられており、おそらくは賀智媼自身が語った言葉であろう。

ところで、教文氏が母の評価として述べるところによると、母はとても記憶力のいい人で、何事でも起こった日にちまで正確に覚えていたと感心する。その母が、祖母は記憶力抜群の人であったと話していたというから、記憶力のよさは隔世遺伝のようにイチから引き継いだものかもしれない。そうしてみれば賀智媼の語った昔話の大方は祖母からのものとみてよいだろう。問題はその祖母イチということになる。

近藤氏の「序にかえて」によると、イチの生家の渡辺家は「亀井公の御殿医」であったと言い、また、イチの嫁ぎ先の三宅家も、もともとは「伊達家の御殿医」で、吉賀《よしか》町朝倉《あさくら》に来て医者を開業していたという。現在、三宅家の屋敷はないが、屋敷跡の後方の山手にある墓地には三宅家の墓があり、そこにイチの墓もある。墓の表面に「心鏡院見室智性大姉」とあり、左側面に「三宅道節景珍妻　四月二十四日　七四才四ヶ月」とあり、裏面に「元津和野藩御殿医　渡邉玄眭長女イチ」と刻まれている。いうならイチは医師の家で生まれ、医師の家に稼ぎ生涯を終えたことになる。

イチは明治三一年に七四歳で亡くなっているから、生まれたのは文政七年（一八二四）である。その当時の御殿医の家庭環境がどのようなものであったのかを考えさせる一つの資料がある。イチから三八年後に津和野藩の医家に生まれた森鷗外が、自身の子どものころの様子を書いた「サフラン」と題した文章を『番紅花』（大正三年）に載せている。

「西行法師」の話を伝えたとされる三宅イチの墓

私は子供の時から本が好きだと云はれた。少年の読む雑誌もなければ、巌谷《いわや》小波《さざなみ》君のお伽話もない時代に生まれたので、お祖母さまがおよめ入の時に持つて来られたと云ふ百人一首やら、お祖父さまが義太夫を語られた時の記念に残つてゐる浄瑠璃本やら、謡曲の筋書をした絵本やら、そんなものを有るに任せて見てゐて、凧《たこ》といふものを揚げない。独楽《こま》と云ふものを廻さない。隣家の子供との間に何等の心的接触も成り立たない。そこでいよいよ本に読み耽《ふけ》つて、器に塵の附くやうに、いろいろの物の名が記憶に残る。そんな風で名を知つて物を知らぬ片羽になつた。大抵の物の名がさうである。植物の名もさうである。

近所の子どもと遊ばず読書にふける鷗外の一面を示した内容であるが、興味深いのは目にしていた書物に、祖母嫁入り道具の一つの百人一首や浄瑠璃本、謡曲の筋書の絵本などがある。これが津和野藩士の一般的家庭の文化的状況であったとすれば、イチが語っていた武家物、歌人伝説などの話に重なってくる。イチが賀智媼に伝えた一般的な昔話などと異なる風土の話群は、当時の中流藩士の文化的教養を示す読書環境と言ってもいいのかも知れない。蓋然性の問題でしかないかもしれないが、そうした家庭の読物的な書物の中に「西行法師」があったと、ここでは結論づけておきたい。ただ、書物の話の主人公が親鸞、西行のどちらであったのか、あるいはイチから賀智媼の過程で主人公が変わったのか、杳《よう》としてわからない。

最後に、本稿は親鸞伝説の影響下にある西行伝説を話題にしてきたが、両者の対比に触れる。親鸞伝説が宗祖への強い崇敬を示すのに対し、西行伝承では揶揄・嘲笑される話が多い。この決定的差違は、その背景をなす信仰集団と、西行話を愛好する一般大衆との主体の違いといえる。わが西行の一面を享受者の問題としてとらえる必要があろう。

「田畑村西行庵」の顛末《てんまつ》

はじめに

西行学会の前身である西行伝承研究会の頃、毎夏、西行伝承地を訪ねて研究会を実施していた。あらかじめ記録資料を調べ、当日はつぶさに伝説の場所等を見学し、その後で検討会を行ったりした。こうしたことが機縁となり、伝説が見直されたりすることもあったが、多くは埋もれた状態のままであった。伝承が地域において意味を失い、歴史から取り残され、埋没してしまっていることが多い。これは西行伝説ばかりでなく、伝説全般にいえることでもある。伝承のパラダイムが、それまでと確実に変容してしまっているからであろう。

かつて柳田國男が、伝説の指標として「信じられていること」「事物と結びつくこと」「表現方法が無形式であること」を提示した*が、その中心となるべき信仰の衰退に原因があると言えるかもしれないが、そうとばかりとは言えない。いやそれよりも、柳田の伝説概念に問題はなかっただろうか。伝説とは果たして信仰そのものなのか、という問いである。

その確認を含めて、ここでは江戸の文化人である十方庵敬順《じっぽうあんけいじゅん》の著した『遊歴雑記《ゆうれきざっき》』の中の「田畑村西行庵」を取り上げる。現在、この西行庵は存在せず、人々の記憶にもない。いわば歴史のかなたに押しやられてしまい、したがって伝説の意味はないに等しい。しかし、その消長をたどることは、伝説とは何かを問い返すことになろう。少なくとも伝説＝信仰という概念の再検討にはなるはずである。

一　「田畑村西行庵」の西行木像

『遊歴雑記』によると、十方庵敬順は都合四回、田畑村の西行庵を訪れている。敬順の住まいしていた小日向《こひなた》本法寺（現、文京区小日向）から近かったことにもよるが、特別関心を寄せる何かがあったのかもしれない。最初の訪問は文化十一年（一八一四）で、初編中巻68話の「田畑村西行庵の異作物事」（朝倉治彦校訂『遊歴雑記』（平凡社、東洋文庫、一九八九）が、その時の記事である。敬順はその翌年にも訪れ、二編中巻47話「田畑村西行庵の異物揃《そろい》」を記している。両者はともに西行庵の見聞記事であるが、ここではより詳しい前者の記事を引きながら読みとっていくことにする。

　武州豊嶋郡田畑《タバタ》村（現、東京都北区田端）西行庵は、東覚寺の西弐町《に》にあり、西国拾一《じゅういち》ばん山城の国醍醐寺《ダイゴジ》を模せしよし、建石《タテイシ》に見えたり、此西行庵は件《クダン》の東覚寺の持《モチ》にて、同村に久しき孫右衛門とかやいえる爺《ジヽ》、宝暦・明和の頃より発起《ホッキ》して、此空地《サラチ》に小庵を営み住て、庭中及び家作《カサク》を工夫し、兼て刻み置し西行の木像を沼より掘出し、庵室《アンジツ》の傍《カタワラ》にすえて西行庵となづけしが、近頃此地に逍遙し、しらず顔にたづぬれば、庵主《アンジュ》と覚しき道心の者答て、西方山普門寺といふよしを語る、新地の小庵に山号・寺号御免《ごめん》あるべき様《ヨウ》やあらん、信じがたし

＊柳田國男「昔話と傳説と神話」『口承文芸史考』（『定本柳田國男集』第六巻、筑摩書房、一九六八）。『傳説』（岩波新書、一九四〇）などで、繰り返し説かれている。

西行庵の場所、そして成り立ちに触れている。もともと東覚寺の所有地に、孫右衛門の「発起」による草創であると述べる。ただ、草創者の名前が二編の記事によると、「農民仁兵衛」とある。同じ著者の見聞なのにいかなることであろうか。『遊歴雑記』以外でも「仏師善左衛門」（『海録』巻七）、「町人善右衛門」（『新編武蔵風土記稿』巻十八）と一定しない。

ところで、それより問題なのは、西行庵の起こりである。木彫りの西行像を沼に浸《つ》けておいたのを掘出し、庵に据えて西行庵と名づけたというのは、いかにも安易である。寺がその事実を公表していたのか、あるいは内部事情に通じていた敬順が暴露的に記したものなのかわからないが、大胆で作為的な伝説の立ち上げ方である。この西行像が本尊ではないが、これを「普門寺」の売り出しの戦略に用いたことは、以後の記録に「西行庵」が普門寺の俗称のように用いられることからも十分推察される。近代の伝説の見方からすれば、はなはだ乱暴なやり方である。

　左《さ》はいへ此屋敷の奥行南北凡壱町半《およそいっちょう》、東西凡弐拾弐三間《にじゅう》もあるべし、中央に庵室あり、大《ヲヽキ》さ四間四方、右に西行の木像すへたる四阿屋《アヅマヤ》あり、左に福禄寿とかやいふ異相の老人を置る六角の萱葺《カヤブキ》有、又前に観世音の小堂ありて、その作事《さくじ》の模形《モゲウ》庭中の異物、総て一品づゝ異なる作意を尽し、世の人の好《コノマ》ざる異風を愛し、諸人に煞《ソゲ》たる頤《ヲトガイ》をはづす事まゝあり、又一興といふべし

屋敷の全容に触れたもので、庵室を中心に、右の四阿屋《あずまや》に西行の木像、左の萱葺《かやぶき》の六角堂に福禄寿像《ふくろくじゅ》、そして前に観音堂を布置している。ただそれらの造りは、著者に言わせると、新奇をてらったもので、「世の人の好まざる異風」は誰もが大笑いするであろうと述べる一方で、「又一興」と許容する態度も見せる。この敬順の態度が何によるものなのか不明であるが、初編・二編とも貫いている。次に西行木像の具体的な描写に移る。

前にいえる如く、家宅の東山の半腹に四阿屋を作り、これに西行の木像を置《ヲケ》り、丈《タケ》弐尺余、脊《セ》には包みものを負《ヲワ》ずして柱に懸《カケ》、眺望し憩ふの体《テイ》なり、一両年深田に埋みて古びを付《ツケ》しまゝ、木の杢目《モクメ》自然に高く見えて、古代の作ともいえるが如し

四阿屋にある西行の木像は、一、二年深田に埋めておき古色蒼然としたものを利用した。そしてその風姿は、背の荷物を傍の柱に掛けておいて、遠くを眺める休息姿である。これは西行が富士山を仰ぐ姿の「富士見西行」に基づいて考案されたものと思われる。

こうした「富士見西行」と呼ばれる類型的なポーズは、西行歌の「東の方へ修行し侍りけるに、富士の山をよめる」と題して詠んだ「風になびく富士の煙の空に消えてゆくへも知らぬわが思ひかな」（『新古今和歌集』巻十七「雑歌中」）の歌が人口に膾炙《かいしゃ》され、それからイメージ化されたもののようである。咄本の『軽口御前男《かるくちごぜんおとこ》』（一七〇三）に、印籠《いんろう》の紐を長く下げておくのは無用心だという友達の忠告に、なに斬りつけられたとしても斬られるはずはない、なぜなら「蒔絵がふじみ西行じゃ」と答える小咄がある。また、浄瑠璃「軍法富士見西行」（一七四五）などによって広く浸透していった。

『嬉遊笑覧』（一八一六）の自序の「児戯」編の頭注に、「土の西行」という項があり、京都の東福寺の裏門前で、風呂敷を肩から袈裟懸けにした「富士見西行」の土人形が売られていたとある。またこれを基にしたと思われる諺に「土で作った西行は首が落ちても風呂敷は落とさぬ」（『俚言集覧《りげんしゅうらん》』）というのがある。首ははめ込み式で外れることはあるが、風呂敷は練りつけて固めてあるので落ちることがないから、蓄財のたとえに用いられたという。

こうした江戸の「西行人気」を踏まえ、それにあやかる形で普門寺の西行木像が企図されたことも十分に考えられ

る。その意味では、信仰とも歴史的事跡とも無縁なところから、この「西行庵」は誕生したことになる。しかし、ただ草創しただけではなく、育てることも忘れていないようである。『新編武蔵風土記稿』（文化文政頃の稿本）巻の十八「豊島郡之十」の「普門寺」に、「近き頃下谷《したや》茅町《かやちょう》にすめる町人善右衛門と云者當院に隠棲し、自つから西行法師の像を陶器に造りて好事の人に多く與《あた》へしより、世人《せじん》西行庵とも號《ごう》せり」とあり、陶製の西行像を宣伝用に配付していたのである。このようにして、「田畑村西行庵」は江戸市中にも知られていくことになった。

二　「七福神巡り」と「江戸西国三十三所」

ところで、西行庵が有名になっていくのには、西行像だけではなかった。庵室の左に配置された萱葺《かやぶき》六角堂の「福禄寿」も、宣伝に力を貸した。

> 且又福禄寿の木像は、丈三尺余、木彫《キボリ》にして巻ものを手に持《モテ》り、此舎《ヤドリ》又異形《イゲウ》に作れり、すべて庭中の好み人のこゝろに替りて、悉くいやみを尽し、煞《ソゲ》たる作意のみ、所謂《イワユル》柱の佞《ネヂ》れたる三角の垂木《タルキ》に檐板《エンイタ》の丸木、敷居・鴨居の皮付、篠竹《シノダケ》の丸骨障子《マルホネセウジ》、丸竹《マルダケ》の庇《ヒサシ》に杉皮の雨戸の類

巻物を手にした木彫りの福禄寿像を、二編の記事では「長凡三尺ばかり彩色落胡粉《おちおしろい》兀《はげ》て木地の如し」とあり、彩色が剥げて木地が現れ、いくぶん年代を感じさせるような風趣があると述べる。その福禄寿が七福神の仲間入りをして、正月の参詣客を集める役割を果たした。『集古一滴』（一七七二〜八一頃に成稿）の「谷中七福神」の七番目に「西行庵福禄寿」が上げられる。

七福神巡りは、江戸に入って流行するが、この「谷中七福神」は江戸でも先駆けとなる早い例である。文化十三年（一八一六）、敬順自身も「新年の足堅めに遠足のこゝろ動き、處覚《ところおぼ》へし七福神へ顔出して年始の禮申入はやと」、正月五日に訪れている（三編巻之上28話「御府内七福神方角詣」）。朝早く出発し、三番目にこの田畑西行庵を巡り、最後は浅草寺まで足を延ばし、流鏑馬《やぶさめ》を見物して、酉の刻（午後五時）過ぎに帰宅している。

この谷中七福神めぐりは、その後多少の寺の異動はあったが、現在まで続いている。ただし西行庵のある普門寺は明治に入り廃寺となり、福禄寿像は東覚寺に移される。『北区史　民俗編2』（一九四四）に次のようにある。

> 初めこの福禄寿は、当寺の末寺普門寺が管理しており、その近く、福神山と呼ばれるところに祀られていた。堂宇は萱葺の六角堂で、西行法師の坐像と共に祀られていたので、昔からこの堂宇は「西行庵」と呼ばれていた。
>
> 明治期に普門寺が廃寺となり、檀家ともども当寺に吸収された時、西行庵は東覚寺の境内にそのまま移築された。六角堂の前にトタン葺の拝殿があり、六角堂と拝殿をつなぐ部屋に護摩壇《ごまだん》があった。
>
> 祭日は小祭が一月三日、大祭が四月十三日。小祭は一日一回、大祭は一日何回も護摩が焚かれ、護摩札が授与された。（中略）
>
> 大祭、小祭には黒塗りの福禄寿の土人形が授与されたが、大祭に古い人形を毎年持参し、魂を入れ直してもらい、護摩札とともに持ち帰る人もいた。この福禄寿には、魚河岸の人たちや三業《さんぎょう》（料理屋、待合、芸者屋の三

現在の北区田端の東覚寺。「西行庵」があった所とされる。

つの商売）の人々に熱心な信者がいた。

戦災で、福禄寿像は堂宇ごと焼けてしまった。戦後新たに彫刻された福禄寿像は、現在本堂の中に安置されており、正月一日から十五日までは七福神詣での人々が多いので、昼間は本堂の扉を開いたままにしておいて自由に参詣させている。

萱葺の六角堂を西行庵と呼んでいたとあるから、建築当初に安置しておいた西行庵から、後にこの堂に移し、名前も西行庵としたものであろう。また、祭日に福禄寿の土人形を授与していたとされのは、陶製の西行像を配付していたことと通じている。西行から福禄寿へと引き継いだものであろうか。

さて、宝暦・明和（一七五一～七二）の頃に立ち上がった、いわば新しい寺が、既存の寺を押しのけて、どうして七福神に参画できたのであろうか。創業者の時勢を見抜く戦略とアイデアがあったとしても、そのように簡単に行くものであろうか。それとも「孫右衛門とかやいえる爺《ジ》」が発起し建てたとする、敬順の記述をいくぶんか疑ってみるべきであろうか。

そこで考えてみるべきは、冒頭の「西国拾一番山城の国醍醐寺を摸せしよし建石にみへたり」という記事である。勝手に醍醐寺の名前を用いて建石に刻みつけることはできないであろうから、ここでは醍醐寺の配下にあることを暗に示していると考えるべきではないだろうか。寺の建立に真言宗の醍醐寺と関わる人物（僧）がいたとみるのが穏当な解釈のようである。「孫右衛門」がその当人かどうかはっきりしないが、しかし、そう考えると納得のいく事実がある。

京都伏見の醍醐寺は、「西国三十三所」の十一番札所である。平安末期の十二世紀に成立したとされる三十三所の観音霊場巡りは、しだいに盛んになって、やがて「坂東三十三所」「秩父三十三所」などと各地に展開していく。江戸市中においても「江戸西国三十三所」が、谷中を中心とした周辺地域の寺によって構成され、その十一番が普門寺になっている（『江戸西国巡礼』一七七一）。これは醍醐寺十一番に対応させた設定と言うのは考えすぎであろうか。「七福神」や「江戸西国三十三所」に加わるには、江戸の社寺界においてそれなりの資格が必要とされるであろうから、そこに新興の普門寺が参入するには資金面のほかに、バックに人脈があったとみるべきであろう。考えられるのは、真言宗東覚寺の土地を譲り受けて建てた寺ということからすれば、東覚寺と深い関係をもつ人物（僧）が普門寺にいたと解釈するのがわかりやすいかもしれない。あるいは醍醐寺が三宝院を中心とする当山派修験の拠点として、室町時代から本山派と勢力を競う存在であったことから、当山派修験にかかわる里修験のような人物が普門寺にいて、醍醐寺の力を仰いでいたのかもしれない。明治に入り東覚寺に吸収された後も、護摩壇が設けられ、大祭小祭に護摩が焚かれていたのは、修験の形跡を残すものと考えられるからである。いずれにしても、敬順の記す「同村に久しき孫右衛門とかやいえる爺《ジヽ》、宝暦・明和の頃より発起《ホッキ》して」という起こりを記す筆致の背後には、寺内における複雑な事情が隠されていたように思われる。

三　西行庵「庭上」の見世物細工

ところで、福禄寿の安置していた六角堂の造作《ぞうさく》について、敬順は「異形《イゲウ》」「悉くいやみを尽し、煞《ソゲ》たる作意のみ」と述べている。普通と異なり、不快で奇怪な造りといった突き放した評価である。続いて「庭上」、すなわち庭先の描写に移る。

　扨《さて》又庭上には笹原《サヽワラ》に反《ソリ》たる長石に、平瓦《ひらがわら》を建て針銅《ハリガネ》にてつなぎ、帆あげて走る舟としらせ、又は手水鉢《テウズバチ》を燈籠に遣《ツカ》ひ、白き小徳利を集めて軒通り雨落《アマヲチ》に作り、鮑貝《アワビガイ》を敷きならべては延段《ノベダン》とし、又は丸徳利を欄干《ランカン》の擬法珠《ギホウジュ》と見たて、栄螺《サヾイ》空《ガラ》を円相《えんそう》にならべ、キサゴを針銅《ハリガネ》にてつなぎ、数珠《ジュズ》と見せては百万遍の体《テイ》を模したる杯《ナド》、その思ひ付の作意一々皆おかしみあり、此庭中の摸形《モゲウ》、谷中感応寺《ヤナカカンノウジ》うら門前長安禅寺の作事と一対にして、異物を作れり、又一興といふべし

庭先には六つの「見たて」の細工が配置されている。長石に帆布《はんぷ》代わりに平瓦を繋ぎ吊るした帆掛け舟、手水鉢の燈籠、雨垂れ石用に並置した白徳利、アワビの貝を伏せて並べた歩行通路を模した敷石、徳利の擬宝珠《ぎぼし》、サザエとキサゴ貝を用いた百万遍の数珠などである。

これらは実用的な細工ではなく、また全体で統一性のある庭園を創造したものでもなさそうである。個々の奇抜さと新奇さをてらった思いつきこそが命の安直な代物《しろもの》といえなくもない。いうなら異質な材料と方法を用いて作成し、人目を引くための「遊びの趣向」を取り入れて製作されたものといえる。江戸時代に、庶民の娯楽と好奇心を満足させるために、アイデアと仕掛け、細工の巧妙さを売り物にした「見世物」興行が大いに流行したという。この西行庵の庭上に繰り広げられた細工物は、そうしたものと見てまちがいない。

江戸の見世物については、朝倉夢聲《むせい》の『見世物研究』が詳しい。それによると、幻術や軽業《かるわざ》等の技芸は室町時代から勧進興行《かんじんこうぎょう》としてあったが、見世物を特定の場（観場《かんじょう》）で興行されるようになるのは、江戸の元和《げんな》以後のこととされる。それまでの身体の技芸に引き続き、奇人や珍禽獣《きんじゅう》、奇物類などの見世物、そして篭・紙・貝・菊・練物《ねりもの》などによる人形や仕掛けカラクリなどの細工物も見世物として登場するようになった。

そのうち細工物についていうなら、河原や空地などで、カラクリや細工による仏像の霊宝の見世物から、寛政（一七八九―〇一）以後は、寺社の開帳に併せて「大作りと呼ばれた巨大の細工を奉納する事が流行した」（『見世物研究』思

文閣出版、一九七七）という。文化から文政にかけては開帳奉納の細工物が隆盛した時期で、篭や紙、瀬戸物、貝、縮緬、銅などを用いたさまざまな人形や仏像、動植物、建築物などの細工物が、寺社の境内等で開帳や祭礼に併せて行われ、多くの見物客を集めたとされる。

西行庵の庭上に置かれた細工類も、こうした見世物細工を真似たものであろう。敬順はその細工物に対し、「その思ひ付の作意一々皆おかしみあり」と感想を述べ、さらに庭中の細工物が、谷中にある長安禅寺の「作事と一対にして、異物を作れり、又一興といふべし」と肯定的に評価している。

ところで、長安禅寺の作事と一対で「異物」を作ったとあるからには、長安禅寺にもそうした細工物があったように解釈される。谷中の長安寺は臨済宗妙心寺派で、寺の説明ではそうした異物の記録はないし、それよりも簡素を旨とする禅宗の寺なので、そうした細工物などは考えられないという。ただ、現在改修中の本堂の壁面に、漆喰《しっくい》を塗り上げて立体的に作った鳳凰《ほうおう》や昇龍《のぼりりゅう》、降龍《くだりりゅう》の鏝《こて》細工＊があり、もしそれが文化年間からのものであれば、この細工を指している可能性もある。しかし、それはあくまでも想像の域を出るものではない。それはともかくとして、こうした遊びや人寄せのためのオブジェのような実用に向かないような細工物が、当時、寺院にあったということは、文化の問題としてとらえる場合に見落としてはならないことと思われる。

さて、話を西行庵にもどし、庭上に置かれた細工物が、実際どれほどの人集めに寄与したのかわからないが、こうした戦略を用いて寺の運営を図っていたことは事実であろう。普門寺という檀家のなさそうな寺が、人寄せのための経済的活動をするのは、他の寺と比べて特別でも、また逸脱でもなかったのであろう。寺が自立して存続するための運営としては、現在も幼稚園経営など行われているからである。ただ西行庵の場合、その最初から一般常識にとらわ

＊長安寺を訪ねると、寺の本堂改修工事のため実見できなかったが、長安寺発行のパンフレット「谷中七福神の内　長安寺壽老人」に、それらの写真が載せてあり、伊豆の長八作とある。

れない柔軟さと、、時流を見る目にたけていたところが、他と違っていたといえるかもしれない。

敬順の西行庵の記事は、西行庵の来歴から、仏像・堂宇や庭中の説明と続き、そして最後は庵での振舞いや庵の置かれた空間的立地について触れていく。

四　文化／自然としての「西行庵」

　但し、此庵主へ需《モトム》れば、麦飯《バクハン》・そば切・饂飩《ウドン》の類を製して振舞へば、連月詩哥《シイカ》・連俳《レンバイ》にあそぶ徒は終日《ヒネモス》此庵室に集ひて雅宴《がえん》催すもありけり、此辺 甚《はなはだ》閑寂として、只花に富、鳥に富、雪月・紅葉四季折々のながめは足《タン》ぬべく、殊更《ことさら》自然の山水あれば逍遙するに尤《モットモ》可《カ》なり、今は庭中にところ〲に床机《セウギ》をくばりて、人の憩ふ設《モフケ》あり、但し煎茶《せんちゃ》麁悪《ソアク》にして啜《キツ》（喫）すべからず、不自由に於ては片鄙《ヘンピ》の僻地《ヘキチ》なれば、よろづのこゝろに任《マカ》せず、是より西の方は西が原村の辻町《ツジマチ》へ凡拾壱町《およそじゅういち》あり、雅客遊歴して知ぬべし、

西行庵は、予約があれば飲食も用意できると言い、ここで「詩哥《シイカ》・連俳《レンバイ》」の会を催し、その延長で宴会も行うこともできるというから、さしずめ現代の寺院経営による文化施設といった様子であろうか。抜け目のない経営といえるが、一方でそれを可能とさせている時代の状況も分析しておかなければならない。いまそれを二つの点から考えてみたい。その一つを「西行文化」としてとらえてみる。江戸の西行の人気は「富士見西行」や西行の土人形を例に既述したが、そうした現象の積極的な推進役となったのに西行愛好者がいた。

全国の西行伝説をみていくと、西行の足跡や歌を郷土に定着させようと腐心する人たちがいる。こうした人たちは、

かつて藩の文化政策の一環としての歌枕や名所に西行を創造していった学者や俳諧人たちと軌を一にしているといえる。一方、こうした人々ほど地域文化へのこだわりはないが、西行の歌や文化に造詣が深く、自らも歌や俳句をたしなむ愛好者たちがいる。西行を教養、文化として受容する人々で、天明九年に西行庵を訪れた柳沢吉保《よしやす》の孫の信鴻《のぶとき》は、そうしたタイプの一人といえる。

『松鶴日記』（『松鶴日記』『北区史　資料編近世Ⅰ』北区史編纂調査会、一九九二）によると、信鴻は六月十五日に孫を連れて訪れている。敬順の記事が書かれる二十五年前のことである。

普門寺此頃西行の像を安置し、西行庵を建し由《よし》ゆへ行て見、観音拝し、庭に山水、山腹に小庵三尺許の古き木像を居《おき》し、発句歌書たる額を掛、山上直に道灌山也

二月《きさらぎ》のけふをねがひし歌人を
いま水無月《みなづき》の望《もち》の夕に

西行庵を概観した後、ここで信鴻は歌を詠んでいる。「二月《きさらぎ》の望月のころ」という辞世の歌を残した人を、「いま水無月の望の夕に」慕って来たよの意であろうか。信鴻は「古き木像」の西行と対峙し、辞世歌を詠んだ西行を幻視している。ここでは木像がどのような経緯で作られたのかの真偽は意味を成さない。仏像と向かい合いながら自己の信仰心を確かめるように、木像というレンズを通し、その向こうに結ばれた虚像である「心の西行」と向かい合っている。その意味では、木像は西行を体験するテキストの役割を果たしている。テキストは、史実の西行とは関係なしに、見る者の心を映しだす装置の働きをしている。西行の木像を通してそれぞれの自由な西行体験を行なうということからすれば、西行庵は「西行文化」のテキストと対峙する場といったとらえ方ができるのではないか。敬順の西行庵記

事も、そうした「西行文化」の体験に基いた文芸批評風のレポートといえる。西行庵で「詩哥・連俳」の文化的催しが開かれるようになるのは、そうした「西行文化」が浸透した後の副次的効果ともいえる。

ところで、西行庵を西行木像のテキストととらえるだけでなく、外の環境へと広げていく視点も必要になる。これがもう一つの点、すなわち「郊外行楽地」の環境である。敬順は西行庵の環境を、閑寂で四季の花・鳥に富み、折々の眺めはすばらしいと絶賛する。翌年訪れた時の文章でも、「（西行庵の）後山の臺《だい》に登れば、北は遥《はるか》に豊島邊《あたり》の耕地を遠望し、近くは飛鳥《あすか》山より道灌臺に行逢ふ人の往来も、又た眺望のひとつにして風情あり」と、周囲の眺望、雅客の往来までも加えて称賛する。信鴻も「山上直に道灌《どうかん》山《やま》也」と、道灌山へと続く西行庵の地の利を挙げる。

道灌山は、江戸の行楽地として有名で、たとえば『江戸名所図会』の「道灌山」の項に、「……この地薬草多く、採薬の

道灌山聴虫（江戸名所図会より）

輩《ともがら》つねにここに来れし。ことに秋の虫は松虫・鈴虫・露にふりいでて清音《せいいん》をあらはす。よつて雅客《がかく》・幽人《ゆうじん》ここに来り、風に詠じ月に歌ふてその声を愛せり。」＊と、風流人などが訪れることを記す。事に秋の虫の音は名高く、図会《ずえ》にはこの文章に添えて「道灌山聴虫」の絵を載せ、虫の音を聴く「詞人《しじん》・吟客《ぎんかく》」と、虫狩りの母子連れの姿を描いている。

西行庵がこの地にできたのは、決して偶然ではあるまい。江戸の近在から商品が流入することで発展する「地回《じまわ》り経済」によって膨張を続ける大都市江戸は、化政期の頃には、この道灌山の高台から飛鳥山のある王子辺りが、御府内《ごふない》の北のはずれにあたる。密集地から離れたのどかな田園風景の広がる田畑村は、江戸市中からの日帰りの行楽地となる郊外であっ

「まくり手にすずむしさがす浅茅かな　其角」（江戸名所図会より）

＊市古夏生・鈴木健一校訂『新訂江戸名所図会5』（ちくま文庫、一九七七）。近代に入って陶芸家の板谷波山や芥川龍之介などがここに住むようになり、「田端文士・芸術家村」と呼ばれるようになるのも、江戸からの風光明媚な台地のイメージが影響していると思われる。

た。小日向（文京区）からここを都合四回も訪れている敬順が、「殊更自然の山水あれば逍遥するに尤《モツトモ》可《カ》なり」と述べるのは、身体にもとづいた言葉であろうか。そうした立地が西行庵を引き寄せる大きな要因であったともいえる。

おわりに―江戸のフォークロリズム

さて、西行庵を「西行文化」と「郊外行楽地」との交差する環境として、その歴史・社会的意味をさぐってきたが、ここからどのような問題が引き出せるかである。確かに西行庵は、普門寺が寺の経営のための秘策として作り上げた商業ベースのもので、これを伝説と認めることは難しいであろう。しかし成り立ちとは別に、敬順、信鴻をはじめ、ここを訪れた雅客、見物客たちは、伝説的、行楽地的な場所として厚遇してきた。また七福神巡りの「福禄寿」の所在地として「田畑村西行庵」は巡拝されてきた。すなわち西行庵が「地域を表象する文化*」名称として通用してきたのである。

本来、伝説が歴史的人物の形跡と直接関わるものであるとするならば、西行庵は伝説とは言いがたい。しかしそのような「真正《しんせい》」な伝説ではないにしても人々の注目と集客を十分に果たしてきた。

ドイツの民俗学者のヘルマン・バウジンガーは「なんらかの民俗的な文化事象が本来それが定着していた場所の外で、新しい機能を持ち、また新しい目的のために行われたこと」（「特集にあたって」『日本民俗学』第二三六号、日本民俗学会、二〇〇三）をフォークロリズムと規定している。それによって新しい息吹をもつことになるのであるとすれば、田畑村西行庵は立派なフォークロリズムといえる。そうだとすれば、これまで伝説研究が「村起こし」「町起こし」伝説として視野に置いてきたものと大きくは変わっていない。歴史的な事蹟に結びつかなくても、それを伝説として享受するダイナミズムこそが、伝説の真髄といえるのではないだろうか。少なくとも、伝説を所与のもの、信仰の対象のものとしてのみ受け入れることから一歩進めて「文化の客体化」（太田好信「文化の客体化―観光を通したアイデンティティーの創造」『トランスポジションの思想』世界思想社、一九九八）として伝説を認識し処遇していく視点が求められているのではないだろうか。

こうした視点から結論づけるなら、西行庵は江戸の文化事象のもとで創造されたフォークロリズムである。かつて西行は、古典の世界でまぎれもない文化であったが、やがて文字の呪縛から解き放たれ、世俗世界で「西行文化」として享受、愛好されてきた。一見すると享楽的、消費的な偽装のつきまとう文化受容の面はあるが、それが大衆文化の性格を表わしているといえる。

ところで、最後に西行庵のその後に触れなければならないが、実はそのことはよくわからない。先掲の『北区史』にあるように、明治期に入って廃寺になったことは、明治の初め頃に出された「七福神詣で巡拝案内図」にも「福禄寿田端東覚寺」とあって、すでに東覚寺に移行されていることがわかる。公記録を調べると、『東京府志料』（明治五～七年）に「普門院西方山ト号ス、新義真言《しんぎしんごん》、寺地《てらち》六十坪」とあり、まだ存在していたが、『東京府村誌』（明治十～十五年）には、普門寺は記録されていない。

あれほど時代に先駆けるように経営していたのに、どうしたものであろうか。それとも、最も新しいものこそ最も早く古くなるの喩えのように、明治という新しい時代に適応できず取り残され、歴史の舞台から消えてしまったものだろうか。

＊ドイツの民俗学者コンラート・ケストゥリンの言葉。ケストゥリンは地域が文化によって地域化されると説く。豊橋量「ドイツにおけるフォークロリスムスのゆくえ―発露する分野と限界性―」（『日本民俗学』第二三六号、二〇〇三）による。

終論　西行伝承の研究史

はじめに

西行伝承研究は若い学問分野で、西行と説話、伝承との交差する領域の研究ではあるが、しかし、三つの研究の折衷といった単純なものではない。この研究の特色を明らかにするためにも、この学問分野がどのように立ち上げられ、独自の方法や特質をもって、これまで研究されてきたかを整理し、そこから今後の研究の課題や方向を模索していきたい。

西行が建久元年（一一九〇）二月十六日に辞世歌どおりに素懐《そかい》を遂げたところから西行伝説が始まったとされる。『後《ご》鳥羽院《とばいん》口伝』に「生得《せいとく》の歌人」と賞賛されたことも、それに拍車をかけたであろう。西行歌が後の歌人たちに与えた影響は言うまでもないが、西行に関係の深い『西行物語』『撰集抄』も、西行伝説の流れを強く受けて成立したものであった。

文学史の教えるところによれば、『沙石集』巻五に、『西行物語』の絵を見た「平五命婦《へいごみょうぶ》と云カンナギ」が、その興趣を歌に詠んだことが記されている。西行敬慕にうながされての作歌のようで、『とはずがたり』の作者も、少女の頃に見た「西行が修行の記」の記憶をたよりに、救いを求める旅を続けた。西行伝説の影響は女人に限らない。回国遊行した高野聖、時宗の念仏聖たちの中には、西行を念頭において旅したであろう宗教者たちがいて、また、出家隠遁《いんとん》者にも西行を慕うものは多くいた。そうした系譜は近世の芭蕉の詩精神にも深く影響をおよぼしていくが、その芭蕉の西行崇拝については後述するとして、西行伝説にもとづく西行敬慕が知識人の文芸世界だけでなく、やがて民間に降りて庶民の「西行伝承」を形成していくことになる。

西行伝承の形成過程についてはさまざまな要因が考えられ、文芸世界からの降下という側面は確かにあるが、ただ、それをそのままに受容し伝承したものではなく、民間伝承というフィルターを通して改変仮構し、享受してきた。西行伝承の構造やメカニズムを、関与する人や場の問題をまじえて追究する必要がある。また、文芸からの降下以外の生成の要因についても考察していかなければならない。西行伝承を独自な視点、方法によって究明するために、その研究史を整理することが、当面する課題といえる。以下研究史で紹介する書物、論文について巻末（252〜253頁）の「西行伝承の研究史年表」と照合したい。

一　西行の伝説、昔話への研究

西行伝承の先鞭《せんべん》をつけたのは民俗学的研究法で、その先駆けは柳田國男であった。自ら編集する雑誌『郷土研究』に連載していた伝説の一環として、大正五年の十月号に「西行橋」を載せた。野卑《やひ》で粗雑な西行話を取り上げ、その地が社寺や峠、橋を舞台に、また占いとも関わることを指摘し、そこから西行橋は「裁許橋《さいきょばし》」であり、神の託宣を得るためにその場を行き戻りすることから「西行戻り橋」の名称が生まれたと説いた。*語源的知識と民俗とを接合させ、伝説が神事に由来するという視点からの解釈といえるが疑問がないわけではない。この発想は、一五年後の「和泉式部の話」（『女性と民間伝承』）でも展開され、ウルカ問答や物狂いの歌舞、江口の遊女との問答など、女性宗教者および芸能者の関与とともに伝説化し流布していったと説明する。

中山太郎は「旅と伝説」（昭和五年）で、柳田が紹介した西行伝承を実地に再確認しつつ、一方で西行橋に関する新たな資料を補足しながら、柳田の「西行＝裁許」説を正当づける形で追随した。三谷栄一の「口承文芸と古典」（『古典文学と民俗』所収）は、歌人伝説の背景にある「神人遊芸の徒」の活動をあげて、西行伝承と伝播者の関係を示唆したが、柳田見解を敷衍《ふえん》したにとどまる。臼田甚五郎「西行と民謡」（昭和十八年）は、歌謡研究の立場から西行伝承を話題にする。「西行」という語が、木遣り等の作業歌の歌詞に登場する囃子ことば「サンヨー」の響きと通底することから、西行が歌謡に関係してくるのではないかと推測した。

柳田を嚆矢《こうし》とし、その流れを引く民俗学的研究は、西行伝承を民俗の反映とする点では一致する。西行伝承を説話の伝播者や管理者の問題と関係づけ、あるいは神事や労働の場面から遇合的《ぐうごう》に「西行」に転化したとする理解において共通する。民俗の枠組みの中に「西行」を取り込む際に、単純なアナロジーを用いた強引な解釈に近い印象を受ける。西行伝承を民俗の一環として捕捉《ほそく》しようとするこうした方法は、したがって西行伝承を当該の民俗からもう一歩遡って、その実態を追究しようとすると、西行の姿は消えてしまう。西行伝承が史実の西行のイメージと、全く無関係に形成されるという捉え方は、あまりに西行軽視の見方といえるかもしれない。

伝説、歌謡の西行に対し、昔話に登場する西行は異色といえる。稲田浩二「とりの話」は、昔話の「語りの序列」の最後に位置する「とりの話」に、西行の「萩に跳ね糞」「西行と亀」の昔話が用いられる事例を紹介しながら、こうした昔話が「おとなたち同士の気楽な話の場」の雰囲気で構成され、また昔話伝承の実態と結びついていることを指摘した。前田東雄「昔話についての手控え数件―西行話・たとえづくし・その他―」は、昔話「西行と女」に話材した川柳を

＊柳田國男は「裁許」から西行、行き来するの意の古語「もとほる」から戻りが生まれ、「西行戻り」ができたという。ここには実体としての西行の姿はまったくない。

取り上げて、西行伝承が文化年間以前にすでに民間に伝承されていたことを示した。

日本の昔話に固有名詞で出てくるのは西行と一休だけで、一休は山寺の小僧、西行は旅の歌僧という立場で、歴史的境遇から大きくははずれていないが、しかし、伝承世界では等身大にカリカチュアされた存在に設定され、多くの笑いを提供している。これは仏教の庶民化の影響もあり、史実を後景に配置し、その落差やパロディーを前面に出して楽しむ大衆文化の発想といえる。西行伝承はそうした「西行昔話」を内包している。

二　西行歌と西行崇敬化

西行伝承には、これまであげた伝説や歌謡、昔話以外にも、西行が詠んだとされる伝承歌がある。伝承歌には西行が詠んだかどうか真偽のはっきりしないグレーゾーンのものから、明らかに後世に誰かが狂歌まがいに作ったものまで幅がある。こうした歌をどのようにとらえ評価するかが、伝承研究の課題でもある。

伊藤博之「西行俳諧歌と民間伝承」は、偽作の西行狂歌や民間伝承歌と、西行自詠の俳諧歌との比較を通して、その質的差異を明らかにしつつ、戯作やパロディー、狂歌話の背景に、西行歌のもつ「秀句仕立ての歌」がもとにあることを指摘する。火のないところに煙は立たずの論理で、契機は西行歌にあるという認識である。桑原博史「西行と松」も、「西行戻り松」などの民間伝承を視野においた西行歌の検証である。西行が詠んだ六十数例の松の歌にこめられた詩精神を検討し、「西行歌の松に寄せる思いの中には、日常の生活習慣として非常に土俗的なものが裏にひそんでいるように思う」と述べ、両者に通底する「土俗的」なものを抽出している。民俗学的研究が話題にしてきた西行伝承をフィルターに、西行歌をより深く追究していく方法といえる。一方でこうした方法を疑問視する立場は、近代以降の西行の和歌研究の世界には根強くある。

明治三八年に出た柳澤精一『西行法師伝』は広く読まれた西行愛好書であるが、これを標的にして、藤岡作太郎『異本山家集』は「最もよく西行を知るには、歴史伝説の如きはさもあらばあれ、直下《ちょっか》にその作歌に接するに如くはなし」と、きっぱり言い放つ。同じく川田順『西行』も、「撰集抄ナルモノ、西行自身ノ事ニ関スル記事ノ部分ハ、悉ク虚妄ヲ極メテ、学問上採ルニ足ルモノナシ」と述べ、伝記や説話、伝説を一切考慮しない立場を鮮明にしている。

「西行歌を離れて西行なし」とする姿勢の西行研究に対し、目崎徳衛は『西行』で西行伝説の生成が「実在の西行伝説とどれほど異なるにせよ、それは中世文化の諸領域にひろく関与した西行生前の行実《ぎょうじつ》を核心として成立したものである」として、伝説の西行を研究対象とする必要性を説いている。さらには作品研究に特化した西行研究の近代が、「西行の人間像を痩せ細らせ、民衆からも浮き上がらせてしまった」(「西行の虚と実について」『思想読本西行』法蔵館、一九八四)と批判する。西尾光一「西行的人間と西行好みの人間」は、『撰集抄』など中世文学における「漂泊の歌僧西行」像が、「中世における聖たちの信仰によって支えられ、また遊行の聖たちによって各地を持ち歩かれた」として、それは近世の「芭蕉における西行追慕」にまで続いているという。そして、芭蕉の西行には「伝承的な文学者西行の像」があったと指摘する。

そのことは、『野ざらし紀行』の「芋洗ふ女西行ならば歌よまん」が、西行の昔話「西行と女」にもとづいたものであり、『奥の細道』で西行詠とした「終宵《よもすがら》嵐に波をはこばせて月をたれたる汐越の松」が伝承歌の類であるという事実からもいえる。他にも「何の木の花とはしらずにほひかな」の芭蕉句は、行教の歌といわれる「何事のおはしますをば知らねどもかたじけなさに涙こぼるる」を、芭蕉が西行作と受けて詠んだものとされる。

また、久保田淳や西澤美仁が紹介した埼玉県杉戸《すぎと》町下高野《しもたかの》で詠んだとされる「捨てはてて身はなき物とおもへどもゆきのふる日はさむくこそあれ」は、両氏が指摘するように西行伝承歌である。これに、芭蕉が「西行像讃」として、「花の降る日はうかれこそすれ」と添えているのは、明らかに芭蕉の西行理解が違っていることを示している。芭蕉の西行追慕には、中世文化や伝承が揺曳《ようえい》している。西尾のいう「西行好みの人間」の系譜は、芭蕉以降も各地の文人や歌・俳諧の愛好者らによって創造、伝承されていった。

一方で、こうした崇敬追慕する西行伝承とは対照的に、貶《おとし》められ揶揄《やゆ》される西行伝承が昔話や歌謡などに見られる。その口火を切ったのが、永井義憲「西行伝説の変容と伝播――安房・船形『西行寺縁起』とサイギョウ――」である。永井が紹介した千葉県館山市西行寺の「西行因縁記」は、西行の妻の「呉葉の前」が西行を追ってきてこの地で亡くなったので西行が寺を建立したと伝えるものであるが、この縁起の生成に紙職人が関与していることを永井は指摘した。その紙職人を「サイギョウ」と呼んでいたことと、他にも渡り職人をそう呼んでいることを報告した。このサイギョウの発見は、西行伝承をとらえるうえで画期的なことであった。西行伝承に民俗語彙「サイギョウ」が関係し、その影響で腰折れ歌を揶揄される西行伝承が形成されていったと考えられるからである。

花部英雄『西行伝承の世界』は、永井の提起した民俗語彙「サイギョウ」を旅職人や巡礼者、乞食等に広げ、また近代の民俗慣行においても追跡した。さらにはサイギョウと西行伝承の接点を確認し、新たな西行伝承研究を拓いていった。そのことが、「西行伝承研究会」の発足の遠因にもなっている。

三　「西行伝承研究会」から「西行学会」へ

西行伝承研究会は平成八年に、西行の和歌や説話、伝説等に興味を寄せる研究者が集まって発足した。当初のメンバーには西澤美仁、木下資一、錦仁、坂口博規、宇津木言行、菊地仁、小林幸夫、松本孝三、小堀光夫、花部英雄などがいた。年一回、西行と関わりの深い地を訪れて、現地の人たちとの交流をはかりながら、伝承地の実地踏査や、文献資料の発掘等をすすめる趣旨であった。第一回の平成八年は、埼玉県都幾川《ときかわ》村の慈光寺に行き、翌九年は岐阜県恵那市の長国寺、一〇年は長野県上田市、小諸市の別所《べっしょ》や布引山、一一年が滋賀県米原《まいばら》町の醒井《さめがい》、一二年が千葉県館山市の西行寺、一三年が宮城県涌谷《わくや》町の箟峯寺《こんぼうじ》、一四年が福井県小浜市、一五年が山形県山形市の滝の山、一六年が和歌山県高野町の高野山、一七年が三重県伊勢市、一八年が香川県善通寺市の善通寺、一九年が静岡県掛川市の小夜の中山と、都合一二年間に亘って一二ヶ所をめぐった。

なお、三回目から木下資一が代表となって「科学研究費補助金基礎研究」の申請をし、それが通って研究資金の交付を受け、続いて第二次（代表、木下資一）、第三次（代表、西澤美仁）と継続した。その成果は、報告書三冊に集約されている。A4判、千ページを越える総ページ数に、中味のある資料と論考が詰め込まれている。

第一次報告書の「はじめに」で、木下資一は「この研究の最終的に目指すところは、日本各地の西行伝承を採集、それを総合的・体系的に整理。その上で、西行伝承研究の方法論的確立をはかり、西行伝承成立の歴史的背景、文化史的意義を明らかにすることである」と、研究方法と目的を端的に述べている。また、第三次報告書で西澤美仁は、「西行は現代まで八百年以上の間、日本人に愛され続けて、伝承の世界にも生き続けた。その伝承はどのようにして生まれ、どのような人々によって伝えられ、また各地域にどのように受け止められ、影響を与えてきたのか。これらの問題を明らかにすることは、日本文化の古くて新しい魅力の再発見にもつながり、日本と日本人とに対する再発見にもなる」と研究の意義を記している。西行伝承を日本文化の問題として積極的に取り組む姿勢を強調したものである。

続いて、西行伝承研究会の会員による個別の成果に触れておこう。

小林幸夫「西行狂歌論――数寄と歌数寄――」は、西行にかかわる仮名消息《かなしょうそく》や書簡、随筆、文芸等に記される記述を話題にしながら、西行が茶人や茶の湯の場における座興、機知やパロディーの笑いの中で享受されてきた面を明らかにした。また、宇津木言行は絵画資料（草双紙、絵図）等に見られる西行を話題にする。絵画に描かれる絵の構図「西行・遊女・猫」の三点セットで描かれる絵が、浄瑠璃「軍法富士見西行」にもとづき構成される経緯をたどる。加えて、草双紙の西行物など、江戸の演劇や文芸メディアにおける西行の展開、受容の実態を話題にする。松本孝三「若狭の西行伝説――小浜周辺の伝承圏をめぐって――」は、若狭地方の西行伝説について、文献資料と関連づけながら丁寧に読み解く一方で、近世初期の文人・斎藤徳元《とくげん》に注目する。美濃から逃げて若狭の武田に仕えた徳元が俳諧等に積極的にかかわり、西行伝承を活性化させる役割を果たしたという。文化の成熟していく江戸の社会が、西行を消費文化として遇していく一面を垣間見せてくれる。

坂口博規「美濃中山道大井宿の西行伝説」は、岐阜県恵那市の長国寺所蔵の「長国寺縁起」が阿弥陀三尊の来迎にまつわる西行伝説であり、縁起の生成に阿弥陀信仰が深くかかわっていたという。一方でその阿弥陀信仰が八幡神の垂迹《すいじゃく》という神仏習合の面を持ち、真言宗と八幡信仰とがかかわる重層的な伝承基盤の形成に触れる。西澤美仁「下高野東大寺の西行松伝説」は、先に紹介した「捨てはてて」の歌が、本来高野聖覚心《かくしん》の詠んだとされる歌であったのが、やがて西行の歌として定着していく過程に触れる。中世の聖たちの信仰が西行伝承に影響を及ぼしていく事例といえる。なお、西澤の近著『西行　魂の旅路』は西行歌の解釈に加え、伝承研究の蓄積にもとづく達見が盛り込まれている。

西行伝承と宗教者のかかわりという点でいえば、小堀光夫「箆岳《ののだけ》の西行伝承」は、修験が管理する山である箆峯寺《こんぽうじ》にまつわる西行伝承が、衆徒とそれより地位の低い禰宜《ねぎ》との差異を空間的に表徴した伝説であることを示した。同様の構成をとる西行伝説については、聖域から排除される俗聖西行というパターンの「西行戻り」の伝説として広くあることを拙著『西行伝承の世界』でも指摘した。歌僧西行の一面が、信仰や宗教者とのかかわりで西行伝承にも流れ込んでいる。

菊地仁「南奥の〈西行咄〉から」は、南奥の西行咄は「文芸作品が民間説話のありようを領導した」という視点から、書承文芸と在地伝承との交錯を論じている。また「福島県伊達地方の西行伝説―『撰集抄』最終話との接点を再検証する―」も、西行伝説を在地伝承化の問題として、文芸から民間伝承への流れを確認している。錦仁「新潟県その他の西行伝説と『菅江真澄全集』における西行関連記事」も文芸と伝説とをテーマにする。錦は「かぶせ」という用語を用いて、歴史的書物や旅行者の記事等から神社仏閣の縁起、そして郷土誌、そして口承へと伝説がさまざまに生成されていく経緯を跡づける。こうした縦横無尽な伝説材料に対し「科学的研究であるためのテキスト批判」の必要性を指摘する。

ところで、錦が話題にした新潟の西行伝説の出発となったのは、『撰集抄』の記事である。西行と密接なかかわりを持つ『撰集抄』や『西行物語』の享受とその影響の問題もまた西行伝承の大きな課題である。こうした問題を考えるためのタイムリーな研究書として、山口眞琴『西行説話文学論』が、西行学会が発足した年に出版された。続いて、西行学会の発足にふれていくことにする。

西行伝承研究会が平成二〇年にその使命を果たして閉じた一年後の平成二一年に、研究会の発展的解消という形で西行学会が発足することとなった。学会設立の呼びかけの設立趣意書から、学会設立の意義を引く。

西行を研究し、関心を抱く者は、古今に拠らず東西を問わず、国文学、民俗学、宗教学、仏教学、歴史学、美術史学、古筆学等々のさまざまな研究領域に及び、さらには西行嫌いも含めて、西行を愛好する者や西行を表現する者もまたさまざまな領域にわたっている。

(中略)

今こそは、西行に関心を抱く、すべての人々が結集し交流し、それぞれの西行を深め合い、新たな西行を発見してゆくことで、越境する西行、脱領域する西行を「西行学」の名の下に再構築する、いわば「西行する」開かれた場を設立すべき時期の到来だと思い至ることになった。

とある。そしてその年に学会がスタートし、一年後に会誌『西行学』が創刊された。

西行を総合的に研究する学会の一翼を、「西行伝承研究」が占めたことは、いわば市民権を得た証《あかし》と考えていいだろう。と同時に、ステージを上げた西行伝承が、「西行」という大きな土俵の上で新たな出発を目ざすことができたことを意味する。なお、『西行学』の創刊号に、松本孝三が「西行伝承研究の視点と可能性」を寄せている。西行伝承研究をジャンル別にとらえた研究史で、本稿の趣旨とも重なるので、ぜひとも参照していただきたい。

おわりに

さて、本論は西行伝承の研究対象、およびそれがどのように研究されてきたかを跡付けて整理し、評価を加えてきた。今後の研究への指針と展望を示すことになるだろうという見通しで研究史を構想してきた。最後に、今後の西行伝承の研究を見据える立場から、提言を添えたい。

西行伝承の研究は、西行伝承が何を材料に、どのようにして形成されてきたのかを追究するものである。何を材料にといった場合、それは西行和歌や伝記、仮託書であったり、西行関係者（宗教者、愛好者など）であったりする。そうしたさまざまな契機から萌芽・醸成し、ある形を成していく。西行伝説というと、いくぶん限られ固定した内容を持つのに対し、西行伝承はもう少し広がりを持つと同時に生動性を示す。

その西行伝承を研究、分析する場合に大事なことは、その伝承の基盤・母体である大衆社会を想定する必要があるということである。それは「西行」を一つの文化として受け入れる大衆社会の文化的内実を問うことであり、いうなら西行伝承の研究は、大衆文化の質の究明という側面を持っていることを常に意識していたい。かつて哲学者の鶴見俊輔が「限界芸術」という概念を立ち上げ、「非専門的芸術家」によってつくられ、「非専門的享受者」によって享受される芸術であると述べた。西行伝承はまさしく限界芸術の範疇にあるが、同時に出版企業と合体となった「大衆芸術」の様相を帯びている。そうした複合の視点から、大衆文化論として精査追究していく方法を意識していきたい。

西行伝承の研究史年表

一九〇五　梅澤精一『西行法師伝』（文明堂・興教書院）
一九〇六　藤岡作太郎『異本山家集』（本郷書院）
一九一六　柳田国男「西行橋」（『郷土研究』4巻7号）
一九三〇　中山太郎「旅と伝説」（『旅と伝説』3巻7号）
一九三二　柳田国男『女性と民間伝承』（岡書院）
一九三四　尾山篤二郎『西行法師評傳』（改造社）
一九三九　川田順『西行』（創元社）
一九四三　臼田甚五郎「西行と民謡」（『歌謡民俗記』地平社）
一九六九　三谷榮一『古典文学と民俗』（岩崎美術社）
一九六九　西尾光一「西行的人間と西行好みの人間」（『文学』4月号）
一九七五　稲田浩二『「とりの話」小考』（『伝承文学研究』11号）
一九七五　五来重『増補　高野聖』（角川書店）
一九七七　岡見正雄「説話・物語上の西行について―一つの解釈」（『新修日本絵巻物12』角川書店）
一九七八　目崎徳衛『西行の思想史的研究』（吉川弘文館）
一九七九　伊藤博之「西行俳諧歌と民間伝承」（『論纂　説話と説話文学』笠間書院）
一九八〇　目崎徳衛『西行』（吉川弘文館）
一九八二　前田東雄「昔話についての手控え数件―西行話・たとえづくし・その他―」（『岡大論稿』15号）
一九八四　永井義憲「西行伝説の変容と伝播―安房・船形『西行寺縁起』とサイギョウ―」（『大妻国文』16号）
一九八七　須藤豊彦「西行伝説と歌謡」（『國學院大学院紀要』25号）
一九八九　桑原博史『西行とその周辺』（風間書房）
一九九二　小林幸夫「狂歌咄西行論―茶数寄と歌数寄―」（『日本文学の原風景』三弥井書店）
一九九五　西澤美仁「下高野東大寺の西行松伝説」（『実践国文学』17号）
一九九五　菊地仁「南奥の〈西行咄〉」（『伝承文学研究』44号）

一九九五　小林幸夫「狂歌咄西行論―歌徳説話と狂歌話―」(『東海学園国語国文』47号)
一九九六　花部英雄『西行伝承の世界』(岩田書院)
一九九六　西行伝承研究会発足
二〇〇〇　川原木有二「九州における西行伝承について」(『九州女子大学紀要』36巻3号)
二〇〇一　坂口博規「美濃中山道大井宿の西行伝説」(『西行伝説の説話・伝承的研究(第一次)』)
二〇〇一　高城功夫『西行の研究　伝本・作品・享受』(笠間書院)
二〇〇一　萩原昌好「西行伝承―説話と西行像」(『西行と兼好』ウエッジ)
二〇〇三　松本孝三「若狭の西行伝説―小浜周辺の伝承圏をめぐって―」(『伝承文化の展望―日本の民俗・古典・芸能―』三弥井書店)
二〇〇四　小堀光夫「菅江真澄の旅と西行伝承」(『昔話―研究と資料―』32号)
二〇〇四　小堀光夫「箟岳の西行伝承」(『西行伝説の説話・伝承的研究(第二次)』)
二〇〇五　花部英雄「田畑村西行庵」の顛末―伝説のフォークロリズム事始め―」(『伝承文学研究の方法』岩田書院)
二〇〇七　名古屋大学研究集会「〈西行〉を考える」で講演とシンポジウム
二〇〇八　宇津木言行「西行・遊女・猫―広重「浄瑠璃町繁華の図」から西行伝承を考える―」(『西行伝説の説話・伝承的研究(第三次)』)
二〇〇八　菊地仁「福島県信達地方の西行伝承―『撰集抄』最終話との接点を考える―」(西行伝説の説話・伝承的研究(第三次)』)
二〇〇八　錦仁「新潟県その他の西行伝説と『菅江真澄全集』における西行関連記事」(『西行伝説の説話・伝承的研究(第三次)』)
二〇〇九　山口眞琴『西行説話文学論』(笠間書院)
二〇〇九　西行学会発足
二〇一〇　西澤美仁『西行　魂の旅路』(角川書店)
二〇一〇　西行学会編『西行学』(笠間書院)

初出一覧（本書に掲載するにあたり、適宜それぞれに修正を加えた。）

序論　「聖西行」の系譜……原題「西行伝承とは何か」（『説話・伝承学』第二十一号、二〇一三）に大幅に改稿を加える。

Ⅰ　地域・伝説の西行

猪苗代の西行戻り橋……原題「猪苗代町小平潟の「西行戻り橋」―兼載、天神、小平潟をめぐって―」（『西行学』第六号、二〇一五）

阿蘇小国の西行伝承……原題「西行と遊行聖―熊本県小国町の西行伝説を中心に―」（『國學院雑誌』第一一六巻八号、二〇一五）

吉崎御坊の西行伝承……原題「北陸の西行伝承―「汐越の松」を中心に―」（『西行学』第五号、二〇一四）

Ⅱ　昔話・歌謡の西行

「西行昔話」と西行咄……原題「西行の昔話」（『伝承文化研究』第一四号、二〇一五）に一部改稿を加える。

西行問答歌と「西行昔話」……原題「西行問答歌と民間歌謡」（『伝承文化研究』第八号、二〇〇九）に一部改稿を加える。

西行問答歌と民間歌謡……原題「西行と昔話と歌謡」（『西行学』第一号、二〇一〇）に一部改稿を加える。

Ⅲ　旅と漂泊の西行

西行の旅と西行伝説の旅……原題「西行／サイギョウの旅」（『昔話―研究と資料―』二〇〇四）に一部改稿を加える。

芭蕉における旅と西行伝承……原題「芭蕉における西行伝承」（『西行学』第四号、二〇一三）

西行とサイギョウ伝承……原題「民間伝承となった西行」（『別冊太陽　西行』一六八、二〇一〇）に大幅に改稿を加える。

Ⅳ　信仰・民俗の西行
「西行泡子塚」と赤子塚……原題「「西行泡子塚」と赤子塚」（『西行伝説の説話・伝承学的研究（第二次）』二〇〇四）に一部改稿を加える。
西行と親鸞の伝説……原題「西行、親鸞の伝説コラボレーション」（『国文学　解釈と鑑賞』第76巻3号、二〇一一）
「田畑村西行庵」の顛末……原題「「田畑村西行庵」の顛末―伝説のフォークロリズム事始め―」（『伝承文学研究の方法』岩田書院、二〇〇五）に一部改稿を加える。
終論　西行伝承の研究史……原題「西行伝承の研究史」（『西行学』第三号、二〇一二）

〔追記〕
「初出一覧」は以上であるが、なお、次に参考のために、本書以外の筆者の西行伝承に関係する書物、論文についても付記する。
『西行伝承の世界』（岩田書院、一九九六）
「西行咄と説教」（『呪歌と説話―歌・呪い・憑き物の世界―』三弥井書店、一九九八）
「西行伝説の担い手」（『漂泊する神と人』三弥井書店、二〇〇四）

あとがき

本書は、西行の伝承地を直接に訪ねて、そこで調べ、考えたことを中心にまとめたものである。西行が各地を旅したことなどが機縁になり、いろいろな地に西行伝承が生まれ、それを検証するための筆者の「西行の旅」は始まった。人に遭って話を聞き、関係する場所を訪ね回る、いわば「西行」の痕跡を捜すような旅である。その結果、その地はわたしにとって親和的な場所となり、単なる一過性の旅の通過点ではなくなっていく。西行がかかわることで、その地が特別の空間に変貌するから不思議である。

そんなことを旅先で思うにつけ、改めて西行は大きな存在だと確信する。『山家集』などの歌もさることながら、伝承世界にまで足跡を残し、その西行を話題にすることで繋がる人、あるいは溜飲を下げる人がいることは、やはり傑出した人物だと言うしかない。民間の西行は、歌人で修行者、はたまた狂惑《きょうわく》の法師などと多様な相貌をもって伝えられている。

その伝承の西行をどのように把捉《はそく》するかが本書の課題であった。西行伝承は、史実の西行には直結しないというのがわたしのスタンスで、伝承を安易に実の西行へと収斂《しゅうれん》させることには反対である。それぞれの西行伝承には、固有の生成と展開があり、すべて西行の歌等に結びつけてしまうことは、西行伝承の存在形態や意義を過小に評価することになってしまう。伝承に見られる多様な価値を、一面的に「実西行」へと同一化させてしまうことの過ちを犯してはならない。西行は賛否両論ともどもに、時間の中で作られてきたものである。

そこで、その根底に「大衆文化」をおき、伝承の西行をとらえる方法を模索してきた。西行伝承の独自性は、それを享受する大衆によって形成されてきたのだという自覚のもとに、西行の伝承を追うことが、一方で自らの大衆を生きることだと鼓舞しながらすすめてきた。満足すべき結果とまではいかないが、これで西行伝承の枠組みはできたと考えている。次にはこれを、どのように進展させていくかが、問われていくにちがいない。

ところで、西行の伝承についての本をまとめたのは、これが二冊目である。前著の『西行伝承の世界』（岩田書院、一九九六）は、今からちょうど二〇年前である。今振り返ると、その頃は処女地を開拓するような意気込みもあり、伝承と書承を強引に結びつけようとする一方的な論述が目に付く。しかし、伝承を支える人々の視点からとらえようとする点では、今に一貫している。ともあれ、事例に即した冷徹、多義的な解釈にもとづく研究を目ざすべきであろう。

前著刊行後も西行の伝承のある場所や書物を訪ね歩いてきた。そして、伝承を伝えている人、書かれた書物と対話を重ねながらの共同作業を終えるのに、この二〇年が必要だったということになるのだろう。思えば、よくここまで到達したものだ、という自負めいた感慨がないわけではない。今後のことは見通せないが、一つの形を示したことにはなるだろう。

最後に、本書を上梓するにあたって、笠間書院の編集長の橋本孝さんには、懇切な励ましや適切なアドバイスを多く頂戴した。それに甘えてゲラの校正を増やすなど、迷惑をかけてしまった。ただ、その過程で、原稿が本になるのではなく、編集者によって本はよりよく創られるものだということを、親身に教えられた気がする。篤く感謝の意を表したい。

花部英雄

（著者略歴）

花部英雄（はなべ　ひでお）

1950年青森県生まれ。

國學院大學文学部卒業。博士（文学）。國學院大学教授。

『西行伝承の世界』（岩田書院、1996）

『呪歌と説話―歌・呪い・憑き物の世界―』（三弥井書店、1998）

『いまに語りつぐ日本民話集』全45巻（共編、作品社、2001－2003）

『漂泊する神と人』（三弥井書店、2004）

『昔話と呪歌』（三弥井書店、2005）

『まじないの文化誌』（三弥井書店、2014）

『雪国の女語り　佐藤ミヨキの昔話世界』（三弥井書店、2014）ほか

西行はどのように作られたのか――伝承から探る大衆文化

2016年（平成28）8月10日　初版第1刷発行

著者　花部英雄

装幀　笠間書院装幀室

発行者　池田圭子

発行所　有限会社　笠間書院

〒101-0064　東京都千代田区猿楽町2-2-3

☎03-3295-1331　FAX03-3294-0996

NDC分類：911.132

ISBN978-4-305-70805-2

組版・印刷：富士リプロ㈱

（本文用紙：中性紙使用）

落丁・乱丁本はお取りかえいたします。

出版目録は上記住所までご請求下さい。

http://kasamashoin.jp

索引

和歌・俳句／語句／書名／人名

和歌・俳句

あ 行

か 行

さ 行

た　行

な　行

は　行

ま　行

や　行

ら　行

わ　行

語句

あ　行

か　行

さ　行

た 行

な 行

は 行

ま 行

や 行

わ 行

書名

あ　行

か　行

さ　行

た 行

な 行

は 行

ま 行

や 行

ら 行

人名

あ　行

か　行

さ　行

た　行

な　行

は　行

ま　行

や　行

ら　行

わ　行